눈물이 비추는 운명

해방 전 임화 시의 문명 비평적 애도

눈물이 비추는 운명

해방 전 임화 시의
문명 비평적 애도

홍승진 지음

도서
출판 모시는사람들

이 책에는 내 문학 공부의 원천이 숨어 있다. 그것은 임화의 시 속으로 이끌려 들어간 몇 가지 마음과 관련이 있는 듯하다. 나도 잘 알지 못하는 그 비밀들 가운데 두 가지는 비교적 뚜렷하다. 하나는 자연 사물에 관한 시가 아니라 인간에 관한 시를 밝히고 싶은 마음이다. 다른 하나는 개체성과 전체성의 양극 사이를 진자운동처럼 헤매는 마음이다.

일반적으로 시의 특징은 자연물을 핵심에 두는 것이라 할 수 있다. 이는 칸트 미학에서 아름다움을 목적 없는 합목적성으로 설명하는 것과 같다. 꽃이나 나무 같은 자연물들은 인간의 욕구를 만족시키는 목적을 위해서 피어나거나 자라나지 않는다. 그 자체로 목적이 없는 자연물들이 마치 어떠한 목적에 따라 결합하는 것처럼 질서를 이룰 때에 우리는 아름다움을 느낀다는 것이다. 시에서도 마찬가지로 인간적인 것과 거리가 먼 자연물을 핵심에 두는 것은 아름다움을 산출하는 손쉬운 방법이 된다. 그와는 달리 한국시의 아름다움은 인간적인 것에 그 핵심이 있지 않을까? '님'이 김소월과 한용운의 시에서 핵심이 되며, 나아가 한국 현대시의 원천을 이루는 까닭도 바로 그 점에 있는 것이 아닐까? 산문성을 최대한 배제하려는 서구 근대시의 전통과 달리, 한국시에 서사성이 두드러지는 것도―목적이 없는 자연에게는 이야기가 생기기 힘든 반면, 특정한 목적에 따라서 행동하는 인간에게는 그 목적이 원인으로 작용하여 어떠한 결과를 일으키는 이야기가 생긴다―자연보다 인간을 아름다움의 뿌리로 삼는 한국시의 특징과 맞닿는 것이 아닐까? 그리하여 임화의 시에 관한 탐문은 인간에 관한 시의 특징을 해명하는 일인 동시에 한국시의 특징을 해명하는 일이 되리라 예상한다.

  임화의 시가 어떻게 인간을 표현하였는지를 궁리하다가, 거의 모든 임화의 시는 잃어버린 이에게 보내는 편지 같다는 생각에 이르렀다. 그러한 애도 작업은 문학이 문명의 변화에 따라서 다른 인간의 형상을 제시한다는 임화의 독특한 사유와 공명하고 있었다. 중세문명은 집단 중심의 문명이므로, 그 시대의 문학은 개성이 희박하며 사회 질서에 순응하는 인간을 표현한다. 그와 반대로 (서구) 근대문명은 개인 중심의 문명이므로, 그 시대의 문학은 사회와 상호작용하지 못하고 사회로부터 고립되어 사회의 위력 앞에서 좌절하는 파편적 인간을 형상화한다. 일제 강점과 양차 세계대전을 근대문명의 파국으로 진단한 임화는 중세문명으로 돌아가는 것도 아니며 근대문명을 유지하는 것도 아닌 제3의 문명을 모색한다. 더 개성적인 인간일수록 더 사회적인 인간이 되고 공동체와 더 밀접하게 호흡할수록 자신의 개성을 더 뚜렷하게 마련하는 문명, 그 새로운 문명을 맞이하기 위하여 문학은 새로운 인간의 형상을 제시해야 할 것이다. 임화의 시는 그것을 애도하는 인간으로 형상화한다. 애도하는 인간의 마음속에선 나와 네가 하나의 전체를 이루면서도 너와 나의 개체성이 생생히 숨을 쉰다. 애도는 나로 환원할 수 없는 너의 너다움을 내 마음속에 끝없이 보존하는 일이기 때문이다.

  표지 이미지는 김복진(金復鎭, 1901-1940)이 1926년에 발표한 조각이며, 뒤표지 이미지는 구본웅(具本雄, 1906-1952)이 1927년에 발표한 조각이다. 모두 실물로 남아 있지 않아서, 그 모습이 담긴 흑백사진을 사용하였다. 임화는 열여덟 살 때(1925년)부터 서양 회화의 흐름을 공부하기 시작하여, 일 년 뒤

에는 이탈리아 미래파·러시아 구성주의·독일 표현주의 등 당시의 전위(아

방가르드)적 미술사조에 열광한 바 있다고 한다(임화,「지난날 논적들의 면영」,

『조선일보』, 1938.2.8; 임화,「어떤 청년의 참회,『문장』, 1940.2, 23쪽). 그 무렵 임

화는 김복진과 더불어 조선프롤레타리아예술동맹(카프) 맹원으로서 활발하

게 활동하기 시작하였다(임화,「예술운동 전후(前後)―문단의 그 시절을 회상한

다」,『조선일보』, 1933. 10.5; 10.8). 1927년에 김복진의 미술평론을 김용준(金瑢

俊, 1904~1967)이 비판하였을 때, 임화는 김용준을 강력히 반박하였다(「미술

영역에 在한 주체이론의 확립―반동적 미술의 거부」,『조선일보』, 1927.11.22~24).

　중요한 점은 서구의 새로운 미술사조에 대한 임화와 김복진의 관심이 서

구 근대문명에 대한 무비판적 추종과 무척 거리가 멀었다는 사실이다. 임화

는 1925~26년 무렵에 자신이 열광한 미술사조 중에서 영국을 중심으로 일

어난 보티시즘(Vorticism), 즉 소용돌이(vortex)파 미술을 특히 고평하며, 그것

이 근대문명으로 환원할 수 없는 생명력을 표현한다는 점에서 서구 근대의

새로움만을 중시한 미래파의 한계를 넘어선다고 보았다(星兒,「폴테쓰파의 선

언」,『매일신보』, 1926.4.4; 4.11). 김용준이 비판하고 임화가 옹호한 김복진의

글에서도 미래파와 입체파의 한계를 비판한다. 이에 따르면, 미래파와 입체

파는 그 이전의 전통예술이 정적(靜的) 정신과 신비를 강조한 데 반발하여

동적(動的) 예술을 추구하였으나 그 전통의 파괴를 유일한 표적으로 삼은 나

머지, 부르주아의 말초신경만을 자극하는 서구 근대 물질문명과 과학만능

주의에 중독되어 폭력 및 전쟁의 찬양과 여성 학대를 저질렀을 뿐, 그 이상

의 사상과 사회를 준비하지는 못하였다고 한다(김복진,「신흥미술과 그 표적」,

『조선일보』, 1926.1.2). 이는 임화의 문명 비평이 근대 이전 문명과 서구 근대

문명을 동시에 비판하며 제3의 문명을 모색하였던 지점과 상통한다. 임화와

김복진이 모색한 "그 이상의 사상과 사회", 즉 제3의 문명은 서구에서 수입한 마르크스주의의 도식 또는 공식으로 환원할 수 없다는 것이 이 책의 핵심 주제 가운데 하나이다. 그들의 예술 세계는 서구-일본 제국의 침략 문명에 대항하는 "향토성", 즉 조선 민족의 창조성을 통하여(김복진, 「제4회 미전인상기 (四)」, 『조선일보』, 1925.6.5), 폭력이나 전쟁의 찬양에서 벗어난 문명, 정적이지 않고 동적이되 과학만능주의나 물질중심주의에 빠지지 않는 문명, 생명력과 정신이 융합하는 문명을 표현하고자 하였다.

나아가 김복진은 추사 김정희의 글씨나 위창 오세창의 전각과 같은 조선적 조형미술의 감각 충동—임화의 표현을 빌리면 '생명력'—이 곧 조각의 원리와 같다고 말한다(김복진, 「조선 조각도의 향방—그대로 獨自의 변」, 『동아일보』, 1940.5.10). 이 조각의 원리를 탐구하기 위해서 1925년에 세운 경성 YMCA 강습원 내 미술연구소에서는 구본웅 등이 모여서 조각 작업을 하였다. 시인 이상(李箱)의 초상 같은 야수파 또는 표현주의 회화를 창작하기 이전에, 구본웅의 미술은 조각으로부터 시작하였다. 1940년에 김복진이 세상을 떠났을 때, 구본웅은 그를 기리는 글을 썼다(구본웅, 「정관의 예술」, 『조광』, 1940.10, 190~191쪽). 구본웅은 임화의 첫 시집 『현해탄』의 장정(裝幀)을 맡아서 그 앞표지와 뒤표지에 바람이 세차게 부는 바다를 그려 놓았다. '리얼리즘' 문학가로 여겨져 온 임화의 시집 표지를 '모더니즘' 화가로 여겨지는 구본웅이 그린 점은 한국 문학과 예술에 관한 기존의 통념을 넘어선다. 이 책에서는 그처럼 리얼리즘이나 모더니즘 등의 서구 문예사조만으로는 재단하기 어려운 한국 문화예술의 바다 같은 생명력을 해명하고 싶었다.

탈고를 앞두려니 고마운 분들이 너무 많이 떠오른다. 어머님과 아버님께서는 내가 13살 때부터 문학인이 되겠다고 결심한 뒤로 지금까지 단 한 번도

내 문학의 꿈을 말리지 않으셨다. 김유중 교수님께서는 이 책에서 제시한 문명 비평적 애도라는 개념이 그동안 '한(恨)의 정서'와 같은 개념으로 분석되어 온 한국시의 특징을 더 새롭고 설득력 있게 조명하는 관점이 될 수 있으리라고 격려해 주셨다. 또한 이 책의 내용을 꼼꼼하고 날카롭게 질정해 주신 신범순, 김종욱 교수님께도 진심으로 감사드린다. 양승국 교수님께서 이 책의 내용을 가리키시며 '연구를 하려거든 이 정도 배짱으로 해야 한다'고 말씀하셨던 것이 생생히 기억난다. 2013년 9월 문래동에서 김승일 시인의 시 창작 워크숍 '서간체로 시를 써봅시다'를 들은 뒤부터 2018년 4월까지 그와 많은 이야기를 나누지 않았다면, 이 책의 근본 발상과 연구 시각을 제대로 찾지 못하였을 것이다. 편지는 나만의 기억도 아니고 너만의 기억도 아닌, 나와 너만의 기억을 담는 형식이라는 시인의 생각은 이 책 전체의 주제와 같다. 책 표지에 사용한 이미지를 제공해 주신 서울대학교 중앙도서관 고문헌자료실, 그리고 김복진에 관한 여러 문의에 답변해주신 국립현대미술관 윤범모 관장님께 깊이 감사드린다. 도서출판 모시는사람들은 나의 첫 번째 연구서에 이어 두 번째 연구서도 흔쾌히 출판을 허락해 주셨다.

이 책의 초고를 쓰는 동안에 세월호 참사가 일어났다. 그 기억이 이 책의 문장마다 묻어 있을 것이다.

2021년 8월
까치집에서
홍승진 모심

차례

눈물이 비추는 운명
해방 전 임화 시의 문명 비평적 애도

| 일러두기 |

1. 임화의 시 전문이나 부분을 인용할 때에는 일차 자료의 엄밀한 텍스트 비평을 위하여 해당 작품이 발표되었을 때의 표기 형태를 그대로 따랐으며, 인용이 끝나는 지점에 시 작품의 제목과 인용한 범위('전문' 또는 '부분')를 적었다. 이때 시의 저자는 모두 임화이 므로 적지 않았다.

2. 인용문 중 오식에 해당하는 부분은 각주로 무엇의 오식인지를 드러내고 그 끝에 '인용 자 주'라는 것을 밝혔다. 또한 인용문 중 지시대명사 등에 관한 보충 설명은 해당 부분 바로 뒤의 대괄호([ ]) 안에 적고 '인용자 주'라는 것을 밝혔다.

3. 일제 검열로 인하여 복자 처리된 부분('□', 'X', '………' 등)은 원문 형태 그대로 인용하였다.

4. 한자에 익숙하지 않은 독자를 위하여, 본문 내에서 일차 자료의 원문을 인용할 때에는 가 급적 해당 한자의 음만 표기하였으며, 필요한 경우에만 한자를 괄호 안에 병기하였다.

5. 시 작품의 인용에서 중략한 부분은 괄호 안에 "중략"이라고 적었으며, 그 밖의 인용문 에서 중략한 부분은 석 점만 찍은 줄임표(…)로 나타내었다.

6. 시·산문·단편소설·신문기사·잡지에 실린 글·논문 등과 같이 짧은 글의 제목은 홑낫 표(「 」) 안에, 단행본·장편소설·신문·잡지 등과 같이 긴 글의 제목은 겹낫표(『 』) 안에 적었다.

7. 인용문 중에서 외국어 저작을 별도의 역자 표기 없이 한국어로 번역한 것은 모두 이 책 의 저자가 직접 옮긴 것이다.

8. 각주는 각 부가 시작할 때마다 새로운 일련번호를 붙였다. 각 부에서 동일한 서지사항 을 두 번 이상 각주로 나타낼 때에는, 한국어로 된 글과 책의 경우 두 번째 표기할 때부 터 "위의/앞의 글" 또는 "위의/앞의 책"으로, 서양어로 된 글과 책의 경우 두 번째 표기 할 때부터 "Ibid." 또는 "op. cit."로 적었다.

9. 제1부 서론을 제외한 나머지 본문에서 신문과 잡지 이름을 표기할 때, 필요한 경우에 만 각 부에 처음 나올 때 한자로 표기하였다.

| 제1장 |

서론

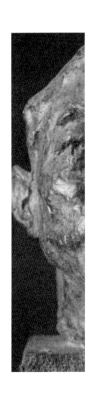

제1절
임화 시의 일곱 빛깔

임화(林和, 1908~1953)는 시인, 문학비평가, 연극인, 영화인, 카프 서기장 등 그의 다채로운 이력만큼이나 복잡다단한 시 세계의 변모 과정을 보여준다. 그는 1924년에 민요시를 발표하기 시작한 뒤로 다다이즘 시와 서간체 시 등의 간단치 않은 형식 실험을 거쳤다. 나아가 그는 첫 번째 시집 『현해탄』 속에 서간체 시 이후부터 1938년까지 자신의 변화 양상을 묶어내었다. 그 후로 임화가 해방 전까지 창작한 시는 전과 또 달라진 모습을 보이며, 이는 해방 후에 펴낸 시집 『찬가』의 2부에 수록되었다. 따라서 임화의 시에 관한 연구도 공통적인 논점을 중심으로 이루어지기보다는 임화의 시적 변모 양상에 따라서 각기 다른 해석을 제시하는 방식으로 이루어졌다고 할 수 있다. 기존의 연구사에서 해방 전 임화의 시 세계는 대체로 민요시, 다다이즘 시, '단편 서사시', 혁명적 낭만주의를 토대로 한 시, 현해탄 연작, 1930년대 후반 시 등으로 구분된다. 그렇다면 이러한 단계 구분의 방식에 따른 임화의 시에 관한 연구 성과는 어떠하였는지, 각 단계별로 주된 논점이 무엇이었으며 어떻게 극복되거나 답습되었는지를 먼저 살펴보고자 한다.

1) 임화의 민요시는 방민호에 의하여 2005년에 발굴되면서 민요시를 중심

으로 하는 '국민문학파'의 문제의식과 접맥되어 있다는 평가를 받았다.[1] 이로 인하여 그 전까지 임화의 시가 '상징주의 시'로 출발하면서 서구 상징주의 및 1920년대 초『폐허』와『백조』파의 유산을 계승하였다는 논의는 상대적으로 축소될 수밖에 없었다.[2] 실제로 일부 연구자들에 의한 '상징주의 시' 규정은 그 개념이 모호하며, 근거가 되는 작품 편수가 민요시에 비하여 지나치게 석다는 문제점이 있기 때문이다. 또한 임화의 민요시가 발굴되기 이전에 '단편서사시' 양식 채택론과 국민문학파에서 촉발된 민요 양식 차용론 사이의 논쟁을 카프 내부에 얽혀있던 두 이질적인 집단 간의 주도권 쟁탈로 보는 연구 시각이 제기된 바 있었다.[3] 하지만 그와 같은 시각은 임화의 민요시 발굴을 계기로 보다 풍부하고 복합적인 맥락의 보충을 필요로 하게 되었다. 다른 한편 임화의 민요시에 나타난 전통적 율격과 여성 화자의 직접 발화 형식이 단편서사시의 형식적 특징으로 이어진다는 연구도 이루어졌다.[4] 그러나 이러한 연구는 민요시가 당대의 담론에 비추어 어떠한 함의를 내포하였는지를 고려하지 않으며 형식미학적인 측면에만 머무른다는 한계가 있다.

2) 임화의 다다이즘 시는 김윤식에 의하여 '가출 모티프'로 설명되었다. 여기서 '가출 모티프'란 "보다 새로운 현상이 나타나면 여지없이 그곳으로 달려가게 되는 현상"을 의미하며,[5] 임화가 지닌 이식론의 면모를 강조하는 용

1 방민호,「임화의 초기 시편과 해방 후 시 한 편」,『서정시학』28호, 2005. 겨울, 233쪽.
2 유임하,「林和詩의 變貌樣相에 관한 研究」, 동국대학교 석사학위논문, 1989; 송승환,「1920年代 韓國傾向詩의 한 研究」, 경희대학교 석사학위논문(국어교육학과), 1991.
3 김정훈,『임화 시 연구』, 국학자료원, 2001.
4 강은진,「임화 초기시 연구—변모 양상 및 중후기 시와의 영향관계를 중심으로」, 고려대학교 석사학위논문, 2012.
5 김윤식,『林和研究』, 문학사상사, 1989, 40쪽.

어이다. 이와 같은 관점은 다다이즘 시가 조선의 구체적 현실을 고려하지 않고 서구적 위치와 동일시된 추상적 인식 방식을 보여주며, 이로 인하여 마르크스주의의 개념 자체만을 전개하는 데 그쳤다는 논의로 진행된다.[6] 또한 임화의 다다이즘 시는 서구 근대성을 수용하고 마르크시즘으로 나아가는 계기로 설정되기도 한다.[7] 그러나 임화의 다다이즘 시가 현실에 대한 미학적 대응의 성격을 지닌다는 점이 2000년대 이후 본격적으로 주목되면서, 단순히 서구 담론의 이입으로 보는 관점은 어느 정도 극복되었다. 그의 다다이즘 시를 '미학적 전위성과 정치적 전위성의 결합 가능성', '예술과 정치의 융합', '일상을 뒤집은 성찰' 등으로 해석한 연구가 그 사례이다.[8] 이는 '리얼리즘/모더니즘'과 같은 이분법적 도식을 상대화하며, 예술적 전위와 정치적 전위의 상호 침투를 해명하였다는 점에서 성과가 크다.[9] 하지만 지금까지의 연구는 임화의 다다이즘 시가 그 전의 민요시와 맺고 있는 관련성을 해명하지 못하며, 이후 서간체 시로의 변모를 여전히 정치적 성격의 강화라는 시각으로만 파악한다는 문제를 남긴다.

  3) 임화의 서간체 시는 장르론, 서술론, 카프의 대중화론 등을 중심으로 논

---

6 김지형, 「김남천과 임화 문학의 식민지 이성 연구」, 한국외국어대학교 박사학위논문, 2013.
7 박인기, 「韓國現代詩의 모더니즘 受容 硏究」, 서울대학교 박사학위논문, 1987; 김오경, 「林和詩 硏究」, 충남대학교 석사학위논문, 1995.
8 박정선, 「식민지 근대와 1920년대 다다이즘의 미적 저항」, 『어문론총』 37집, 2002. 12; 이성혁, 「1920년대 한국 근대시의 전위성 연구─아나키즘 다다와 임화의 초창기 시문학에 대한 비교문학적 접근」, 한국외국어대학교 박사학위논문, 2007; 한용국, 「1920년대 시의 일상성 연구」, 건국대학교 박사학위논문, 2010.
9 손유경, 「최근 프로 문학 연구의 전개 양상과 그 전망」, 『상허학보』 19집, 2007. 2; 손유경, 「식민지 조선에서 '전위'가 된다는 것(1)」, 『한국현대문학연구』 41집, 2013. 12.

의되었다. 김기진에 의하여 '단편서사시'로 명명되는 동시에 프로문학의 대중화 방향으로 평가된 것과는 다르게,[10] 연구의 초기에는 임화의 서간체 시를 서정시에 가깝게 보는 시각이 우세하였다.[11] 다른 한편 서간체 시를 '서술시', '산문시', '서술적 서정시', '영웅서사시 전통의 계승' 등 여러 개념으로 분석하려는 시도가 이루어졌다.[12] 또는 예술지상주의를 뜻하는 김윤식의 '누이 콤플렉스' 개념에 근거하여 서간체 시를 '배역시(配役詩)'로 규정하는 연구도 있었다.[13] 다음으로 카프가 제시한 대중화론의 맥락에서 임화의 서간체 시를 연구한 경향은 대체로 리얼리즘론을 중심으로 한 연구 속에서 피력되었다.[14] 리얼리즘을 중심으로 한 논의는 서술론을 적극 참조하기도 한다.[15]

---

10 김기진, 「短篇敍事詩의 길로—우리의 詩의 樣式問題에 對하야」, 『朝鮮文藝』 1호, 1929.

11 권환, 「「詩評」과 「詩論」」, 『大潮』 4호, 1930. 6, 33~37쪽; 백철, 『朝鮮新文學思潮史現代篇』, 백양당, 1949; 김윤수・백낙청・염무웅 엮음, 『韓國文學의 現段階 I』, 창작과비평사, 1982; 김용직, 『林和文學研究—이데올로기와 詩의 길』, 새미, 1999.

12 남기혁, 「임화 시의 담론구조와 장르적 성격 연구」, 서울대학교 석사학위논문, 1992; 윤석우, 「韓國 現代 敍述詩의 談話 特性 研究」, 조선대학교 박사학위논문, 1997; 서지영, 「한국 현대시의 산문성 연구—오장환・임화・백석・이용악・이상 시를 대상으로」, 서강대학교 박사학위논문, 1998; 조명숙, 「임화의 단편서사시 연구」, 아주대학교 석사학위논문, 2005; 백은주, 「현대 서사시에 나타난 서사적 주인공의 변모 양상 연구—'영웅 형상'의 변모를 중심으로」, 고려대학교 박사학위논문, 2009.

13 김윤식, 『近代韓國文學研究』, 일지사, 1973, 460~468쪽; 김재홍, 『카프시인비평』, 서울대학교출판부, 1990; 정재찬, 「1920~30年代 韓國傾向詩의 敍事志向性 研究—短篇敍事詩를 중심으로」, 서울대학교 석사학위논문, 1987; 박정선, 「임화 시의 시적 주체 변모과정 연구」, 경북대학교 박사학위논문, 2005.

14 박민수, 「한국현대시의 사회시학적 연구—1920년대의 시를 중심으로」, 서울대학교 박사학위논문, 1989; 오성호, 「1920-30년대 한국시의 리얼리즘적 성격 연구—신경향파와 카프의 시를 중심으로」, 연세대학교 박사학위논문, 1992; 최두석, 「한국현대리얼리즘시연구—임화 오장환 백석 이용악의 시를 중심으로」, 서울대학교 박사학위논문, 1995.

15 윤여탁, 「1920~30년대 리얼리즘시의 현실인식과 형상화 방법에 대한 연구」, 서울대학교 박사학위논문, 1990; 이명찬, 「1930년대 후반 한국 현실주의시의 내면화과정 연구」, 서울대학교 석사학위논문, 1991; 김진희, 「林和 詩 研究—'단편서사시'를 중심으로」, 이화여자대학교 석사학위논문, 1990.

이러한 연구에서 공통적인 문제점은 서구 시학의 개념을 한국 문학 나름의 맥락에 대한 고려 없이 직접 적용하였다는 것, 그리고 계급 이데올로기와 대중화론의 시각에 치우쳐 있다는 것이다.

반면 문화 연구와 비교문학의 방법론이 활발하게 적용된 시기에 이르러, 임화의 서간체 시는 당대 사회주의 운동을 둘러싼 낭독, 검열, 일본 나프시와의 영향 관계, 감정, 윤리 등의 주제로 연구되었다.[16] 비록 서간체 시가 낭송회를 통하여 큰 호응을 거두었다는 기록이 사실일지라도, 그것의 창작 원리를 대중과의 소통이나 공감에서만 찾아야 할 까닭은 없다. 마찬가지로 검열을 우회하기 위하여 여성 화자를 등장시켰다는 논리는 막연한 추정의 수준에 그치고 있다. 또한 임화 이전에 여러 나라에서 서간체 형식이 시도되었다고 하더라도, 서간체 형식의 본질이 무엇이며 그것이 제대로 구현되었는가에 따라서 개별 결과물들은 차이를 가질 수밖에 없다. 이처럼 새롭고 다양한 맥락에서 임화의 서간체 시에 접근하는 시도가 이루어졌으나, '단편서사시'나 '대중화론'과 같은 기존 연구의 분석 틀이 별다른 반성 없이 답습되었다.

4) '낭만주의 시'로 불리는 임화의 작품은 대체로 1930년대 중반에 발표되었으며 '영웅적 청년'이 주체로 등장하는 것을 가리킨다. 이러한 개념 규정

16 정승운, 「「비날이는 品川驛」을 통해서 본 「雨傘밧은 『요꼬하마』의 埠頭」」, 『일본연구』 6집, 2006. 8; 권성우, 「임화 시에 나타난 "탈식민성" 연구」, 『한국문예비평연구』 24집, 2007. 12; 한기형, 「"법역(法域)"과 "문역(文域)"―제국 내부의 표현력 차이와 출판시장」, 『민족문학사연구』 44집, 2010. 12; 김응교, 「임화와 일본 나프의 시」, 『현대문학의 연구』 40집, 2010. 2; 최병구, 「임화의 유물론적 사유에 나타나는 '윤리적 주체'의 문제―대중화 논쟁과 '물 논쟁'을 중심으로」, 임화문학연구회 엮음, 『임화문학연구 2』, 소명출판, 2011; 최병구, 「초기 프로문학에 나타난 '감성'과 '제도'의 문제」, 『현대문학의 연구』 47집, 2012. 6; 배상미, 「식민자와 피식민자의 연대(불)가능성―나카노 시게하루의 「비내리는 시나가와역」과 임화의 「우산 받은 요꼬하마의 부두」」, 『민족문학사연구』 53집, 2013. 12; 장문석·이은지, 「임화의 '오빠', 송영」, 『한국학연구』 33집, 2014. 5.

은 카프 해산 및 그 시기에 임화가 일련의 평론을 통하여 제기한 '혁명적 낭만주의'론을 근거로 한다. 기존의 연구들은 이에 대하여 주로 역사의식과 서사성이 축소된 반면 주관적, 관념적, 내성적, 회상적, 감상적 성격이 강화되었다고 비판한다.[17] 이러한 비판은 카프 해산이라는 작가의 전기적 체험에 지나치게 큰 비중을 둔 결과로 보인다. 그와는 반대로 임화 시의 낭만성 또는 서정성에 긍정적인 가치를 부여하는 연구도 시도되었다.[18] 이와 같은 논의는 카프 이후의 임화 시에 나타나는 현실 대응 방식에 주목하였다는 점에서 긍정적이지만, 임화의 평론과 시 사이의 간극을 변별해내지 못했다는 문제점을 내포한다.[19] 반면 임화의 비평이 구체적 인간에 대한 감성적 인식 및 그것을 위한 몽상을 지향한다는 연구도 있었는데,[20] 이는 그동안 관념적이고 감상적이라고 평가된 임화의 시를 재해석할 수 있는 실마리가 될 것이다.

5) 임화의 현해탄 시편은 김윤식의 '현해탄 콤플렉스' 개념으로 분석되면서부터 근대성이라는 키워드를 중심으로 연구되었다. 김윤식에 따르면, 현해탄 시편은 식민지 지식인의 서구 편향, 일본 의식에 의한 지성의 마비를

---

17 이경훈,「林和 詩 硏究—詩集『玄海灘』을 대상으로」, 연세대학교 석사학위논문, 1988; 김재용,『민족문학운동의 역사와 이론』, 한길사, 1990; 홍희선,「임화 시 연구」, 서울여자대학교 석사학위논문, 1991; 정호웅,『임화—세계 개진의 열정』, 건국대학교출판부, 1996; 유종호,『다시 읽는 한국시인』, 문학동네, 2002; 김지형,「김남천과 임화 문학의 식민지 이성 연구」, 앞의 글.
18 이태숙,「林和 詩의 變貌 樣相에 관한 考察」, 서울대학교 석사학위논문, 1991; 김정훈,「임화 시 연구」, 한양대학교 박사학위논문, 1996; 김종훈,「한국 근대시의 '서정': 기원과 변용」, 고려대학교 박사학위논문, 2008.
19 임화의 시 창작과 비평 사이에 존재하는 간극을 주목해야 한다는 목소리는 일찍이 신종호와 김용직 등에 의하여 제기된 바 있다. 신종호,「林和 硏究」, 숭실대학교 석사학위논문, 1991; 김용직,『韓國現代詩史 1』, 한국문연, 1996.
20 손유경,「팔봉의 '형식'에서 임화의 '형상'으로」,『한국현대문학연구』 35집, 2011. 12.

보여주며,[21] 여기에서 민족성·지방성·사적인 감정이나 정서는 제거되는 반면 일본은 근대 자체가 된다고 한다.[22] 이처럼 임화를 식민지적 근대의 이식론자로 간주하는 논법은 이후의 연구에서도 발견된다.[23] 그 후로 임화의 이식론을 상대화하고자 하는 연구가 시도되었다. 현해탄 시편을 임화의 마산 체류 경험과 연관시켜서 주체재건론의 결과물로 해석한 연구도 있지만,[24] 대부분의 연구는 서구의 포스트콜로니얼리즘에 따라 임화의 시에서 식민지 근대 의식과 민족의식의 양가성 또는 혼종성을 찾아내려는 노력으로 나타났다.[25] 하지만 식민지 조선의 상황은 포스트콜로니얼리즘의 모델이 되는 식민지 인도와 다르며, 식민지 근대에 대한 조선 내부의 노력은 양가성과 다른 방식으로 실천되었음을 고려할 필요가 있다.

다른 한편으로 '현해탄 콤플렉스'와는 달리 근대성을 서구 근대에 대한 비

---

21 김윤식,『韓國近代文藝批評史研究』, 일지사, 1976, 561쪽; 김윤식,『林和研究』, 앞의 책, 283쪽.
22 김윤식,『그들의 문학과 생애—임화』, 한길사, 2008, 116쪽.
23 이경훈,「서울, 임화 시의 좌표」, 문학과사상연구회,『임화문학의 재인식』, 소명출판, 2004.
24 박정선,「임화와 마산」,『한국근대문학연구』26집, 2012. 10.
25 신명경,「林和詩 研究」, 동아대학교 석사학위논문, 1990; 진순애,「韓國 現代詩의 모더니티 硏究—30年代와 50年代 詩를 중심으로」, 성균관대학교 박사학위논문, 1996; 이형권, 「林和 文學 硏究」, 충남대학교 석사학위논문, 1997; 신명경,「일제강점기 로만주의 문학론 연구」, 동아대학교 박사학위논문, 1999; 김진희,「林和 詩 研究—'단편서사시'를 중심으로」, 이화여자대학교 석사학위논문, 1990; 김진희,「한국 근대 기행시 연구」, 숙명여자대학교 박사학위논문, 2008; 최현식,「낭만성, 신념과 성찰의 이중주—임화의 '네거리' 계열 시를 중심으로」, 문학과사상연구회, 앞의 책; 최윤정,「1930년대 '낭만주의'의 탈식민성 연구—임화, 김기림, 박용철의 시론과 시 텍스트를 중심으로」, 서강대학교 박사학위논문, 2007; 유성호,「'청년'과 '적'의 대위법—1930년대 중반 이후의 임화 시」, 임화문학연구회 엮음,『임화문학연구』, 소명출판, 2009.

판적 인식으로 새롭게 해석한 연구가 있다.[26] 이는 임화의 시를 '도시'라는 공간 표상을 중심으로 김기림 등의 모더니즘 계열 시와 비교하는 경향이 있다.[27] 이러한 논의들은 임화를 단순히 카프 시인의 범주에 국한시키지 않고 모더니즘과의 관련성으로까지 확대시켰다는 점에서 발전적이지만, 임화 시의 근대문명에 대한 인식을 또 다른 근대성의 범주나 도시 표상에 국한하여 분석한다는 한계를 남겨둔다. 이와 달리 이 시기 임화의 문학사 정리가 목표한 바를 '조선 근대문학사의 내러티브 구성을 통한 민족적 아이덴티티의 보존'으로 보고, 그것이 임화의 시집 『현해탄』에 반영되었다는 연구도 제기되었다.[28]

임화의 시에 관한 연구는 아니지만, '현해탄 콤플렉스' 자체를 극복하기 위한 한국문학 연구가 이루어진 바 있다는 점은 주목을 요하는 대목이다. 신범순은 한국근대문학 연구의 '현해탄 콤플렉스'를 극복하기 위한 노력을 소개한다. 이에 따르면, 이상(李箱) 문학에 관한 권희철, 김예리, 이형진, 란명 등의 연구는 한국근대문학이 동시대의 일본문학과 치열하게 경쟁하면서 그것을 넘어서는 지점을 밝혀내었다고 한다. 나아가 논자는 이상의 문학을 비롯한 경성 모더니즘에게 도쿄의 모더니즘은 목표가 아니라 경성의 지평으로 끌어올려져야 할 것이었으며, 식민지와 함께 새로운 차원으로 끌어올려져

---

26 김윤태, 「1930年代 韓國 現代詩論의 近代性 硏究—林和와 金起林의 詩論을 中心으로」, 서울대학교 박사학위논문, 1999; 허정, 「임화 시 연구」, 동아대학교 박사학위논문, 2007.
27 이장렬, 「한국 근대시에 나타난 도시공간 연구—김기림과 임화를 중심으로」, 경남대학교 석사학위논문, 1995; 오세인, 「한국 근대시에 나타난 도시 인식과 감각의 연구」, 고려대학교 박사학위논문, 2011.
28 방민호, 「한 랭보주의자의 길찾기—오장환의 경우」, 『일제 말기 한국문학의 담론과 텍스트』, 예옥, 2011; 방민호, 「임화 시집 『현해탄』과 숭고의 미학」, 위의 책.

할 것이었다고 밝힌다. 이에 따르면, 경성 모더니즘은 '도쿄 모더니즘'을 최종적인 목표로 간주하는 '현해탄 콤플렉스' 개념과 달리, 경성·런던·도쿄 등 모든 도시를 통합하는 사유라고 할 수 있다.[29] 이처럼 '현해탄 콤플렉스'를 극복하고자 하는 연구 성과는 임화의 시를 해명하는 데 있어서도 적용될 만한 충분한 가치가 있다고 판단된다.

6) 찬가 시편을 중심으로 하는 1930년대 후반 임화의 시는 일제 파시즘의 억압이 극에 달하였다는 시대적 배경을 근거로 하여 '지식인의 자기성찰', '내성화', '현실에 대한 운명론적 인식', '전향의 수락' 등으로 분석되어왔다.[30] 이와 달리 임화가 '낭만주의론' 또는 '주체재건론' 이후로 텍스트의 잉여나 무의식에 관심을 기울인 점에 주목하여 이 시기 그의 문학을 새로운 글쓰기 모색으로 보려는 연구도 있었다.[31] 특히 이 시기 임화의 문학을 '애도'의 측면에서 해석하는 연구 경향이 주목된다.[32] 이 책에서는 '애도'를 임화의 시에 관한 연구 시각으로 취하지만, '애도'를 '혁명 운동 도중에 희생된 동지나 누이' 또는 '사회주의 이념'에 관한 것으로만 국한시키기기보다, 집단적 이념으로

29 신범순, 「동아시아 근대 도시와 문학」, 신범순·란명 외, 『동아시아 문화 공간과 한국 문학의 모색』, 어문학사, 2014, 39쪽.
30 이경훈, 「임화의 1930년대 후반기 시 연구」, 『비평문학』 7집, 1993. 9; 김명인, 「1930년대 중후반 임화 시의 양상과 성격」, 『민족문학사연구』 5호, 1994. 7; 이경수, 「임화 시에 나타난 '운명'의 의미」, 『어문논집』 44호, 2001. 10.
31 김동식, 「「리얼리즘의 승리」와 텍스트의 무의식─임화의 「의도와 작품의 낙차와 비평」에 관한 몇 개의 주석」, 『민족문학사연구』 38집, 2008. 12; 김수이, 「임화의 시비평에 나타난 해석과 평가의 시차(視差, parallax)─김기림, 이상, 백석, 오장환의 시에 대한 임화의 비평을 중심으로」, 『한국문예비평연구』 31집, 2010. 4.
32 이기성, 「'운명'과 '고백' 사이─1930년대 후반에서 해방기까지 임화의 시 쓰기」, 『민족문학사연구』 46집, 2011. 8; 이경재, 「일제 말기 임화와 애도─한설야와의 관련성을 중심으로」, 임화문학연구회 엮음, 『임화문학연구 3』, 소명출판, 2012.

환원되지 않는 인간에 관한 것으로 확장하고자 한다. 이 책은 이러한 '애도'의 속성이 임화 시의 초기에서부터 발견되며, 특히 니체 등의 사유와 결합함으로써 변주된다고 본다. 박정선은 찬가 연작 속에서 니체의 디오니소스적 긍정 등과 같은 개념이 나타나며, 이것이 파시즘에 대한 저항의 의의를 갖는다고 밝혔다.[33] 이 책은 임화의 시가 식민지 근대의 외부를 모색하기 위하여 니체 등의 사유와 접합하는 시점을 찬가 시편보다 이른 시기인 시집 『현해탄』의 창작 무렵으로 앞당길 것이다.

지금까지 검토된 연구사에 대하여 이 책은 다음과 같은 문제를 제기하고자 한다. 첫째, 기존 연구에서 임화의 시 세계는 시 자체보다도 작가의 전기적 체험(일본 체류, 카프 결성과 해산, 중일전쟁과 전시체제 등)이나 그의 비평 이론(유물변증법, 사회주의 리얼리즘, 혁명적 낭만주의론, 주체재건론, 텍스트의 잉여 등)을 중심으로 그 변모 단계가 구분되어왔다. 하지만 원칙적으로 작가의 창작은 그의 생애나 비평으로 완벽하게 환원될 수 없다. 특히 임화의 경우에 시인과 혁명가, 시인과 비평가의 관계는 애초부터 일치했던 것이 아니라 서로의 접점을 찾아야 할 문제였다. 그러므로 임화의 시 세계는 그 자체의 변화 과정에 따라서 더욱 섬세하고 엄밀하게 구분될 필요가 있다. 그리하여 이 책은 해방 전 임화의 시를 민요시, 다다이즘 시, 서간체 시, 시집 『현해탄』의 세 단계(계절의 흐름을 다룬 시, 메타시(meta poetry), 현해탄 시편), 시집 『찬가』 2부, 이렇게 일곱 가지 유형으로 분류한다. 이 분류 방식은 앞으로 임화 문학을 재검토할 수 있는 여지를 마련해 줄 것이다.

둘째, 임화의 민요시를 상징주의의 영향 또는 형식미학적 분석과는 다른

---

33 박정선, 「일제 말기 전시체제와 임화의 「찬가」 연작」, 『한국시학연구』 22집, 2008. 8.

방식으로 해석되어야 할 필요가 있다. 임화의 민요시는 1920년대 국민문학파의 흐름과 비교되었지만, 시기상으로 그보다 앞서 있다. 그것은 김억, 주요한, 김동환뿐만 아니라 김소월, 홍사용 등의 선배 시인들에게서 영향을 받은 것이다. 임화가 민요시를 발표할 당시에 김억, 김동환, 김기진 등은 서구 근대의 물질문명에 대한 비판으로서 '서정시 탈피' 담론을 내세웠다. 반대로 임화의 시가 민요시에서 다다이즘 시로 변모할 당시에 '서정시 탈피' 담론을 내세웠던 이들은 민요시나 프로시를 주창하게 되었다. 그러므로 이 책은 기존 연구와 달리 임화의 민요시를 국민문학파의 흐름보다 앞선 시인들의 영향 관계 속에서 고찰하며, 거기에 담긴 문명 비평적 함의를 규명하고, 그것을 임화의 다다이즘 시 및 국민문학파와의 비교 대조를 통하여 해석하고자 한다.

셋째, 선행 연구에서 임화의 다다이즘 시는 예술적 전위성과 정치적 전위성의 결합으로 설명되었으나, 그 이전과 이후의 민요시 및 서간체 시와 어떠한 관계를 맺는지에 관해서는 해명이 부족하였다. 그러나 김억, 김동환 등이 '서정시 탈피' 담론에서 민요시 담론으로 이행해간 양상과 견주어보면, 임화의 시가 민요시에서 다다이즘 시로 변모해 나간 것은 '서정시 탈피' 담론으로의 이행으로 볼 수 있다. 전자가 서구 근대의 물질문명에 대하여 '전원(田園)'을 내세우는 소박한 수준에 그쳤다면, 후자는 문명의 문제를 집단과 개인이라는 개념적 범주로써 고민하였다. 이 책의 2장 1절에서는 그 집단과 개인의 문제를 민족적인 것에서 문명 비평으로 관점이 변화한 것과, 내면 정서에서 타자로 표현 대상이 변화한 것, 이렇게 크게 두 가지 측면으로 설명하고자 한다.

넷째, 임화의 서간체 시에 대한 선행 연구는 검열의 우회 전략, 낭독을 통한 대중의 공감 유도, 일본 나프시와의 영향관계 비교, 윤리적 주체 수립에의 미달 등 다양한 해석을 제시하였지만, '단편서사시'라는 용어를 반성 없이 답습하였으며, 이데올로기 선전 선동 및 대중화 수단이라는 기존 분석 틀에서 달라진 시각을 제시하지 못하였다. 이 책의 2장 2절은 임화가 다다이즘 시를 통하여 획득한 문명 비평 및 타자로에 대한 관심이 그의 서간체 시 속에서 애도를 통하여 본격적으로 형상화되기 시작하였음을 논증한다. 이때 주요하게 동원할 방법은 임화의 서간체 시 속에서 계급 집단의 이념으로 환원되는 부분과 그렇게 환원되지 않는 타자성을 변별하는 것이다. 또한 임화의 서간체 시에서 애도는 일제의 공적 권력에 의하여 애도될 수 없는 인간으로 규정된 인간을 시적으로 형상화하며, 단독적 타자에 토대를 둔 윤리 및 정치의 가능성을 구현한다. 이때 임화의 서간체 시가 이전의 일본 나프시 및 이후의 카프 서간체 시와 구별되는 시적 성취를 어떻게 획득하였는지가 드러날 것이다.

다섯째, 서간체 시 다음으로 1930년대 중반까지 창작된 임화의 시는 기존의 여러 연구에 따라 낭만주의적인 시로 간주되었다. 하지만 이는 당시에 임화가 식민지 근대를 극복하기 위하여 참조하였던 사상적 맥락들을 폭넓게 고려하지 않았다는 문제가 있다. 시집『현해탄』의 내적 구성 원리 또한 면밀하게 분석된 적이 없다. 임화가 참조한 사상적 맥락들과 시집『현해탄』의 내적 구성 원리는 1930년대에 들어서 달라진 '서정시 탈피' 담론의 문명 비평적 성격 속에서 이해될 수 있다. 이 책의 3장 1절은 김기림 등에 의한 1930년대의 '서정시 탈피' 담론이 어떠한 문명 비평적 성격을 내포하는지를 살피고, 그보다 이른 시기부터 나름의 '서정시 탈피' 형식을 모색하였던 임화의 시와 교차하는 지점에 주목할 것이다. 임화는 당대에 지배적이었던 서구 근대문명을 극복하고자 그것과는 다른 흐름을 가진 서구 문명의 연원을 '변증론'이라는 주제로 탐색하며 몽테뉴, 파스칼, 니체, 괴테 등을 재독해하였다. 그러한 과정에서 임화는 '에세이적 시', '수필적 시', '산문과의 장르 경계를 넘나드는 시'의 형식을 발견하였다.

나아가 이 책의 3장 2절은 임화의 시는 시집 『현해탄』의 앞쪽에 자리하는 시편, 즉 계절의 흐름을 배경으로 한 시와 메타시를 분석한다. 여기서 계절의 흐름을 배경으로 한 시는 서간체 시에서의 애도라는 속성을 '생성과 소멸에 대한 긍정'으로서의 '운명' 개념으로 확장하였다. 반면 메타시는 계절의 흐름을 배경으로 한 시가 지닌 낭만주의적 측면을 반성하고, 유물변증법과 구별되는 '변증론'을 통하여 자신의 시 창작 원리를 정립하였다.

여섯째, 모더니즘 및 포스트콜로니얼리즘에 근거한 연구는 임화의 현해탄 시편에 대한 이식론적 관점을 상대화하고 그 속에서 민족의식이나 근대 대응 논리를 밝혀내었지만, 양가성 또는 근대적 논리를 근본적으로 벗어나지 못하였다. 이 책의 3장 3절은 '운명' 개념과 접합된 임화 시의 애도가 '서구=일본=근대'의 등식 속에서 상실된 타자인 '조선 민족의 아이덴티티'를 어떻게 시적으로 형상화하였는지 살펴볼 것이다. 현해탄 시편에서 운명 공동체로서의 '민족'은 식민지 근대의 폭력적 문명에 의하여 상실된 타자이자 동시에 새로운 문명의 생성을 꿈꾸는 공동체이다.

일곱째, 찬가 시편을 중심으로 하는 일제 말기 임화의 시는 '애도'나 '니체 철학'에 주목한 선행 연구를 통하여 무력한 좌절감과 패배감의 산물이라는 평가를 다소 탈피하였다. 하지만 여기에서 '애도'의 개념이나 '니체 철학'은 사회주의 이념과 혁명 운동 속에서 희생되었던 동지, 헤겔 철학의 자장을 벗어나지 못한 마르크스주의 변증법에 국한되어서 다루어졌다. 이 책의 4장 1절은 임화가 문명 비평적 시각에서 일제 말기를 '페시미즘'의 시대로 파악하였다는 점에 주목하고자 한다. 이러한 시대 인식은 오장환, 서정주 등 『시인부락』이나 『낭만』 동인들을 '시단의 신세대'로 호명하였던 임화의 시 비평 속에서 뚜렷하게 드러난다. 이 시기에 임화는 찬가 시편의 애도를 통하여 '약자의 염세주의'에 맞서는 '강자의 염세주의'를 구상한다.

이 책의 4장 2절은 일제 말기를 페시미즘의 시대로 규정하고 그에 맞서 '강자의 염세주의'를 모색하였던 임화의 기획이 시집 『찬가』 2부를 중심으로 하는 임화의 일제 말기 시편에서 어떻게 시적으로 형상화되었는지를 살펴보고자 한다. 니체 철학에 따르면, '약자의 염세주의'는 염세주의 시대에서 삶의 허무적 부정으로 침몰하는 것인 반면에, '강자의 염세주의'는 죽음과 같은 고통마저도 삶의 생성으로서 긍정하는 것이라 한다. 이는 임화의 일제 말기 시편에서 애도의 방식으로 표현되는데, 이때의 애도는 현실 앞에서의 무력함이나 퇴폐적인 비애가 아니라 고통 받는 민족의 현실을 긍정하는 적극적 태도이다.

현재까지 밝혀진 해방 전 임화의 시는 모두 90편이다. 이 책은 지금까지의 연구사 검토를 바탕으로 해방 전 임화의 시 세계 전반을 애도의 측면에서 해석하고자 한다. 이에 따르면, 임화의 시 세계는 다음과 같이 민요시, 다다이즘 시, 서간체 시, 계절의 흐름에 따른 시, 메타시, 현해탄 연작, 시집 『찬가』 2부 시편으로 구분된다. 1924년부터 1926년까지의 13편(이 가운데 민요시 10편), 1927년의 다다이즘 시 9편, 1928년부터 1933년까지의 14편(이 가운데 서간체 시 11편이며, 1930년 7월부터 1933년 3월까지 발표작 부재), 1938년에 발간된 시집 『현해탄』에 실린 41편, 1936년부터 1937년 사이에 발표되었으나 시집 『현해탄』에 실리지 못한 4편, 1938년부터 해방 전까지 발표되어서 해방 후 시집 『찬가』의 2부에 실린 7편, 1938년부터 해방 전까지 발표되었으나 시집

『찬가』에 실리지 못한 2편 등이 있다. 내적 구성 원리상으로 시집『현해탄』의 시편은 다시 계절의 흐름에 따른 시 17편, 메타시 4편, 현해탄 연작 10편으로 크게 구분될 수 있다.

전체 90편 가운데에서 애도의 토대를 마련하거나 각 시기별 애도의 특성을 나타낸다고 판단되는 작품은 민요시 10편, 다다이즘 시 9편, 서간체 시 11편, 계절의 흐름에 따른 시 17편, 메타시 4편, 현해탄 연작 10편, 시집『찬가』2부의 시편과 미수록작「사랑의 찬가」를 포함한 8편, 이렇게 모두 69편이다. 이 책은 69편의 애도 관련 작품들 중에서 민요시와 다다이즘 시 19편을 애도의 형성 단계로, 서간체 시 11편을 1920년대 임화 시에서 애도의 특성이 본격화된 단계로, 계절의 흐름에 따른 시 및 메타시 21편을 애도의 의미 변주 단계로, 현해탄 연작 10편을 애도와 공동체 문제의 결합 단계로, 시집『찬가』2부를 중심으로 한 8편을 1938년 이후 일제 말기의 애도 단계로 설정한다.

이를 애도 개념의 범주에 따라 묶으면 다음과 같다. 애도의 형성 단계에 해당하는 19편은 시적 표현 대상이 내면 감정에서 타자로, 시적 관점이 민족적인 것에서 문명 비평적인 것으로 이행된 과정을 보여주기에 애도의 토대를 마련한다. 애도의 본격화 단계에 해당하는 11편은 탄압이나 죽음으로 인하여 상실된 누이, 연인, 친구, 어머니 등의 타자를 애도한다. 애도의 의미 변주 단계에 해당하는 21편은 애도를 변증론적 사유와 결합시킨다. 애도와 공동체 문제의 결합 단계에 해당하는 10편은 애도를 통하여 식민지 근대문명의 허구적 대안에 맞서 조선 민족 고유의 문명을 모색한다. 일제 말기 애도 단계에 해당하는 8편은 애도를 통하여 제국주의 파시즘의 페시미즘 문명에 맞서 부정된 생의 의지를 긍정한다. 다음 제2절에서는 이와 같은 분류가 어떠한 연구 시각에 따른 것인지를 밝힐 것이다.

제2절
새로운 문명을 품은 애도의 형상

이 책은 해방 전 임화의 시를 해명하는 데 '애도(mourning)'의 개념이 적절하다는 시각을 취한다. 이 책의 목표는 해방 전 임화 시의 애도가 당대의 맥락 속에서 특히 '문명 비평(civilization criticism)'의 성격을 지니고 있었다는 점을 규명하는 것이다. 그러므로 이 책은 임화가 지닌 문명 비평적 의식이 무엇이었는지, 그것이 어떻게 시 창작 속에서 애도의 방식으로 발현될 수 있었는지를 연구의 시각으로 삼는다.

1) 임화의 문학을 문명 비평이라는 관점에서 본격적으로 설명하는 논의는 방민호에 의하여 이루어졌다. 방민호는 임화와 김기림을 문명 비평의 사례로 들면서, 그들이 일제 말기 천황제 파시즘의 대동아주의에 함몰되는 길을 우회하는 방법에 대하여 심각하게 고민하였음을 강조한다. 이에 따르면, 임화는 1930년대 중반 이후 마르크스주의와는 다른 비평적 기준으로서 서구 및 일본 문학과 변별되는 조선 문학의 아이덴티티라는 척도를 구상하였으며, 김기림은 근대 한국사를 동양이라는 문명사적인 맥락에서 파악하면서 동양과 서양의 현재를 종합적으로 지양하는 새로운 문명을 구상하였다고 한다.[34] 이는 첫째로 한국 문명 비평의 내용을 '조선의 아이덴티티 구축'과 '식민지 근대의 주류 문명론에 저항하는 새로운 문명 구상'으로 규정한다. 둘째로 그 범위를 창작과 변별되는 비평에 한정한다. 셋째로 그 시기를 1930

---

34 방민호, 「'문명 비평'의 길」, 『문명의 감각』, 향연, 2003, 21~24쪽.

년대 중후반 이후로 설정한다.

이러한 문명 비평 개념의 내포와 외연은 확장될 필요가 있다. 먼저 범위의 차원에서 보자면, 임화 문학에 나타난 문명 비평적 성격은 그의 비평만이 아니라 시 창작에서도 발견되는 것이다. 방민호는 자신이 논의한 문명 비평적 성격이 임화의 시에서도 확인된다는 점을 이미 밝힌 바 있다.[35] 일찍이 최재서는 비평의 어원으로부터 "『위기』를 의미하는 Crisis도 나왔다"고 하면서 "Crisis는 원래로 의학(醫學)상 말이여서 『병세의 진행 중 거기서 회복으로 향하든가 또는 죽엄으로 이르든가 결정적인 변화가 생기는 전환점』을 가르친다"고 하였다.[36] 이는 당대 지식인에게 있어서 비평이 창작물에 대한 해석과 평가를 넘어서 현대의 위기에 대한 진단이라는 근원적 의미로 이해되었음을 입증한다. 임화와 더불어 김기림은 "한 편의 시는 그 자체가 한 개의 세계다. … 그것은 항상 청신한 시각에서 바라본 문명비평"이라고 하면서 시 창작에서도 문명 비평적 성격이 구현될 수 있음을 주장하였다.[37] 따라서 문명 비평에서의 비평은 창작 행위와 구분되는 협의를 넘어, 시대의 위기를 진단한다는 광의에서 시의 역할도 될 수 있는 것이다.

다음으로 문명 비평적 성격이 나타나기 시작한 시기는 1930년대 중후반이 아니라 그 이전으로 설정될 필요가 있다. 비록 일제 말기와 같이 문명 파괴의 양상이 노골적으로 나타난 시기가 아니더라도, 일제 식민지 시기는 그 자체로 억압적 문명이자 반문명의 성격을 내포할 수밖에 없다. 임화를 비롯한

---

35 방민호, 「임화 시집 『현해탄』과 숭고의 미학」, 『일제 말기 한국문학의 담론과 텍스트』, 앞의 책.

36 최재서, 「現代批評의 性格─19世紀批評의 結論的 考察(1)」, 『朝鮮日報』, 1938. 11. 2.

37 김기림, 「포에시와 모더─니티」, 『新東亞』, 1933. 7, 164쪽.

식민지 시기 조선 지식인들은 시시각각 변화하는 역사적 국면 속에서 그러한 문명의 위기를 예민하게 포착하고 거기에 능동적으로 대처하였다. 이 책은 1920년대 초중반부터 일제 말기까지 시 창작과 그것을 둘러싼 담론에 나타나는 문명 비평적 성격을 자세하게 해명하고자 한다. 나아가 이 책은 문명 비평 개념의 범위를 해방 전 임화의 시 전체에까지 확대 적용하고, 나아가 임화의 시에서 어떠한 문명 비평적 성격이 나타나고 있는지를 밝힐 것이다.

문명 비평 담론은 한국 근대시의 역사 속에서 새로운 시 형식을 모색하려는 담론과 얽히며 독특하게 전개된다. 새로운 시 형식의 모색은 '서정시'로부터의 탈피를 주장하는 담론의 모습으로 1920년대 중반부터 일제 말기까지 지속적으로 등장하였다. 이 책은 이를 '서정시 탈피' 담론이라는 용어로 명명하고자 한다. 이는 비단 형식미학적인 차원에 국한되는 것이 아니라 문명 비평적 성격까지도 내포하는 것이었다. 이 책 2~4장의 각 1절은 각각 1920년대, 1930년대 전반, 1930년대 후반의 '서정시 탈피' 담론 양상과 그 문명 비평적 성격을 해명할 것이다. 그리고 각 국면과의 비교 대조 속에서 임화의 시 창작에 나타난 '서정시 탈피' 경향과 그 문명 비평적 성격의 고유한 특징이 드러날 것이다.

마지막으로 문명 비평의 내용에 관한 방민호의 규정은 더욱 엄밀하게 가공될 필요가 있다. 그러기 위해서는 먼저 문명 개념이 동서양에서 각각 어떻게 생성되고 유통되었는지를 살펴야 한다. '문명'으로 번역되는 'civilisation'은 'culture'와 함께 18세기 후반 프랑스에서 만들어진 신조어이다. 이 단어의 어원은 라틴어 'civis', 'civilis', 'civilitas' 등으로서, 도시 국가의 시민과 관련된 의미가 있었다.[38] 이때 'civilitas'라는 용어는 르네상스 시대의 데시데리우스 에라스무스(Desiderius Erasmus)에 의하여 '고귀한 인간성'과 '품위 있는 교양'의 뜻으로 개념화되었다.[39] 'civilisation'은 18세기 계몽주의 사조의 유행과 결부되면서 탄생하였다. 이 용어는 '진보'와 '발전'의 뜻을 내포하게 되었으며, 새로운 세력으로 급부상한 부르주아 시민계급의 요구를 반영하여 정치나 사회 제도의 개혁과 같은 내용을 포함하게 되었다.[40] 19세기를 전후하여 유럽에서는 문명에 대한 비판적 논의가 제기되었다. 이는 프랑스의 루소·르낭, 독일의 칸트·훔볼트·피히테, 영국의 콜리지·매슈 아널드 등에 의하여 '문명'과 구분되는 '문화'의 가치를 부각시키려는 시도로 나타났다.[41]

이러한 문명 개념은 다양한 방식으로 동아시아에 유통되었다. 일본의 후쿠자와 유키치(福澤諭吉)는 'civilisation'을 '문명', '개화', '문명개화' 등으로 번역하였으며 이 가운데 최종적으로 '문명'이 대표적인 번역어로 자리 잡게 되었다.[42] 다른 한편 일본의 국수주의자들이 서구식 문명을 추종만 한다면 일

38 나인호, 「'문명'과 '문화' 개념으로 본 유럽인의 자기의식(1750~1918/19), 『역사문제연구』 10집, 2003. 6, 18~19쪽; 김헌, 「"문명(文明, civilization)"에 관한 논의를 시작하며」, 『인물과사상』 128호, 2008. 12, 168쪽; 박명규, 『국민·인민·시민─개념사로 본 한국의 정치주체』, 소화, 2009, 198쪽.

39 노버트 엘리아스, 유희수 옮김, 『문명화 과정─매너의 역사』, 신서원, 2001, 100~108쪽.

40 니시카와 나가오, 한경구·이목 옮김, 『국경을 넘는 방법』, 일조각, 2006, 166~173쪽. 황수영, 「대립개념과 보완개념들을 통해 추적한 문명 개념의 변천과정─18세기와 19세기 초의 프랑스를 중심으로」, 『개념과소통』 2호, 2008. 12, 20쪽.

41 매슈 아널드, 윤지관 옮김, 『교양과 무질서』, 한길사, 2006; 오수웅, 「문화와 문명개념 비교연구─루소의 사상을 중심으로」, 『동서연구』 19권 2호, 2007. 11; 외르크 피쉬, 오토 브루너·베르너 콘체·라인하르트 코젤렉 엮음, 안삼환 옮김, 『코젤렉의 개념사 사전 1─문명과 문화』, 푸른역사, 2010, 117~120쪽.

42 황성면, 「福澤諭吉의 문명론 연구─「문명론지개략」을 중심으로」, 서울대학교 석사학위논문(외교학과), 1997; 임종원, 『후쿠자와 유키치 연구─문명사상』, 제이앤씨, 2001, 234쪽; 김연미, 「『서양사정』의 영어 원전 번역부분에 관한 연구─『Political Economy for Use in

본이 서구와 동등해질 수 없다는 문제를 제기함에 따라서, 서구 물질문명으로 비판된 '문명'과 구별하여 정신문명을 의미하는 '문화' 개념이 등장하였다. 이때 '문화'에서 강조하는 일본적 특수성은 천황제와 결부되며 후일 대동아공영 건설의 논리로 작용하였다.[43] 반면 중국의 경우 캉유웨이(康有爲)와 량치차오(梁啓超)가 받아들인 '문명' 개념은 일본의 경우와 달랐다. 그들은 시구식 문명론의 바탕에 자리 잡고 있는 진화론을 인정하지 않았으며 인도(人道)를 '문명'과 '야만'의 경계로 설정하였다.[44] 한국의 경우에는 1880년대에 들어와 유길준이나 윤치호 등에 의하여 일본의 '문명' 개념이 본격적으로 소개되기 시작하였다.[45] '문명'은 1894년 갑오개혁 및 여러 신문의 간행을 계기로 '개화', '개명' 등의 유사 개념들과 함께 확산되었다. 특히 『독립신문』과 『미일신문』은 기독교를 서구 문명의 본질적 요소로 파악하였다. 반면 『황성

Schools and Private Instruction』과의 비교를 중심으로」, 고려대학교 석사학위논문(일어일문학과), 2002; 박양신, 「근대 초기 일본의 문명 개념 수용과 그 세속화」, 『개념과소통』 2호, 2008. 12, 40~41쪽.

43 니시카와 나가오, 윤대석 옮김, 『국민이라는 괴물』, 소명출판, 2002, 132~133쪽; 함동주, 「근대일본의 문명론과 그 이중성—청일전쟁까지를 중심으로」, 고미숙 외, 『근대계몽기 지식 개념의 수용과 그 변용』, 소명출판, 2004, 130쪽; 김채수, 『일본의 내셔널리즘과 글로벌리즘』, 제이앤씨, 2005, 62쪽; 김경일 · 채수도, 「근대 일본의 지역평화사조에 대한 고찰」, 『일본사상』 11집, 2006. 12, 32~34쪽; 와타나베 히로시 · 박충석 공편, 『'문명' '개화' '평화'』, 아연출판부, 2008, 187쪽.

44 박성래, 「중국에서의 진화론—양계초의 경우를 중심으로」, 『한국과학사학회지』 4집, 1982. 12, 142쪽; 백영서, 「양계초의 근대성 인식과 동아시아」, 『아시아문화』 14집, 1998. 2, 135쪽; 강유위, 이성애 옮김, 『대동서』, 을유문화사, 2006, 23~24쪽; 이혜경, 『량치차오—문명과 유학에 얽힌 애증의 서사』, 태학사, 2007, 203~206쪽.

45 이광린, 『유길준』, 동아일보사, 1992, 20~22쪽; 유영렬, 『개화기의 윤치호 연구』, 한길사, 1995, 68쪽; 이원영, 「문명사관과 문명사회론—유길준의 『서유견문』을 중심으로」, 『한국정치학회보』 30집 4호, 1997. 2; 허동현, 「1880년대 개화파 인사들의 사회진화론 수용양태 비교 연구—유길준과 윤치호를 중심으로」, 『사총』 55집, 2002. 9, 182쪽.

신문』은 서양 학문의 수용을 통한 인민의 지적 능력 개발, 국제적으로 통용되는 법규의 제정 등을 '문명'의 핵심으로 파악하였다.[46]

지금까지 동양과 서양에서 '문명' 개념이 생성되고 유통되는 과정을 살펴보았다. 서양에서 '문명'은 18세기 계몽주의의 대두와 함께 만들어진 용어이며, 어원상 '도시 시민'과 관련된 의미망을 가지는 것이었다. 그 용어가 가지는 진보적이고 개혁적인 함의는 서구 문명을 받아들이고자 하였던 일본의 경우로 이어졌다. 한국의 경우 문명 개념은 처음 소개될 당시에 서구의 학문, 종교, 법률 등을 의미하였다. 1890년대 후반 이후로 한국에서 활발하게 전개된 문명론은 문명화에 실패한 국가가 문명국의 지도를 받아야 한다는 논리를 띠거나, 서양 문명의 핵심인 '물질문명'을 적극 추구할 것을 주장하기도 하였다.[47]

다른 한편 문명화 작업에 문제를 제기하고 문명화의 방향을 새롭게 모색하는 움직임도 등장하였다. 특히 일본 유학생들은 물질 중심적 문명론에 대한 반성으로서 '정신문명'의 중요성을 강조하고, 나아가 일본의 지도에 의한 문명화 작업을 견제하고자 하였다.[48] 국내에서도 유학의 장점인 도덕을 문

---

46 김도형, 「대한제국 초기 문명개화론의 발전」, 『한국사연구』 121호, 2003, 179~180쪽; 길진숙, 「『독립신문』·『미일신문』에 수용된 '문명/야만' 담론의 의미 층위」, 『국어국문학』 136집, 2004. 5, 324~331쪽; 길진숙, 「문명의 재구성 그리고 동양 전통 담론의 재해석―『황성신문』을 중심으로」, 이화여자대학교 한국문화연구원 엮음, 『근대계몽기 지식의 발견과 사유 지평의 확대』, 소명출판, 2006.

47 길진숙, 「1905~1910년, 국가적 대의와 문명화―『대한매일신보』의 문명 담론을 중심으로」, 이화여자대학교 한국문화연구원 엮음, 『근대계몽기 지식의 굴절과 현실적 심화』, 소명출판, 2007, 19쪽; 함동주, 「일본제국의 한국지배와 근대적 한국상의 창출―대한협회를 중심으로」, 『일본역사연구』 25집, 2007. 6; 백동현, 「대한협회계열의 보호국체제에 대한 인식과 정당정치론」, 『한국사상사학』 30집, 2008. 6, 260쪽.

48 정선태, 「근대계몽기 '국민' 담론과 '문명국가'의 상상―『태극학보』를 중심으로」, 『어문학

명의 핵심으로 재구성하려는 노력이 박은식 등에 의하여 시도되었다.[49] 이처럼 일본 유학생이나 국내 유학자 등에 의하여 서구나 일본 중심의 문명화 흐름을 반성하면서 나름의 올바른 문명 담론을 형성하려는 노력이 이루어졌다. 따라서 조선에서의 문명 개념이란 야만적인 폭력이 아니라 인문적인 교양의 방식을 통하여 '인간다움'의 의미를 규정하고, 그렇게 규정된 '인간다움'의 토대 위에서 공동체를 구성하는 원리를 뜻하게 되었다. 특히 개화기 이후 한국에서는 서구 및 일본의 압도적인 문명에 대응하여 그와 다른 내용의 문명을 구성하려는 비평 담론이 형성되었다.

이러한 흐름 속에서 임화는 어떠한 관점으로 문명을 바라보고 있었을까? 그는 문명의 문제를 개인과 집단이라는 두 가지 개념의 축을 통하여 통찰한다. 임화는 그의 초기 비평인 「정신분석학을 기초로 한 계급문학의 비판」(『조선일보』, 1926. 11. 22~24)에서부터 당대에 대두하던 사회 현실의 문제를 개인과 집단의 틀로써 고찰한다. 그에 따르면, "재래 심리학은 정신물리학으로 일종의 자연과학이엇스나 이 정신분석학은 일반심리학과 가티 다수(多數)한 사람의 심리를 개괄적으로 공통성을 연구하는 게 아니라 개개인에게 특유한 심리를 전혀 개별적 견지로서 연구를 하는 것이다 말하자면 개성심리학이라고도 부를 수가 잇는 것"이라고 한다.[50] 즉 임화는 프로이트의 정

논총』 28집, 2009. 2; 류준필, 「'문명'·'문화' 관념의 형성과 '국문학'의 발생—'국문학'이라는 이데올로기 서설」, 『민족문학사연구』 18집, 2001. 6, 22~28쪽.

49 신용하, 『박은식의 사회사상연구』, 서울대학교출판부, 1982, 185~194쪽; 김의진, 「운양 김윤식의 서학수용론과 정치활동」, 연세대학교 석사학위논문(사학과), 1985, 17~23쪽; 금장태, 「박은식의 유교개혁사상」, 『종교학연구』 24집, 2005. 12, 14~17쪽; 노관범, 「대한제국기 박은식과 장지연의 자강사상 연구」, 서울대학교 박사학위논문(국사학과), 2007, 235~236쪽; 노대환, 『문명』, 소화, 2010, 210~217쪽.

50 星兒, 「精神分析學을 基礎로한 階級文學의 批判 (一)」, 『朝鮮日報』, 1926. 11. 22.

신분석학이 집단의 공통적 심리를 연구하던 이전의 심리학과 달리 개인의 변별적 특성에 주목한다는 점에서 긍정하는 것이다. 임화가 생각하는 정신 분석학에 따르면, "무수히 망각된 고민은 그 사람 자신은 의식할 사이도 업시 무의식적으로 절대한 힘을 가지고 그 사람의 심적 생활의 전부를 지배하야가지고 개성의 진수(眞髓)가 되고 중핵이 되어 그 후엔 외부에 이르기까지의 전 생활을 좌우할 수가 능(能)히 잇는 가공할 동력이 되어 잠재가 되는 것"이다.[51] 다시 말해서 개성은 망각된 고민 또는 심리적 상해에서 비롯되며, 강력한 힘으로서 잠재된 것이다.

이 책은 이를 '애도'의 개념으로 설명함으로써, 임화의 시 전반에 나타나는 애도란 망각된 고민으로부터 잠재력으로서의 개성을 이끌어내는 것임을 주장한다. 그러나 임화에게 있어서 개인과 집단은 단순한 이분법으로 구획되지 않는다. 그는 "현대와 가티 억압 착취 이로 헤일 수 업는 각양으로 밧는 『프로레타리아』의 당(當)하는 박해"가 "반듯이 그의 전반을 통해서 밧는 막대한 심적 상해는 계급적으로 혹은 개개적(個個的)으로 상흔이" 된다고 한다.[52] 개인의 망각된 기억 속에 남아 있는 심적 상흔은 그 개인이 맺고 있는 집단적 관계로부터 기인하는 것이다. 고통은 그것이 아무리 사적인 것이라 하더라도 결국 타자와의 관계 속에서 발생하는 것이기 때문이다. 또한 사회 집단으로서 겪는 고통은 개인마다 다른 방식으로 나타날 수밖에 없다. 개인이 집단 속에서 맺고 있는 관계는 어느 누구의 경우와도 똑같지 않기 때문이다.

이렇게 임화의 초기 비평에서부터 나타난 개인과 집단의 개념 쌍은 일제

51 星兒, 「精神分析學을基礎로한 階級文學의 批判 (二)」, 『朝鮮日報』, 1926. 11. 23.
52 星兒, 「精神分析學을基礎로한 階級文學의 批判 (三)」, 『朝鮮日報』, 1926. 11. 24.

말기 비평에까지 지속적으로 등장한다. 임화는 집단을 과도하게 중시하는 문명사적 흐름에 반대하는 동시에, 개인을 과도하게 중시하는 문명 또한 비판하였다. 그는 집단 중심의 문명에 대한 비평을 크게 두 가지 방식으로 수행한다. 하나는 교조적 마르크스주의와 같이 조직의 규율 및 통제를 강조하는 정치주의와 거리를 두는 것이며, 다른 하나는 파시즘과 같이 개인의 특성을 배제하는 이데올로기를 문제시하는 것이다. 개인 중심의 문명에 대한 비평 역시 임화의 사유 속에서 두 가지 차원으로 제기된다. 하나는 인간을 파편적이고 고립적인 개인으로 파악하는 관점에 대한 거부이며, 다른 하나는 그러한 파편적·고립적 인간관의 토대가 되는 서구 근대 자본주의에 대한 저항이다.

통념적인 문학사에서 임화는 예술을 계급혁명의 수단으로 도구화하는 '목적의식' 도입의 주동자로 알려져 있다. 이는 프롤레타리아 정치운동의 집단적 목표에 비하여 예술과 같은 개인적 영역의 위상을 부차적인 것으로 여기는 태도이다. 그러나 이 책의 2장 2절은 임화의 소위 '목적의식 도입'이 그의 전체 문학 세계 속에서 1927년부터 1930년까지, 단지 3년 동안에만 나타난 경향임을 밝힐 것이다. 당시에 문학을 집단적 목표의 수단으로 취급한 논자들로는 홍효민과 함대훈을 꼽을 수 있다. 홍효민은 "재래 예술은 개개인의 묘사에 치중하야 그것을 중시하엿으나 푸로레타리아 문학에 잇어서는 집단묘사 내지 광범위의 사회묘사에로 진전하야 그곳에다 중점을 두고 잇다"고 주장하였다.[53] 이와 유사한 입장에서 함대훈은 "적어도 현대 『프로』 문학에 등장된 인간은 집단성의 인간"이라고 하면서, 그 까닭을 "『프롤레타리아』 문

---

53 홍효민, 「文壇時評 (3)―人間描寫와 社會描寫」, 『東亞日報』, 1933. 9. 14.

학은 일반적으로 『부르주아』 문학이 개인예술로써 발달한 데 대하여 집단적 예술로써 발달하려는 째문"이라고 주장하였다.[54] 함대훈이나 홍효민 등 교조적 정치주의를 버리지 못한 논자들은 부르주아 예술이 개인적 예술이며 프롤레타리아 예술이 집단적 예술이라는 범박한 이분법을 구사했던 것이다. 이처럼 프롤레타리아 문학을 집단 중심의 문학으로 보는 견해에 대하여 임화는 강력히 비판한다.

그들의 견해에 맞서 임화는 "어느 시대 어느 사회를 물론하고 절대적으로 개인적인 것과 절대적으로 집단적인 것은 업섯"다고 말하면서, "인간은 다소의 차(差)는 잇슬지언정 개인은 집단적이었고 집단은 개인적이엿다"고 생각한다.[55] 이처럼 임화의 문명 비평 속에서 인간은 언제나 개인적인 동시에 집단적인 것으로 파악된다. 집단을 떠난 개인은 존재할 수 없으며, 개인을 무시하는 집단은 기계적인 것이기 때문이다. 이러한 맥락에서 임화는 함대훈과 홍효민 등이 주장하는 프롤레타리아 문학에서 "표현된 인간의 집단은 개개의 성격이 부여된 생생한 인간이 아니"라고 비판한다.[56] 왜냐하면 거기에는 "진실한 의미의 집단이 생생한 형상이 잇는 대신에 개성을 몰각하고 기계적으로 전일화(全一化)한 군집이 잇슬 따름"이기 때문이다.[57] 임화는 고유한 개성을 바탕으로 하지 않는 집단이 기계적인 군집에 불과하다는 측면에

54 함대훈, 「人間描寫問題 (上)―누가 人間을 描寫하나」, 『朝鮮日報』, 1933. 10. 10.
55 임화, 「集團과 個性의 問題―다시形象의性質에關하야 (二)」, 『朝鮮中央日報』, 1934. 3. 14.
56 임화, 「集團과 個性의 問題―다시形象의性質에關하야 (五)」, 『朝鮮中央日報』, 1934. 3. 17.
57 임화, 「集團과 個性의 問題―다시形象의性質에關하야 (七)」, 『朝鮮中央日報』, 1934. 3. 19.

서 집단 중심의 문명을 비평하는 것이다. 요컨대 그는 27~30년 사이에 자신이 내세웠던 교조적 정치주의를 탈피하여, 그것이 개성을 배제하는 집단 중심의 문명이었음을 비판하였다.

집단 중심의 문명에 대한 임화의 거리두기는 제국주의 파시즘에 대한 비판적 시각으로 이어진다. 그는 "국내의 분열을 민족이란 형식으로 단속(團束)할 필요가 생길 때 배외주의(排外主義)는 필수물"이라고 하면서, "『나치스』가 특히 유태인을 고른 이유"가 유태인의 "타산적 개인주의"를 "독일민족의 정신적 우월성과 대비할 필요에서"였다고 지적한다. 따라서 나치즘의 "국민주의에 의하야 민주주의가 적인 것처럼 제3제국(第三帝國)의 문학에 잇서 이 민주성 우에 선 문화는 불구대천의 구적(仇敵)이" 된다는 것이다.[58] 임화는 파시즘이 주창하는 국민주의 즉 내서널리즘이 개인의 가치를 중시하는 민주주의와 양립할 수 없다는 문명 비평적 의식을 나타내었던 것이다. 나아가 그는 당대의 문명사적 상황을 "전체주의가 그 엄청난 행동성과 비합리주의를 가지고 문화의 협위로써 나타날 때"로 진단한다. 그가 생각하기에 "문화의 영역"은 "여러 가지 형식과 국민, 혹은 계층의 차이만큼, 정신상의 고유한 전통과 습관을 가지고 잇"는 것이며, 전체주의는 그에 대한 심각한 위협이라는 것이다.[59] 임화는 교조적인 마르크스주의를 비판하는 것과 같은 논리를 통해서, 민족-국가라는 집단의 단결을 위하여 개인의 희생을 강조하는 파시즘을 강력히 비판하였다.

---

58 임화, 「全體主義의 文學論—『아스팔드』文化에대신하는것은? (中)」, 『朝鮮日報』, 1939. 2. 28.
59 임화, 「최근 10년간 문예비평의 주조와 변천」, 『批判』, 1939. 6, 62~63쪽.

이처럼 집단 중심의 문명을 비판하는 동시에 임화는 개인 중심의 문명에 대해서도 비평적인 시각을 놓치지 않는다. 그에게 있어 인간은 단순한 '인간'이 아니며, "현실적으론「어떠한」「누구가」 항상 인간의 진정한 본질"이 된다.[60] 임화가 인간을 그저 '인간'으로서가 아니라 '어떠한' '누구'인 인간으로서 파악해야 한다고 할 때, '어떠한'과 '누구'의 자리에는 사회적이고 역사적인 내용이 위치한다. "그러나 주지와 같이 인간으로부터 그 존재의 사회적 역사적인 내용을 제거한다면「순수히 인간적인 인간」이란 개념의「인간적」이란 말은 생물학적이란 말의 대명사가 되지 않을 수가 없다."[61] 이와 같은 관점에서 임화는 사회적 관계나 시대 현실의 측면을 도외시한 인간관을 추상적, 형이상학적, 생물학적 인간학 등의 용어로 규정한다. "우리는 범박한 추상적 인간학의 형이상학이 예술문학에 잇서 여하(如何)히 죄악적인 것인가를 자세히보라! … 인간을 단순한 감성적 지각능력을 소유한 유기체로서 인식하고 잇는 인간학 그것은 사회계급적 인간으로서가 아니라 생물학적으로 추상된 비인간적 인간학이다."[62] 임화는 개인의 특성을 존중하지 않는 집단 중심의 문명을 기계적인 것으로 비판하는 한편으로, 개인을 집단으로부터 고립되고 파편화된 개인으로 간주하는 개인 중심의 문명 또한 추상적인 것으로 비판했던 것이다.

나아가 임화는 추상적 인간학이 발생한 근원을 문명사적 시각에서 찾는다. 그가 보기에 그러한 인간학은 사회 제 관계를 사상시켜서 화폐라는 단

60 임화, 「朝鮮文化와新휴마니즘論―論議의現實的意義에關聯하야」, 『批判』, 1937. 4, 75쪽.
61 임화, 「朝鮮文學의 新情勢와現代的諸相 (十)」, 『朝鮮中央日報』, 1936. 2. 6.
62 임화, 「月末文壇評論 六月中의創作 (一) 洪九氏作 『馬車의行列』」, 『朝鮮日報』, 1933. 7. 12.

일한 단위로 동질화한 서구 근대의 자본주의 문명에서 유래한 것이다. 임화에 따르면, "자본-화폐에 지배에 의하야, 인간의 관계는 완전히 나체(裸體)대로 분열"되었으며, 그리하여 "종족적 혹은 신분적(身分的)인 매개조건"이 점차 소멸하게 되었다고 한다.[63] 이처럼 임화는 서구 근대의 자본주의 문명이 인간의 다양한 사회적 관계를 '자본-화폐'로 환원시킨다고 진단하였다. "노동과 사유재산은 자본주의 이전의 제(諸) 사회에서 보든 것과 가튼 상호간의 연관—노예적□□ 봉건□□ 등—의 모—든 요소를 상실하고 양자 간의 대립은 경제적 이해란 제일의 형식에서만 존재하게 된다 … 그럼으로 자본의 문학은 가장 개인주의적인 문학인 것이며 이 문학에서 비로소 개성과 집단을 가장 개인주의적 방법으로 취급한 것이다."[64] 자본주의 문명은 인간과 인간을 이어주는 모든 관계를 경제적 이해로 계산하며, 인간의 상호 연대가 아닌 개인의 합리적 선택을 강조한다. 결국 임화가 보기에 추상적 인간학은 인간을 둘러싼 사회 역사적 맥락을 물신의 숫자로 수량화하는 자본주의 문명의 다른 모습이었던 것이라 할 수 있다.

이 대목에서 임화는 인간을 둘러싼 사회적 관계를 '자본-화폐'로 추상화하는 근대문명의 핵심에 서구 근대의 합리주의 또는 과학주의가 놓여 있음을 간파해낸다. 그에 따르면, "현대는 이러한 합리성과 과학성의 산물이 가장 인간을 즐겁게 하는 시대"이며, "그런 의미에서 현대의 미(美)"는 "역시 기계미라는 것"으로 표현될 수 있다고 한다. 왜냐하면 "기계는 기술이고 과학인

---

63 임화, 「特殊研究論文—文學과 行動의 關係 (一)」, 『朝鮮日報』, 1936. 1. 8.
64 임화, 「集團과 個性의 問題—다시形象의性質에關하야 (八)」, 『朝鮮中央日報』, 1934. 3. 20.

만치, 과학 중의 과학이란 철학이 논리와 체계 가운데서 자기의 최고기능을 발휘할 수 있는 것처럼, 기계는 보편적인 것을 추상성 형식에서 표현"하기 때문이다.[65] 다른 글에서도 임화는 서구 근대문명의 합리주의를 기계적인 것으로 비판한다. "기계는 사회적으로는 이익과 편의의 상징인 동시에 정신적으로 합리성의 표현이다. 그럼으로 만일 기계를 신화(神話)에 대신한다고 할지라도 그것은 정신적으로는 구라파적 합리성의 연장(延長)에 불외(不外)하게 된다."[66] 요컨대 임화에게 있어서 개인 중심의 문명이란 개성을 추상화하는 서구 근대 합리주의에서 파생된 것이며, 사회적 관계를 수량화하는 자본주의의 형태로 표현된 것이다.

이처럼 개인 중심의 문명과 집단 중심의 문명 양자에 대한 비평적 관점을 보여준 임화는 거시적인 차원에서 서구 문명사 전체까지도 개인과 집단의 개념 축으로 관찰한다. 그는 서구 중세를 "모든 개성의 사멸기"이자 "극단화한 전체성"의 시대로, 서구 근대를 "사회성의 매장"이자 "극단화한 개인성"의 시대로 각각 평가한다.[67] 그는 기독교가 모든 생활을 지배하였던 서구 중세가 신이라는 절대적 일자로써 모든 인간을 집단화하고 전체화한 시대로 보았다. "중세가 천민(賤民)을 신의 아들이라고 본" 시대였다면, 이와 다르게 서구 근대는 "인간을 화폐의 아들, 즉 한 개 상품으로 박구는" 시대, 교환가치 속에서 인간을 고립된 개인으로 파편화시키는 시대라고 할 수 있는 것이

---

65 임화, 「機械美」, 『人文評論』, 1940. 1, 79쪽.
66 임화, 「문허저가는 낡은 歐羅巴―文化의 新大陸(惑은'最後의歐羅巴人들')」, 『朝鮮日報』, 1940. 6. 29.
67 임화, 「휴매니즘 論爭의 總決算―現代文學과 「휴매니틔」의 問題」, 『朝光』, 1938. 4, 144쪽.

다.[68]

그러한 문명사적 혜안을 근거로 하여 임화는 당대에 팽창하던 제국주의 파시즘 문명을 중세적인 집단 중심 문명으로의 회귀로 파악한다. 그는 서구 근대의 자본주의 문명이 파국을 맞았으며, 이 위기를 극복하기 위한 대안으로서 제국주의 파시즘이 등장하였다고 보았다. 이에 따르면, 서구 근대 자본주의 문명은 더 이상 "자기의 힘으로 혼란과 붕괴적 무질서의 반동으로서 강고한 전적 질서를 요구하고 실현할 힘도 업"기 때문에 "『임피리얼리즘』"을 통하여 자신의 질서를 도모하게 되었다고 한다.[69] 임화가 비평을 통하여 가톨리시즘 문학을 비판했던 까닭도 이러한 맥락에서 찾을 수 있다. 극단적 집단성의 중세와 극단적 개인성의 근대를 거쳐, 다시 절대적이고 영원한 민족-국가로의 집단화를 추구하는 파시즘이 대두된 것은 중세적인 문명으로의 반동이기 때문이다. "현대의 수만흔 관념론 철학 가운데서 팟씨슴 철학이 수다(數多)의 유파 가운데서 카톨릭교가 가장 충실하고 용감한 충격병(衝擊兵)인 것인 것은 현재의 영원성의 개념을 최고의 주도에 올녀 안첫다는 곳에서 일치하는 것이다."[70]

지금까지 살펴본 바와 같이 임화는 식민지 근대문명의 문제를 개인과 집단이라는 두 축의 범주로 성찰하였다. 바로 이 지점에서 그는 개인과 집단의 문명사적 틀에서 벗어날 수 있는 제3항의 문명론을 탐색하는 데로 나아가고자 한다. 그가 진정으로 꿈꾸었던 "푸로문학은, 개인적 존재의 일체의 복잡

---

68 임화, 「特殊研究論文─文學과 行動의 關係 (一)」, 『朝鮮日報』, 1936. 1. 8.
69 임화, 「三十三年을通하여본 現代朝鮮의 詩文學 (四)」, 『朝鮮中央日報』, 1934. 1. 5.
70 임화, 「카톨릭文學批判 (四)─反平和의 『이데오로기─』인 카톨리시슴」, 『朝鮮日報』, 1933. 8. 15.

성 가운데에서, 개인의 특성을 완전히 살리는 가운데에서 집단=엄밀히 말하자면 계급을 그리고, 계급관계를 형상으로써 표현하는 것"이었다.[71] 다시 말하여 임화는 자신의 문학 활동 속에서 개인의 복잡한 특성을 완전히 살리는 동시에 그 개인을 둘러싼 사회 역사적 맥락까지 포함하는 인간상을 구현하고자 하였다. 이는 서구 문명을 구성해온 개인과 집단의 두 갈래 길을 넘어서는 문명 비평적 의식의 소산이었다. "문학, 예술상의 개인과 집단의 형상적 관계사(形象的 關係史)는 인간의 사회생활 제(諸) 역사의 집중된 표현이고 형상 가운데 나타나는 다른 제(諸) 요소의 성질까지 좌우하는 주요한 것이다."[72] 임화가 식민지 근대에 대응하는 방식으로서 문학을 선택한 것은, 당대 지식인에게 그 이외에 별다른 대응 수단이 없었기 때문만이 아니라, 문학이야말로 인류 문명을 개인과 집단의 두 축으로 압축하여 표현해왔던 것이며, 그를 넘어선 제3의 인간상을 그려볼 수 있는 공간이기 때문이기도 하였다.

그는 이러한 제3항의 문명론을 자기 문학세계에 구현하기 위해서는 굳이 프롤레타리아 문학의 범주에 머무를 필요가 없다는 인식에까지 이른다. "개인과 집단의 완전한 통일적 개화의 문학적 이상은 푸로문학 가운데서 전부가 해결되는 것이 아니라 오히려 과거의 일체의 문학의 계급적인 투쟁을 통하여 푸로문학이 실현할 푸로문학 이후의 문학 전인류적 문학에서 비로소 실현될 수 잇는 것"이며, 궁극적으로는 "문학의 계급성을 지양"해야 하는 것이다.[73] 임화가 고민하였던 제3항의 문명론이 인간을 완전한 개성의 존재이

---

71 임화, 「文學에잇서서의 形象의 性質問題 (七)」, 『朝鮮日報』, 1933. 12. 2.
72 임화, 「集團과 個性의 問題―다시形象의性質에關하야 (四)」, 『朝鮮中央日報』, 1934. 3. 16.
73 임화, 「集團과 個性의 問題―다시形象의性質에關하야 (八)」, 『朝鮮中央日報』, 1934. 3.

자 완전한 집단성의 존재로 문학 속에 표현하는 것일 때, 그 문학은 더 이상 어느 한 계급만이 아니라 전 인류의 보편성이라는 차원에 놓일 것이다. 한계에 다다른 서구 문명의 극복을 위하여 "새 사실은 새 인간에 의하야 다시 지배되여야 할 것은 당연한 일"이므로,[74] 임화는 자신의 시 창작 속에서 어떻게 새로운 방식으로 인간을 형상화할 것인지의 문제에 집중한다. 이러한 제3항의 사유가 임화의 시에서 '애도'라는 창작 원리를 통하여 형상화된다.

2) 지그문트 프로이트(Sigmund Freud)는 애도와 우울증을 구분한다. 그에 따르면, 애도는 상실된 대상에 투여한 리비도를 현실검증으로써 회수하고, 그렇게 회수된 리비도를 다른 대상에게 돌리는 작업이다. 반면에 우울증은 애도의 실패이고, 리비도가 사랑한 대상에 여전히 고착되어 있는 상태이며, 그 대상이 부재하는 현실을 존중하지 않는 것이다.[75] 아브라함과 토록(Abraham and Torok)은 애도와 우울증을 각각 내사(introjection)와 융합(incorporation)이라는 개념으로 바꾸어 설명한다. 이에 따르면, 내사적인 발화는 "대상 그 자체를 말하고 있다는 환상"인 반면, 융합은 "주체 내부에 비밀의 무덤을 세"움으로써 "이해 불가능한 신호"나 "예상치 못한 느낌에 시달리"는 것이라 할 수 있다.[76]

20.

74 임화, 「一日一人一傳記」, 『每日新報』, 1939. 12. 22.

75 Sigmund Freud, *The Standard Edition of the Complete Psychological Works of Sigmund Freud*, vol. 14, trans., ed. James Strachy, London: Hogarth Press, 1953, pp. 244-245.

76 Nicolas Abraham and Maria Torok, *The Shell and the Kernel: Renewals of Psychoanalysis*, vol. 1, trans., ed. Nicholas T. Rand, Chicago: University of Chicago Press, 1994, pp. 128-130.

하지만 자크 데리다(Jacques Derrida)는 융합의 개념을 "죽은 사람이 내 안에 낯선 존재로 계속 살아있게 된다는 것"으로 해석한다. 반면에 그는 프로이트가 말한 성공적인 애도에 대하여 주체가 타자를 "동화시키고 그것을 이상화하고 헤겔적인 의미에서 그것을 내면화하"는 것이라고 비판한다. 프로이트식의 애도는 "내면화하는 기억이기 때문에 나는 그것을 모조리 내면화하게 되고 그렇게 되면 그것은 더 이상 타자가 아니게" 된다는 것이다.[77] 데리다에 따르면, 정신분석학에서 말하는 애도 작업의 성공은 타자를 내면화하는 일종의 폭력이며, 따라서 그것은 실패이다. 그가 말하는 진정한 애도는 역설적으로 실패할 때 성공할 수 있는 것이며, "타자를 타자로서" 보존하는 기억이다.[78]

이러한 데리다의 애도 개념을 시에 적용해보면, 시에서의 애도는 시적 주체라는 개인의 내면 감정보다도 타자에 관한 기억을 드러내는 데 초점을 맞추는 것이라고 할 수 있다. 그러므로 시에서의 애도는 '자아의 세계화' 또는 사물에 빗대어 주체의 개인적인 내면 감정을 표출하는 것으로 통념상 정의되는 '서정시'의 원리와 달리, 타자라는 인간 자체를 시적으로 형상화하는 것이다. 이 책의 2장 1절은 타자로서의 인간을 형상화하는 문제가 임화의 시 세계에서 주요하게 부각된 배경을 논의할 것이다. 임화는 1924년부터 1926년까지 10여 편의 민요시를 쓴 뒤에 1927년부터 7편 남짓의 다다이즘 시를

77 Jacques Derrida, *The Ear of the Other: Otobiography, Transference, Translation*, Lincoln: University of Nebraska Press, 1985, p. 57. 왕철, 「프로이트와 데리다의 애도 이론—"나는 애도한다 따라서 나는 존재한다"」, 『영어영문학』 58집, 2012. 9, 793쪽에서 재인용.
78 Jacques Derrida, *MEMOIRES for Paul de Man*, trans. Cecile Lindsay, Jonathan Culler, and Eduardo Cadava, New York: Columbia University Press, 1986, p. 35.

썼다. 이처럼 1920년대 중반에 임화의 시 세계가 민요시에서 다다이즘 시로 전환된 것은 첫째로 시적 표현의 대상이 개인의 내면에서 타자라는 인간으로 전환된 것이며, 둘째로 시적 의미가 조선 민족의 정서에서 문명 비평적 성격으로 전환된 것이라 할 수 있다. 다다이즘 시를 통하여 확보된 타자 지향적 성격과 문명 비평적 성격은 서간체 시 이후 임화의 시에서 애도로 구체화된다.

애도가 '타자를 타자로서 보존하는 것'이라고 할 때, 타자의 개념과 범주는 구체적으로 어떻게 설명될 수 있는가? 타자성에 관한 이론들은 크게 다음과 같은 의미로 범주화될 수 있다. 1) 동일자를 억압하며 정체성을 결정짓는 억압적 타자, 즉 권력자 또는 저항 대상으로서의 타자. 2) 동일자의 정체성에 포섭되지 않는 '차이'를 가지며 동일자의 외부에 존재하는 타인으로서의 타자, 즉 주체의 배제와 부정의 대상으로서의 타자. 3) 권력의 중심부에서 소외된 주변부에 위치하는 사람, 즉 사회적 약자로서 연민의 대상이 되는 타자.[79] 진정한 의미의 애도에서 타자가 주체와 동일시되지 않고 타자로서 보존된다고 할 때, 타자 개념은 2)의 경우에 해당한다.

이 책은 임화의 시에서 애도되는 타자가 2)의 개념으로 해석되기에 알맞다고 판단한다. 예컨대 임화의 서간체 시에서 애도되는 타자는 여타의 나프나 카프의 서간체 시에서와 달리, 애도하는 시적 화자(주체)의 신념 또는 이데올로기로 환원되지 않는 (감각적·감성적) 차이를 가지고 형상화된다. 또한 시집 『현해탄』을 중심으로 한 임화의 시에서 애도되는 타자는 임화가 고전을 재독해하면서 얻은 변증론적 사유와 결부되어 '서구=근대=일본'이라는

---

79 안서현, 「황순원 소설에 나타난 타자 인식 연구」, 서울대학교 석사학위논문, 2008, 8쪽.

동일자의 정체성으로부터 벗어난 존재로 나타난다. 마지막으로 1938년 이후 임화의 시에서 애도되는 타자는 군국주의 파시즘으로 인한 페시미즘 문명 속에 가라앉으면서도, 페시미즘 자체를 새로운 운명 창조의 과정으로서 긍정하게 하는 매개 역할을 한다. 이때 1930년대부터 일제 말기까지 임화의 시에서 타자 개념이 독특한 까닭은, 그것이 식민지 근대문명을 근본적으로 극복하기 위한 문명 비평적 의식, 특히 니체 사상을 조선의 역사적 문제 속에서 고민함으로써 민족-국가의 개념에서 벗어난 운명 공동체의 논리를 드러내는 것이기 때문이다.

이때 애도란 모든 타자에 관한 기억이 아니라 주체가 사랑하였으나 주체로부터 상실된 타자에 관한 기억이라는 점을 주의해야 한다. 따라서 시에서의 애도 또한 상실된 타자를 전제한 것이다. 이 책의 2장 2절에서 다룰 서간체 시에서 애도의 대상이 되는 타자는 죽은 어머니, 감옥에 끌려간 오빠, 소식이 닿지 않는 친구, 누이가 사랑한 청년, 거리를 방황하는 누이 등으로 나타난다. 이 책의 3장 3절에서 다룰 현해탄 연작에서는 식민지 근대문명 속에서 상실될 수밖에 없는 타자인 민족이 등장한다. 이 책의 4장 2절에 해당하는 임화의 일제 말기 시편은 페시미즘의 시대에 함몰되어가는 인간이 상실된 타자로서 등장한다.

시에서의 애도는 상실된 타자를 시적 주체의 감정이나 사상으로 내면화하고 환원시키는 것이 아니다. 그것은 상실된 타자가 주체와 이질적으로 괴리될 수밖에 없다는 타자성을 보존하는 것이다. 따라서 임화의 서간체 시에 나타나는 상실된 타자(가족, 친구, 애인 등의 사적 인간관계)에 대한 애도는 혁명가인 시적 주체가 표방하는 공적 이념으로서 타자가 내면화되는 것을 막는다. 또한 현해탄 연작에서 애도는 상실된 타자인 조선 민족을 식민지 근대의 물결 속에 함몰되는 것으로부터 떼어놓는다. 마지막으로 시집 『찬가』 2부가 중심이 되는 일제 말기 시편에 나타나는 애도는 인간의 삶을 부정하는 페시미즘의 시대적 분위기로부터 인간의 삶을 건져내려는 노력으로 볼 수 있다.

　타자가 타자로서 보존되는 것, 다시 말해 타자성은 데리다에 의하여 단독성(singularity) 또는 대체 불가능성으로도 설명된다.[80] 단독성과 대비되는 것을 데리다는 야만성이나 폭력이라는 말로 비판한다. 그에 따르면, 야만성은 "미래를 열지 않으며, 타자를 위한 여지를 남기지 않는" 것이다. 데리다는 이러한 야만성에서 "미학적 함축"을 이끌어낸다. 그것은 "무정형의 것을 환원시키고, 형식을 빈곤하게 하고, 차이를 상실하도록 한다"는 것이다. 다시 말해서 "차이가 폭력이 아니고 폭력이 차이화가 아닌 한, 야만성은 단독성을 균질화하고 소거한다."[81] 이처럼 애도의 단독성은 데리다에 의하여 미학적인 차원으로 해석되기도 한다. 그에 따르면, 애도의 미학이란 무정형의 것을 환원시키지 않고, 형식을 빈곤하게 하지 않고, 차이를 상실하지 않는 것이다.

　데리다는 애도의 미학적 속성을 자신보다 먼저 죽은 친구 폴 드 만(Paul de Man)의 견해에서 찾는다. 폴 드 만은 상기(Erinnerung)와 기억(Gedächtnis)을 구분한 헤겔의 논의에 주목한다. 이에 따르면, 상기는 지각된 경험의 단독성을 보존하는 단계이다. 다른 한편 기억은 상기에서 단독적인 감각을 삭제함

---

80 Jacques Derrida, *The Gift of Death*, trans. David Wills, Chicago and London: The University of Chicago Press, 1995, pp. 43-44.

81 Jacques Derrida, "'I Have a Taste for the Secret'", Jacques Derrida and Maurizio Ferraris, *A Taste for the Secret,* trans. Giacomo Donis, ed. Giacomo Donis and David Webb, Cambridge: Polity, 2001, p. 92.

으로써 그것을 사유로 일반화하는 단계이다.[82] 여기서 폴 드 만은 단독적인 감각을 보존하는 상기가 일반적이고 관념적인 기억으로 추상화되는 과정이 헤겔 『미학 강의』에서 기호(Zeichen)가 상징(Symbol)으로 고양되는 과정과 동일하다고 밝힌다. 이는 헤겔 미학에서 '미적인 것'이 "감각을 향한 관념의 순수한 가상(假象, Scheinen)으로서 특징지어진다"고[83] 정의된 것과 상통한다고 폴 드 만은 말한다. 그 정의는 '미란 관념을 감각적인 가상으로 상징화한 것'이라는 말과 같기 때문이다.

애도가 상실된 타자를 타자로서 기억하는 행위라고 했을 때, 그 기억은 일반적인 관념으로 상징화되는 것이 아니라 단독적인 감각을 보존하는 것이라 할 수 있다. 이러한 측면에서 이 책은 임화의 시에 나타난 애도가 어떠한 미학적 성취를 함유하는지에 관하여 고찰한다. 이는 또한 이 책이 연구 범위를 해방 후까지 포함하지 않고 해방 전으로 한정한 까닭이 된다. 해방 후 시편에서도 애도의 요소는 뚜렷하게 나타나지만, 그때의 애도는 해방 전의 시편에서 나타나는 것과 같은 진정한 의미의 애도라고 보기 어렵다. 왜냐하면 해방 후의 시편에서 나타나는 애도는 타자를 주체의 이데올로기로 상징화하는 경향이 강하기 때문이다.

그렇다면 상기에서 기억으로, 기호에서 상징으로 추상화되는 헤겔 철학과 달리 감각의 단독성을 보존하는 방법은 어디 있을까? 폴 드 만은 그 답변

---

82 G. W. F. Hegel, *Hegel's Philosophy of Mind*, trans. W. Wallace and A. V. Miller, Oxford: Oxford University Press, 2007, p. 194; G. W. F. Hegel, *Hegel's Logic: Being Part One of the Encyclopaedia of the Philosophical Sciences(1830)*, trans. William Wallace, Oxford: Oxford University Press, 1975, p. 31.

83 G. W. F. Hegel, *Aesthetics: Lectures on Fine Art* Vol. 1, trans. T. M. Knox, Oxford and New York: Oxford University Press, 1975, p. 111.

을 알레고리에서 찾는다. 그에 따르면, 알레고리는 사유의 일반성을 지니지 않으며, 어떠한 술어와도 자의적으로 결합할 수 있다고 한다. 헤겔은 "주어와 술어의 분리, 보편과 특수의 분리는 알레고리가 가지는 냉혹함의 또 다른 측면"이라고 하면서, "알레고리의 일반적인 의인화는 공허하고, 그것의 특정한 외부성은 단지 기호일 뿐이어서 그 자체로 받아들이면 의미가 없다"고도 하였다.[84] 이러한 측면에서 알레고리는 상징에 이르지 않는다. 따라서 알레고리는 기억보다 상기에 가까우며, 사유 속으로 일반화되지 않는 감각을 보존할 수 있다.[85] 이와 같은 폴 드 만의 논의에 따라, 데리다는 애도의 기억이 "타자로서의 타자이며, 총체화되지 않는 흔적"으로서 "부분이 전체를 대표하고 전체 너머를 대표"하는 "알레고리적 환유"가 된다고 한다.[86]

애도는 타자에 관한 단독적인 감각을 보존하는 기억이며, 따라서 수사학적으로 상징보다 알레고리를 통하여 선명하게 드러날 수 있다. 폴 드 만의 알레고리 이론은 파스칼의 『팡세』에 나타난 변증론에도 적용된다는 점에서 임화의 시를 해석하는 데 적합할 수 있다. 이 책의 3장 1절은 임화가 1930년대 전반에 파스칼의 변증론을 재해석함으로써 전유하였다는 사실을 밝힐 것이다. 그런데 폴 드 만에 따르면, 파스칼은 『팡세』에서 '형상'이라는 개념을 변증론의 방식으로 정의하였다고 한다. 그리고 그 변증론은 총체성을 지향하는 헤겔 변증법보다도 총체성에 균열을 내는 알레고리적 성격에 가깝다고 폴 드 만은 말한다. 기존의 연구에서 1930년대 전반 임화의 시는 그의

---

84 Ibid, pp. 399-400.
85 Paul de Man, "Sign and Symbol in Hegel's Aesthetics", *Critical Inquiry*, vol. 8, Summer, 1982, pp. 771-772.
86 Jacques Derrida, *MEMOIRES for Paul de Man*, op. cit., pp. 37-38.

평론에 근거하여 헤겔 미학의 형상론을 중심으로 논의되었다. 하지만 이 책의 3장은 임화 시의 형상이 파스칼의 전통을 흡수한 것으로서 헤겔적인 형상과 미묘한 차이가 있음을 논구한다.

나아가 데리다는 단독성을 토대로 하여 윤리학을 정초하고자 한다. 주체가 애도라는 기억 행위를 통하여 타자의 단독성을 완전하게 보존한다는 것은 불가능하다. 타자는 주체의 기억 속으로 들어오는 순간, 주체의 의식에 의하여 왜곡되고 변형될 수밖에 없기 때문이다. 하지만 애도는 타자를 타자로서 보존한다는 불가능성을 추구하기 때문에 윤리적이다.[87] 이는 가능성/불가능성의 척도에 따라서 애도와 우울증을 정상/비정상으로 분류한 프로이트의 입장과 여실히 구별되는 측면이다.[88]

이 책의 2장 2절은 애도의 단독성을 윤리적 차원으로 설명한 데리다의 시각을 임화의 서간체 시 분석에 적용한다. 임화의 서간체 시는 시적 주체로부터 상실된 타자를 단독적으로 형상화한다는 점에서 윤리성을 갖는다. 애도의 방식으로 형상화되는 타자는 단독성을 보존할 수 있다. 이에 따라서 타자는 일제 식민지 권력의 억압이나 자본주의의 노동 착취 아래서 신음하는 인간이라는 구체적 현실성을 가지고 형상화된다. 동시에 타자는 시적 주체의 혁명 이데올로기를 전적으로 상징하지 않는다. 앞서 해방 전 임화의 문명 비평은 개인과 집단이라는 두 범주를 축으로 삼는다는 점을 살핀 바 있다. 서

---

87 Jacques Derrida, "The Deaths of Roland Barthes," *The Work of Mourning*, ed. Pascale-Anne Brault and Michael Naas, Chicago and London: The University of Chicago Press, 2001, pp. 45-46.

88 Jacques Derrida, *Without Alibi,* ed., trans. Peggy Kamuf, Stanford and California: Stanford University Press, 2002, p. 275.

간체 시의 애도는 타자를 식민지 근대문명이 원하는 추상적·고립적 개인으로도 형상화하지 않고, 교조적 마르크스주의가 원하는 규율적 집단으로도 형상화하지 않는다. 이러한 맥락에서 서간체 시의 애도는 문명 비평적 성격을 지니게 된다.

　주디스 버틀러(Judith Butler)는 프로이트가 자기 견해를 바꾸어 애도와 우울증이 자아 형성 과정이라는 면에서 연결된다고[89] 말한 바를 지적한다.[90] 그녀는 자아 형성 과정으로서의 애도가 공적인 권력에 의하여 애도되지 못하는 인간을 드러낼 때, 애도하는 주체를 공적인 권력에서 벗어나는 수행적 주체로 만든다고 주장한다.[91] 공적인 권력은 자신에게 타협적이고 순응적인 인간만을 인간으로 인정한다. 반면 그것은 자신에게서 이탈하려는 인간을 인간의 범주에서 배제시킨다. 그렇게 공적인 권력으로부터 배제된 인간을 애도한다는 것은 정치적 함의를 지닐 수밖에 없다. 그 애도는 공적인 권력이 설정하는 인간과 비인간의 경계선을 드러내기 때문이다. 또한 애도는 자아를 형성하는 과정이므로, 공적 영역에서 배제된 인간을 애도한다는 것은 애도하는 주체를 공적 영역에서 이탈하는 자아, 즉 공권력에 저항할 수 있는 주체로 형성해낸다는 점에서 정치적이다. 이러한 버틀러의 논의는 데리다가 개인 윤리의 차원에서 설명한 애도 개념을 공적인 정치의 차원으로 확장

---

89 Sigmund Freud, "The Ego and the Id", *The Standard Edition of the Complete Psychological Works of Sigmund Freud*, vol. 19, trans., ed. James Strachey, London: Hogarth Press, 1953, pp. 28-29.

90 Judith Butler, *Gender Trouble: Feminism and the Subversion of Identity*, 2nd ed., New York and London: Routledge, 2006, p. 84.

91 Judith Butler, *Antigone's Claim: Kinship Between Life and Death*, New York: Columbia University Press, 2000, p. 80.

시킨 것이다.

애도의 윤리를 정치의 영역으로 확장시킨 버틀러의 관점은 개인적 차원의 애도와 집단적 차원의 정치·권력·민족·역사 등이 임화의 시에서 어떻게 결합되는지를 설명하는 근거가 될 수 있다. 이 책의 2장 2절에서 다루는 서간체 시의 애도는 식민지 근대의 공적 권력에서 배제된 인간을 가리킨다. 따라서 이는 식민지 근대 권력이 어떠한 존재를 인간의 범주에서 배제시켰는지를 폭로한다는 점에서 정치성을 가진다. 또한 이 책의 3장 2절은 계절의 흐름을 배경으로 한 임화의 시편이 애도를 '운명애' 개념과 결합시켰다는 점을 논의할 것이다. 이는 서간체 시에서 형성되었던 애도의 속성이 역사적·현실적 공동체의 차원으로 확장되는 가능성을 마련한 것이라 할 수 있다. 이로 인하여 이 책의 3장 3절에 해당하는 현해탄 연작은 식민지 근대문명에 포섭될 수 없는 조선 민족의 아이덴티티를 표현할 수 있었다. 이러한 타자를 애도하는 과정에서 시적 주체는 식민지 권력에서 이탈하는 자아로 형성된다.

다른 한편 버틀러는 애도가 "내가 완전히 예상하거나 통제할 수 없는 방식으로 타자에게 넘겨져 있다는 사실"을 받아들이는 것이며, 이는 "나와 타자와의 윤리적 연결의 원천"이라고 본다.[92] 이러한 윤리·정치는 주체의 완벽한 합리성이 아니라 상실로 인한 주체의 불완전성에 근거한다. 이는 터부(taboo)에서 파생된 양심과 구별되어야 한다. 프로이트는 죽은 자에 대한 터부가 의식적인 애착과 무의식적인 적대의 양가적 감정에서 비롯되었다고 한다. 즉 터부는 애착이 끊어진 고통을 표현하는 한편, 적대가 실현되었다

---

92 Judith Butler, *Precarious Life: The Powers of Mourning and Violence*, London and New York: Verso, 2004, p. 21.

는 죄의식을 위장하기 위하여 만들어진 것이다. 나아가 프로이트는 인류 문명과 법률 제도의 기반이 되는 "양심 역시, 감정적 양가성의 기초 위에서" 생겨난 것이라고 한다.[93] 이와 같은 양심은 타자에의 적대감을 변형시킨 죄책감을 토대로 한다는 점에서 타자의 상실을 토대로 하는 애도의 윤리·정치와 구분될 필요가 있다. 버틀러는 죄책감에 근거한 양심이 "자기가 억제하고자 하는 충동을 활용하고 착취"하며, 거꾸로 "그 속에서 충동이 자신을 억제하는 그 법을 먹여 살"리는 "부정적 나르시시즘"이라고 비판한다.[94]

기존 연구에서 임화의 일제 말기 시편은 제국주의 파시즘의 증가하는 압력 속에서 무력감 또는 패배감을 드러낸 것으로 규정되어왔다. 이러한 논의 경향은 이 시기 임화 시에 나타난 애도를 주목하는 연구 성과에 의하여 다소 극복되었다. 하지만 그 성과 또한 애도를 혁명 과정에서 상실된 동지에 대한 것으로 국한시켰다는 점에서 한계가 있다. 왜냐하면 그러한 애도는 프로이트 식의 죄책감에 가까운 것이기 때문이다. 이 책의 4장은 시집 『찬가』의 2부를 중심으로 한 임화의 일제 말기 시편이 페시미즘적인 문명 속에서 '강자의 염세주의'를 애도의 방식으로 나타냈다는 점을 밝힐 것이다. 이때의 애도는 망자에의 죄책감을 숙주로 삼는 터부로서의 애도가 아니라 상실의 공통성 속에서 주체와 타자를 매개하는 윤리적·정치적 애도라고 할 수 있다.

지금까지의 논의를 요약하자면, 이 책에서 주된 연구 시각으로 삼는 애도

---

93 Sigmund Freud, "Totem and Taboo", *The Standard Edition of the Complete Psychological Works of Sigmund Freud*, vol. 13, trans. , ed. James Strachy, London: Hogarth Press, 1953, pp. 57-68.
94 Judith Butler, *Giving an Account of Oneself*, New York: Fordham University Press, 2005, pp. 99-100.

개념은 타자를 타자로서 보존하는 기억으로 정의될 수 있다. 이와 같은 애도는 한편으로 타자를 일반적 관념으로 추상화하지 않는 대신, 타자에 관한 단독적 감각을 형상화한다는 점에서 미학적 함의를 갖는다. 이는 수사학의 층위에서 상징보다 알레고리의 특징에 더욱 가깝다. 다른 한편 애도는 타자의 단독성을 보존하기 때문에 윤리적 함의 역시 가질 수 있다. 나아가 그것은 공적 권력에 따른 인간과 비인간의 경계를 폭로하는 동시에, 공적 권력에 의하여 상실된 타자를 주체와의 관계 속에서 인식하기 때문에 정치적 함의도 내포한다. 그러므로 임화의 시에 나타난 애도는 그가 식민지 근대문명을 비판하는 데 동원하였던 두 가지 범주, 즉 개인과 집단의 틀을 가로지르며 인간을 형상화한다.

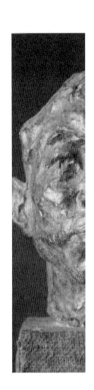

| 제2장 |

민족과 세계 사이의 그치지 않는 애도

제1절
민요시: 감정에서 인간으로, 민족에서 문명 비평으로

임화는 1924년 12월부터 1926년 12월까지 2년에 걸쳐 민요시 10편을 발표한다.[1] 우리는 앞서 임화의 민요시가 국민문학론과의 연관성을 암시한다는 기존 연구를 살펴본 바 있다. 여기에서 국민문학론이란 시조를 근간으로 하여 최남선, 이병기, 조운, 양주동, 염상섭, 김영진 등이 제기한 민족주의적·복고적 문학론을 가리킨다. '국민문학'의 용어가 본격적으로 제기된 것은 최남선의 비평 「조선국민문학으로의 시조」(『조선문단』, 1926. 5)에서부터이다. 또한 그 이전에도 시조와 민요시의 창작이 있었으며 그것을 강조하는 비평이 있었다. 하지만 그 창작과 비평이 국민문학 운동이라는 하나의 뚜렷한 흐름을 이루는 것은 카프의 프롤레타리아 계급 문학 운동이 조직화된 1925년 이후이다. 왜냐하면 국민문학론은 카프의 계급 문학에 대한 반발로서 강조

---

1   민요시 10편의 목록은 다음과 같다. 「연주대」(『동아일보』, 1924. 12. 8), 「해녀가」(『동아일보』, 1924. 12. 15), 「낙수」(『동아일보』, 1924. 12. 15), 「소녀가」(『동아일보』, 1924. 12. 22), 「실연 1」(『동아일보』, 1924. 12. 22), 「실연 2」(『동아일보』, 1924. 12. 22), 「밤비(민요)」(『매일신보』, 1926. 9. 12), 「구고」(『매일신보』, 1926. 9. 12), 「가을의 탄식」(『매일신보』, 1926. 10. 24), 「향수」(『매일신보』, 1926. 12. 19).

되었기 때문이다.

이러한 맥락에서 임화의 민요시 창작은 그가 특정한 지식 담론이나 문예 운동의 유행을 따라 창작 활동을 펼쳐나갔다는 기존의 통념이 그릇되었음을 말해주는 근거가 된다. 그가 처음으로 민요시를 동아일보에 발표했을 때에 그의 나이는 고작 16세에 지나지 않았다. 이처럼 이른 나이에, 특정 담론의 등장보다도 먼저 새로운 시 형식에 관심을 보였다는 것은 그의 예민한 감각을 드러내는 것이기도 하다. 그가 참조할 수 있는 민요시는 김소월, 주요한, 홍사용의 것이 거의 전부였으며, 김억이나 김동환이 민요시를 쓰기 시작하는 시기는 임화보다 늦은 것이었다.

夜珠峴 군밤장사
설설히끌소
애오개 만주장사
호이야호야
이내몸은 果川冠岳
戀主台에서
가슴을파헷치고
호이야호야

부들밧 오리색기
쎄우억쎄웍
잔솔밧 까투리는
쎄쎄푸드덕

이내몸은 觀音菩薩

戀主台에서

손톱을 툭이면서

쎄쎄푸드덕

—「戀主臺」, 전문[2]

  임화의 최초 발표작으로 여겨지는 민요시 「연주대(戀主臺)」는 대구(對句)를 주요한 시적 기법으로 활용한다. 위에 인용한 작품 전체를 보면, 1연에서 1~2행과 3~4행이 대구를 이루며, 2연에서 1~2행과 3~4행이 대구를 이루는 것을 한눈에 알 수 있다. 이러한 대구의 특징은 민요뿐만 아니라 한시에서도 자주 활용되는 것이기에 특별히 주목을 끌지 않는다. 더 중요한 점은 말놀이(pun)의 성격이 강하다는 것이다. 예컨대 「연주대」는 "애오개 만두장사"가 "호이야호야"라고 손님을 부르는 소리를 산에 올라서 외치는 야호 소리인 "호이야호야"와 연결시킨다. 이것들은 같은 소리의 반복이 주는 재미를 노린 것이다. 임화의 민요시에서도 앞선 시기의 것은 이처럼 말놀이의 성격이 강하다.

  「실연 1」(『동아일보』, 1924. 12. 22)이라는 작품에서도 "서장대(西將台)",[3] "서둔(西屯)말", "서호수(西湖水)"라는 시어들이 '서(西)'라는 글자로 두운을 이룬다. 이러한 말놀이는 시에 익살스러운 성격을 더하는데, 예컨대 「실연 2」(상동)는

2 星兒, 「戀主臺」, 『동아일보』, 1924. 12. 8.
3 "西將台"는 '장수가 올라서서 지휘할 수 있도록 산성의 서쪽에 높이 만들어 놓은 대'라는 뜻의 '서장대(西將臺)'를 가리킨다.

철교 아래에서 이별을 겪고 슬퍼하던 사람이 막걸리를 마시고 기차 안에서 코를 골며 잠들었다는 내용을 담고 있다. 기차를 타기 직전과 직후라는 짧은 시간 차이에도 불구하고 실연을 겪은 인물의 태도가 확연히 달라지는 것을 그려냄으로써 이 시는 희극적이고 해학적인 느낌을 준다. 그러던 임화의 민요시는 차츰 해학성을 걷어내는 대신에 애환의 정서를 차츰 강하게 띤다.

> 밤마다우는 버레의우름은
> 내일의한울에 별이빗나면
> 또다시듯자고 바라기나해도
>
> 한번가신 그님의그림자는
> 달이멧번이나 썻다넘어도
> 또다시오실줄은 모르심니다
> ―어느너름―
>
> ―「舊稿」, 전문[4]

임화의 민요시 「구고(舊稿)」는 여름철의 벌레 울음소리가 밤마다 들려오는 상황과 시적 화자를 떠나간 '님'이 돌아오지 않는 상황을 대비시킴으로써 그리움의 감정을 고조시킨다. 또한 떠나간 '님'을 벌레의 울음소리와 병치시키는 것도 미묘한 지점이다. 벌레의 울음소리란 시적 화자가 '님'을 그리워하는 마음을 나타낼 수도 있기 때문이다. '님'이 돌아오지 않는다고 표현하

---

4 星兒, 「舊稿」, 『매일신보』, 1926. 9. 12.

는 대신에 '님의 그림자'가 돌아오지 않는다고 표현한 부분도 시적인 대목이다. 이는 '님'을 보지 못한다면 '님의 그림자'만이라도 보고 싶다는 뜻이 되면서, 밤이라는 시간적 배경과 더불어 어둠의 시각적 이미지를 더한다.

말놀이 실험에서 이별의 정서 표출로 이행하는 임화의 민요시 창작 양상은 어떠한 의미로 보아야 할까? 또한 임화는 이별의 정서를 표출하는 단계까지 민요시를 진행시키고 나서 왜 더는 민요시를 쓰지 않게 되었을까? 이물음들에 답하기 위해서는 먼저 조선 시문학사에 관한 임화의 서술을 살펴볼 필요가 있다. 그에 따르면, "조선의 시가"는 "『사회적 향토』에서 성생(成生)"되었다고 한다.[5] 임화에게 '향토'는 평민적인 언어의 사용과 민주주의적 또는 민족적 감정의 표현을 뜻한다. 예컨대 그는 한국 근대 시문학사의 벽두에 위치한 『창조』와 『백조』를 비교 대조하는 자리에서, "『창조』의 김안서 주요한 등의 시편"이 "평민적 언어와 민주주의적 시상 등으로 뿌루주아 자유시에서 욕구를 『백조』의 제(諸) 시인보다는 기분간(幾分間) 만히 가지고 잇섯다"고 평가한다.[6] 한마디로 임화는 조선시의 시작이 '향토성'에 뿌리를 내린 것이며, 그 '향토성'이란 사대부 계층(이를 임화는 '부르주아' 지배 계급이라고 지칭한다)의 향유 방식에서 벗어나 조선 민중의 언어로 조선 민중의 감정을 표현하는 '민주주의'의 맹아라고 본 것이다.[7]

민요시의 '민주주의적' 성격을 강조한 임화의 입장은 조선 시의 전통을 향유 계층에 따라 구분하는 방식에도 적용된다. "시조 등속은 기록되어 있어

---

5 임화, 「三十三年을通하여본 現代朝鮮의 詩文學」, 『조선중앙일보』, 1934. 1. 1.
6 임화, 「三十三年을通하여본 現代朝鮮의 詩文學 (二)」, 『조선중앙일보』, 1934. 1. 2.
7 임화, 「言語의 魔術性」, 『비판』, 1936. 3, 71쪽.

마치 그것이 그 시대의 유일한 조선어인 것 같이 생각되고, 민요란 구전되는 중 혹은 소멸하고 또 시대를 따라 언어도 변화되어 그 시대의 모습을 일견(一見)해서는 찾기 어려운 형편이다. / 이 사실은 마치 조선의 모든 부인(婦人)[8]은 양반에서만 났고 그들이 가장 위대한 조선인인 듯싶게 역사상에 남았음에 반하여, 민요의 주인인 근로 인민은 이름도 없이 역사상에 매몰되어버린 것과 같은 것이다."[9] 이처럼 임화는 시조가 양반의 향유물이었으며 민요가 일반 백성의 향유물이었다고 생각한다. 이는 김동환이 본격적으로 민요시를 쓰기 시작하면서, 시조를 비판하는 한편 민요를 긍정했던 태도와 같다.

그리하여 임화는 1920년대에 민요시를 창작한 김소월이나 주요한 등이 민중의 언어를 사용했다는 점에서 '민주주의'라는 명확한 사상성을 새로이 제시하였다고 한다. "「워一즈 워一즈」와 같이 아름다운 속어(俗語)의 사구자(使驅者)[10] 소월(素月)은 죽어가고 가장 민주적 시인이였던 석송(石松)「요한」은 묵연(黙然)한 지 오랬다. … 단지 우리가 조류(潮流)를 평가함에 가장 중요한 것은 그들의 모든 이여(爾餘)의 뿌르주아적 시가(詩歌)에 비하야 가장 명확한 사상성 우에 섰다는 점이다."[11] 우리는 임화의 민요시가 처음에 말놀이의 성격을 강하게 띠었던 이유를 이 지점에서 생각해볼 수 있다. 유학의 풍토 속에서 사대부 양반들은 문자 행위를 정신적 깊이의 표현으로 간주하는 경향이 있다. 그에 비하여 민중이 향유하는 언어는 더욱 일상적이고 해학적인 성격을 지니기 마련이다. 임화의 시적 출발이 평범한 언어로 해학적 말놀

---

8 여기에서 "부인(婦人)"은 '시인(詩人)'의 오식으로 추정—인용자 주.
9 임화, 「言語의 魔術性」, 앞의 글.
10 "사구자(使驅者)"는 '구사(驅使)하는 사람'의 뜻—인용자 주.
11 임화, 「曇天下의 詩壇一年—朝鮮의 詩文學은 어드로!」, 『신동아』, 1935. 12, 168쪽.

이를 구사한 것은 그가 생각하였던 민요시의 '민주주의적' 성격을 반영하고자 한 것이었다.

　물론 임화가 보기에 "1914-8년의 대전(大戰)이 끝난 뒤"에 발흥한 "문학적 근대의 새로운 『쩨네레―슌』"에게 "그 주도적 정신이 되엇든 것은 과거 조선 민족의 생활과 문화의 발전을 조해(阻害)[12]하든 봉건적 유제(遺制)"였다는 한계가 있었다. 임화는 민요시에 남아 있는 봉건적 잔재의 측면을 지적했던 것이다. 하지만 그와 동시에 1920년대 조선 근대문학의 시작에는 분명 "민족적인 민주주의적 정신"이 있었다고 임화는 긍정한다.[13] 비록 민요시라는 형식이 낡은 시대의 유습을 차용했다고 하더라도, 그것은 민족적인 전통을 바탕으로 조선 시문학 고유의 아이덴티티를 형성하였다는 점에서 그 가치를 인정받을 수 있다는 것이다. 임화는 "시가(詩歌)에서 속가(俗歌)에 해당하는 민요, 잡가, 속요"가 "재래 민중생활의 지반에서 울어난 한 개의 전통을 가진 물건"이라고 명백히 언급한다.[14] 나아가 그는 "주체화란 곧 개성화"라고 하면서, '경향문학'의 지나친 이식성과 대비하여 "초기의 신문학"에 "「내슈낼스틱」한 주체성"이 있었다고 평한다.[15] 그러므로 임화가 1920년대에 민요시를 썼다는 사실은 그의 문학적 출발이 민족 전통에 관한 주체적 의식 속에서 이루어졌음을 방증한다.

　마지막으로 임화는 조선 민요의 전통에 대하여 다음과 같은 특성을 언급

---

12 "조해(阻害)"는 '저해(沮害)'과 같은 뜻으로 쓰임―인용자 주.
13 임화, 「一九三三年의 朝鮮文學의 諸傾向과 展望 (二)」, 『조선일보』, 1934. 1. 2.
14 임화, 「俗文學의 擡頭와 藝術文學의 悲劇―通俗小說論에代하야 (一)」, 『동아일보』, 1938. 11. 17.
15 임화, 「敎養과 朝鮮文壇」, 『인문평론』, 1939. 11, 50쪽.

한다. "간 이[16]를 생각하야 을퍼진 간곡한 노래다. 언제부터 이런 노래가 조선 사람의 마음을 을퍼 왔는지는 모르되 오래 조선민요의 한 성격이 되어 왔음은 감출 수 없으리라. / 그 속엔 확실이 간 이에 대한 사모의 정과 아울러 살님의 비애가 보다 숙명처럼 아로색여 있다."[17] 민요에 관한 이러한 인식은 임화의 민요시가 말놀이에서 애환적 정서의 표현으로 변모해나간 것을 설명해주는 근거가 된다. 그가 생각하기에 조선의 민요에는 사랑하는 대상의 상실과 그로 인한 고통의 정서가 녹아들어 있었다. 이와 동시에 민요는 '살림의 비애', 즉 구체적인 사회 현실의 문제를 담고 있는 것이었다.

그러한 맥락에서 임화는 1920년대 민요시를 1930년대 '기교주의 시'와 비교하며 후자가 소극적 현실 도피인 데 비하여 전자는 용기 있는 현실 도피였다고 평한다. "기교주의란 시원적으로는 1920년대 전후에 발족한 조선의 시민적 시가의 성격 가운데 배태된 것으로 … 이 시대가 대표하는 노작(露雀), 월탄(月灘), 안서(岸曙), 상화(尚火), 회월(懷月) 등의 시인이 현실로부터 도망하는 포즈는 결코 금일의 기교주의 시인들이 취하고 있는 바와 같은 비겁하고 소극적인 것은 아니었다."[18] 임화가 민요시를 현실 도피적인 것으로 생각하였던 이유는 그것이 사랑한 대상의 상실과 그로 인한 고통에 천착하였기 때문일 것이다. 하지만 임화가 민요시의 현실 도피적 성격을 '기교주의 시'의 그것과 달리 적극적이고 용감한 것이었다고 평가한 까닭은, 그가 보기에 민요시가 상실의 고통을 구체적 사회 현실의 문제 속에서 드러내었기 때문

---

16 "간 이"는 '세상을 떠나간 사람'의 뜻—인용자 주.
17 임화, 「춘래불사춘」, 『조광』, 1937. 4, 34쪽.
18 임화, 「기교파와 조선시단」, 『중앙』, 1936. 2.

이라고 할 수 있다. 한마디로 임화는 조선 시의 전통인 민요가 상실의 고통을 표현하는 동시에 그를 통하여 사회 현실의 문제를 적극 환기시킬 수 있었다는 점에 주목한 것이다. 조선 시의 전통을 이처럼 '구체적 현실 속 상실의 고통'이라는 측면에서 바라본 임화의 견해는, 이어지는 그의 시 창작 속에서 애도의 방식으로 구체화된다.

이상의 논의를 정리하면, 임화가 생각한 민요시의 특징은 첫째로 민중의 언어로 민중의 감정을 표현하는 '민주주의적' 성격, 둘째로 조선 민족 고유의 아이덴티티를 표출하는 주체성, 셋째로 상실의 고통이라는 감정의 표현이었다. 이와 같은 그의 생각은 1920년대의 '서정시 탈피' 담론이라는 문학사적 맥락 속에서 더욱 구체적으로 이해될 필요가 있다. 1920년대에 김동환, 김억, 김기진 등은 먼저 '서정시 탈피' 담론을 제시하다가 후에 민요시 담론으로 자신의 논리를 전환한 인물들이다. 이는 임화의 시 세계가 민요시에서 출발하여 ('서정시 탈피' 담론의 창작물 형태인) 다다이즘 시로 바뀌어간 과정과 그 순서가 반대인 것이라 할 수 있다.

「로맨틱」한 서사시와 그밧게 청춘을 노래한 서정시 멧 편을, 제작하야 「국경의 밤」이라는 이름으로 지금 세상에 보내게 되엿스니,

대개 이러한 시작(詩作)은 오직 이러한 작자(作者)의 손을 것처서야 비로소 참 생명을 발현할 것인 줄 압니다, 더구나 이 표현 형식을 장편서사시에 취하게 되엿슴은 아직 우리 시단에 처음 잇는 일이매 여러 가지 의미로 보아 우리 시단에는 귀(貴)여운 수확이라 할 것입니다. … 더구나 문허저가는 근대의 문명에 대하야 꾸짓음과 「바로잡음」을 보내며 전원(田園)의 순진한 생활을 찬미하는 점에 잇서서는 매우 아름다운 일인가 합니다. 이것은 작자(作

普)가 잘못입닛가 근대의 물질화(物質化)한 문명이 잘못입닛가.[19]

  '서정시 탈피' 담론은 1920년대 중반 즉 임화가 민요시를 쓰기 시작할 무렵부터 발생한 것으로서, 특히 파인 김동환의 시집『국경의 밤』 출간을 계기로 본격화된다. 위 인용문은 안서 김억이 시집『국경의 밤』에 붙인 서문이다. 그 서문에서 김억은 「국경의 밤」이 '로맨틱한 서사시'라고 주장한다. 이는 '서사시'도 시의 일종이기 때문에 서정성을 가져야 한다고 생각한 김억의 시론을 드러낸다. 그리하여 김억은 나중에 자신이 창작한 「지새는 밤」에도 스스로 '장편서정서사시'라는 장르 명칭을 붙였다.

  또한 김억은 「국경의 밤」을 근대문명에 대한 비판으로 보았다. 김억은 이전에도 프랑스 상징주의 이론의 수용 과정에서 서구 근대문명의 파산 상태를 진단한 바 있었다. 이와 같은 맥락에서 김억은 김동환의 시집『국경의 밤』이 '순진한 전원생활'을 형상화함으로써 근대문명에 맞서는 시적 대응이 된다고 생각한다. 더욱 구체적으로 말하면 김억은 서구 근대문명을 '물질주의'로 요약하였으며, 김동환의 '서사시'에 나타나는 국경 지역의 삶을 물질주의에 물들지 않은 삶으로 파악한 것이다. 이처럼 1920년대 중반부터 이미 서정시 탈피 담론은 문명 비평적 함의를 가지고 있었다.

  여기서 한 가지 집고 넘어갈 점은 김동환과『금성』사이의 관계이다.『금성』은 손진태, 백기만, 유엽 등이 중심이 되어 창작시, 번역시, 시론 등을 게재한 시 전문 잡지였으며, 1923년 11월에 창간호를 펴내고 1924년 5월에 3호를 끝으로 폐간되었다.『금성』은 2호에 34연으로 이루어진 유엽의 「소녀

---

19 岸曙,「序」, 金東煥,『國境의밤』, 漢城圖書株式會社, 1925, 1~2쪽.

의 죽엄」을 실었으며, 3호에 김동환의 「적성(赤星)을 손까락질하며」를 양주동의 호평과 함께 추천작으로 실었다. 또한 훗날 카프의 맹원이 된 김창술과 강가마(姜珂瑪)라는 필명을 쓴 강경애가 『금성』 3호에 자신들의 시 작품을 투고하였다.[20] 『금성』을 주도한 양주동은 이후 국민문학론의 대표적인 논자로 활동하게 된다. 또한 김동환의 시가 게재되기 이전에 발표된 유엽의 「소녀의 죽엄」은 이야기의 요소와 제법 긴 길이라는 측면에서 김동환에게 많은 영향을 미쳤을 것이다. 그리고 『금성』을 통하여 김창술이나 강경애 등의 작품이 발표된 것을 미루어보았을 때, 당시만 해도 국민문학과 계급문학 사이의 명확한 분화가 아직 이루어지지 않았음을 알 수 있다.

국민문학과 계급문학 사이의 미분화 양상을 보여주는 사례로서 또 한 가지 꼽을 수 있는 것은 김억의 「민중예술론」 번역이다. 그는 로맹 롤랑의 「민중예술론」을 번역하였는데(『개벽』, 1922. 8~10), 이러한 민중예술론은 1910년대 후반부터 일본 평단의 유행이 되었으며 카프 1세대인 김기진이나 박영희도 공유하던 것이었다.[21] 그렇기 때문에 김기진도 김동환의 시집 『국경의 밤』에 대하여 상당히 긍정적인 평가를 내리는 것을 볼 수 있다. 국민문학과 계급문학의 관계를 갈등의 측면에서만 주목한다면, 김동환의 '서사시'에 대한 김기진의 호평을 제대로 이해하기는 힘들 것이다.

문예상에 잇서서 『하이마―트 쿤스트』의 논의가 잇슨 이래로 모든 나라에서는 『하이마―트 쿤스트』의 『무―쓰멘트』가 잇게 되얏다. 대개 향토예

---

20 김용직, 『韓國近代詩史』 上, 학연사, 1986, 259쪽.
21 김윤식, 『韓國近代文藝批評史硏究』, 일지사, 1976, 18쪽.

술이라는 것은 금일의 도시 중심의 물질문명의 권내(圈內)에서 버서나서 그 온전한 자기의 생명을 바든 그리고 자기의 감정의 생육지(生育地)인 토지와 전원(田園)의 아직 상(傷)하지만은 순진한 정조(情操)를 배양하고 찬미하고자 하는 현대의 도시인 문예에 대한 반동으로 일어난 것이다. … 파인(巴人) 김 동환 군의 시집『국경의 밤』은 여상(如上)의 의미에 잇서서 조선의 처음으로 탄생된 향토적 문예작품이라는 것을 단언한다.[22]

위 인용문에서도 알 수 있듯이, 김기진은 김동환의『국경의 밤』이 지니는 문학사적인 의의를 근대 도시의 물질문명에 대한 거부와 전원 또는 향토성 에 대한 강조에서 찾는다. 이는 김억의 긍정적인 평가와 그 근거가 같은 것이다. 이처럼 1920년대 중반부터 시작된 서정시 탈피 담론은 1920년대 후반에 들어서 향토성을 어떻게 전유할 것인가 하는 문제에 따라 급격하게 분화된다. 먼저 김억은 1927년의「밟아질 조선시단의 길」이라는 글에서 "향토성을 써난 문예에서는 소위 국민적 시가라는 것이 구해질 수가 업서 그 시가의 압길이란 멸망밧게 업습니다"라고 선언한다. 그런데 그는 워즈워스의 시론을 인용하며 향토성을 시형(詩形)의 문제와 결부시킨다. 그리하여 조선시의 형식을 "조선 사람의 사상과 감정에 또는 호흡에 가장 갓갑은 시조와 민요에서 구하지 아니할 수가 업"다고 김억은 주장한다.[23]

카프에 가담하기까지 한 김동환은 자기 나름대로 이해한 프롤레타리아 문학 운동의 관점에 따라서 이러한 국민문학 논리를 비판한다. 그는 "문학

22 八峯山人,「巴人詩集=『國境의밤』에對하야」,『동아일보』, 1925. 5. 20.
23 金岸曙,「밟아질 朝鮮詩壇의 길」,『동아일보』, 1927. 1. 3.

은 성장하는 것임에 불구하고 그 시대성과 함께 자라기를 거부한 시조는 부득이 벌서 죽엄이 되야 문학사라는 묘지에 고요히 드러눕고 잇는 일(一) 고전품(古典品)에 불과한 것"이라고 주장한다.[24] 하지만 이는 향토성을 시 형식의 문제에 국한시키는 김억의 관점을 근본적으로 극복한 것이 아니다. 김동환은 국민문학론의 주장 가운데 시조만을 부정하고 민요는 형식상 받아들일 만한 것으로 여겼기 때문이다.[25] 이는 서정시 탈피 담론이 향토성 개념을 가지고 근대문명을 비판했던 원래의 취지로부터 멀어진 것이다.

물론 김동환이 시조를 배격하고 민요를 옹호하였던 것은 또한 어느 정도 프로문학에 대한 반발의 성격도 있었다. 1927년의 시조 배격론과 1929년의 민요 옹호론 사이에 발표된 「초춘잡감」(『조선지광』, 1928. 2)에서 김동환은 생경한 정치적 논리만을 작품에 적용하는 비평가에 대하여 극심한 피로감을 토로한다. 여기서 정치논리를 휘두르는 비평가란 프로문학 비평가일 것이다. 김동환은 문학작품에 대한 비평의 존중을 요청하며, "조선의 특수………관계라거나 경제사정 금융형편 등을 머리속에 두지 안은 정치논리 그대로의 문예이론이 얼마나 만히 시가(詩歌), 소설 등을 맹목적으로 헐고 잇는가"라고 반문한다. 나아가 그는 "우리들이 푸로레타리아 문학을 짓는다거나 ………문학을 짓는다면 그럴사록 더욱 푸로레타리아 자신이 다 각각 알아드를 말로 쏘 ………사상만 가진 모든 민중이 다 알아드를 그런 말도 그런 태도로 써야 할 것"이라고 주문한다.[26] 생경한 정치논리를 시에 대입하는

24 김동환, 「文藝評論─時調排擊小議」, 『조선지광』, 1927. 6, 1~11쪽.
25 김동환, 「朝鮮民謠의 特質과 其將來」, 『조선지광』, 1929. 1, 75쪽.
26 김동환, 「초춘잡감」, 『조선지광』, 1928. 2, 56~58쪽.

것이 아니라, 진정으로 민중들이 이해할 수 있는 시를 써야 하며, 거기에 적합한 시 형식이 민요라고 김동환은 생각하였다. 김억이 프로문학과의 내밀한 관계를 맺지 않고서 서정시 탈피 흐름을 국민문학론으로 전환시켰다면, 김동환은 프로문학에의 가담과 그 환멸에 의하여 서정시 탈피 담론에서 국민문학론으로 옮겨간 것이다.

이와 대조적으로 김기진은 계급주의의 시각을 명확히 한다. 그는 염상섭, 양주동, 김억, 김성근 등이 주장하는 국민문학을 "문단상의 조선주의"라고 명명하고, "그들은 시조를 처들고 민요를 말하고 향토성이라 민족성이라는 문학적으로 지극히 구실 조흔 말을 처들어낸다"고 비판한다. 왜냐하면 향토성, 민족성, 개성은 주관적으로 강조할 수 없으며 작품 속에서 객관적으로 발견해야 하는 것이기 때문이다. 또한 향토성과 민족성은 지리적·민족적 시대를 지나서 계급적 시대로 접어든 오늘날에 더 이상 걸맞지 않다고 한다. 그러므로 국민문학론은 "일개의 국수주의의 변형이요, 보수주의요, 정신주의요, 반동주의"라는 것이다.[27] 이처럼 한편으로 '서정시 탈피' 담론이 본래의 문명 비평적 시각을 잃어가고, 다른 한편으로 정치주의 문학론이 강화되는 상황 속에서 임화는 민요시 창작을 중단한다.

앞에서 우리는 임화가 1920년대 민요시에 관하여 그것의 '민주주의적' 특성을 긍정적으로 평가하였다는 사실을 살펴보았다. 하지만 임화는 그러한 긍정적 성격이 민요시의 실제 창작 과정에서 보수적이고 퇴행적인 방식으로 전개되었다고 판단하였다. "오즉 근대문학의 언어는 1880年代의 단초적(端初的)으로 형성되어 기ㅡㄴ 암흑기를 통하야 1900년대 초엽의 ××적 천

---

27 김기진, 「文藝時評」, 『조선지광』, 1927. 2, 91~95쪽.

재적 작가 「이인화(李人和)」[28] 등에 와서 준비되어 20년대의 염상섭 춘원(春園) 김동인 김억 주요한 등에 이르러 완성된 현대문학어는 모—든 재능 잇는 작가 시인들의 존경할 만한 노력에도 불구하고 언문(言文)의 일치의 문체적 이상(理想) 또 문어(文語)문학상의 민주주의 개혁을 달성치 못한 채로 근대 노동계급의 문학의 세대로 유전(遺傳)된 것이다."[29] 인용한 부분을 풀어서 설명하자면, 근대문학의 언어는 1920년대에 들어와서 김억, 주요한 등에 의하여 완성되었으며, 이들의 노력은 존경할 만하다는 것이다. 하지만 그 정신은 민주주의적 개혁에 이르지 못했다는 것이 임화의 비판이다. "김동인, 이광수, 이은상, 윤백남, 김동환, 김억 등 제씨(諸氏)의 근황이야말로 문학을 사랑하는 사람의 가히 교훈받을 바"이지만, 시간이 흐를수록 그들의 "복고주의적인 경향"으로 말미암아 "김동환, 김억 씨 등은, 시인으로부터 창가사(唱歌師)라는 비참한 지경에 이르러 이미 문학비평의 권외(圈外)에 선 것"이다. 따라서 이는 "현대 대신에 중세"로, "문명 대신에 야만"으로 퇴행하는 것이 된다.[30]

　김동환과 김억이 서정시 탈피 담론에서 시조 또는 민요시라는 형식 논리로 나아간 것과 대비되어, 임화는 민요시 창작의 경향에서 서정시 탈피 담론으로 나아가는 모습을 보여준다. 임화가 민요시에서 다다이즘 시로 나아간 것은 민족 정서의 층위에서 벗어난 것이라 하겠다. 다다이즘 문학 창작은 1927년 초부터 박팔양, 김화산, 임화 등에 의하여 활발하게 이루어졌다.

28　"이인화(李人和)"는 『혈의 루』를 쓴 소설가 '이인직(李人植)'의 오식—인용자 주.
29　임화, 「言語와 文學—特히 民族語와의 關係에 對하야」, 『예술』, 1935. 1, 9쪽.
30　林仁植, 「朝鮮文學의 新情勢와 現代的 諸相 (七)」, 『조선중앙일보』, 1936. 2. 3.

임화는 1927년 5월부터 9월까지의 비평을 통하여 다다이즘이 '극단의 개인주의'를 추구한다고 비판한다. 그는 아나키즘 문예론이 "귀족적 개인주의"이며, 이 "극단의 개인주의"가 다다이즘의 "선견적 개인론"을 요구한다면서, 아나키즘 문예가 부르주아지의 폐단일 뿐이라고 비판한다.[31] 하지만 임화는 1927년 1월부터 같은 해 11월까지 일련의 다다이즘 시를 발표하는데, 이러한 시 창작은 그의 비평과 어긋나는 것이다.

> 人間의 날근 피와 다 삭은 뼈를 가지고
>
> 이 天才 藝術家는 風景畫를 색인다
>
> (중략)
>
> 人形과 電車票 兵丁 구두로 그린 그림이
>
> 암만해도 나는 畫家 以上이다
>
>
> 春野를 걸어가는 長身의 靑年
>
> 失戀한 산아이 아니면 소매치기로 出世한—
>
> 그는 별안간 돌아서 나의 이마를 후렸다
>
> 나의 畫中에 出場시킨 充實한 人形이—
>
>
> 그리고 그는 逃亡을 하엿기 때문에 畫板엔 큰 구녕이 뚫어저버리엇다
>
> (중략)
>
> 오오 나의 그림은 分明히 나를 反逆했다

31 임화, 「分化와 展開 (六)—目的意識文藝論에 序論的 導入」, 『조선일보』, 1927. 5. 21.

그리고 새롭은 나를 强要하는 것이다

빵기—냄새를 피우고 핏냄새를 달낸다

그리할 것이다 나는 以後로부터는 銃과 馬車로 그림을 그리리라

—「畫家의 詩」, 부분[32]

임화의 다다이즘 시에는 메타시, 즉 시에 대한 시의 성격을 가지는 작품 「화가(畫家)의 시(詩)」가 있다. 이 시에서 시인은 그림을 그리는 천재 예술가에 비유된다. 그런데 이 시의 화자인 화가의 특이한 점은 그가 일반적인 미술 도구로써 그림을 그리지 않고, 인간의 낡은 피와 삭은 뼈로써 풍경화를 그린다는 것이다. 먼저 단순히 '피와 뼈'라고 하지 않고, '인간의 낡은 피와 삭은 뼈'라고 표현한 점을 살펴보자. 피와 뼈가 낡고 삭았다는 것은 세월의 흐름과 현실의 고통을 수없이 겪었다는 것을 뜻한다. 그러므로 '인간의 낡은 피와 삭은 뼈'로 그림을 그린다는 행위는 시적 화자가 지향하는 예술의 표현 방식이 인간의 삶과 그 속의 고통에 관련된 것임을 의미한다.

그렇게 인간의 피와 뼈로 그려내는 그림의 내용 또한 일반적인 풍경화에서의 자연이나 사물이 아니라, 봄의 들판을 걸어가는 청년이나 실연당한 사나이나 소매치기로 출세한 인물 등으로 나타난다. 엄밀히 말해 시적 화자의 그림은 풍경화가 아니라 인물화인 것이다. 여기에서 화가가 시인의 비유라면, 그림은 시인이 창작하는 시의 비유라고 할 수 있다. 풍경화는 자연이나 사물을 시적 대상으로 삼는다는 점에서 보통의 서정시를 지시한다고 볼 수 있는데, 왜냐하면 통념적으로 서정시란 자연이나 사물에 빗대어 시적 화자

32 임화, 「畫家의 詩」, 『조선일보』, 1927. 5. 8.

개인의 주관을 드러내는 것이기 때문이다. 반면에 인물화는 창작 주체 이외의 다른 인간을 창작물 속에 개입시킨다는 점에서 서정시를 탈피한 시를 지시하는데, 그 속에는 시적 화자 혼자만의 주관이 아니라 다른 인간의 주관까지도 한데 얽힐 수 있기 때문이다. 요컨대 이 시의 화자가 인간의 피와 뼈로 인물화를 그리는 행위는 물감과 붓으로 그리는 그림과 완전히 다른 것이며, 자연이나 사물에 가까운 감정 즉 서정시를 노래하는 데에서 벗어나 인간 자체를 예술로서 표현하겠다는 의지를 나타내는 것이다.

이때 시적 화자인 화가가 피와 뼈로 화폭에 그려낸 인물들은 그들의 창조자인 시적 화자를 배반하고 그림 밖으로 달아난다. 그 까닭도 서정시 탈피의 시가 시적 화자 개인의 주관적 정서나 사유를 드러내는 서정시와 달리 시적 화자 이외의 인간까지 담아내기 때문이라고 해석해볼 수 있다. 근본적으로 주체는 타자를 아무리 완벽하게 이해하려고 노력하더라도 결국 완전하게 이해할 수 없을 뿐이다. 그렇기 때문에 시에서는 자연이나 사물을 표현하는 것보다도 인간을 표현하는 것이 훨씬 어려울 수밖에 없다. 하지만 자연과 사물에만 의존하는 서정시는 자폐적이고 고립적인 내면세계에 국한될 위험이 있다. 반면에 타자를 시적 표현의 대상으로 삼는 시는, 타자를 표현하는 불가능성에 도전한다는 점에서 늘 실패의 위험을 내포하지만, 그렇기 때문에 오히려 새로운 시의 가능성을 타진하는 힘이 있다. 위 시의 말미에서 표현한 역설적 인식 역시 그와 같은 맥락에서 이해할 수 있는데, 이는 타자를 완전히 포착하지 못하여 실패로 돌아간 예술이 예술가로 하여금 새로운 예술을 요구한다는 것이다. 이러한 메타시의 요소는 (비록 다다이즘 시로서의 성격이 약하지만, 임화가 다다이즘 시를 발표하던 시기에 함께 발표된) 「초상(肖像)」에도 나타난다.

우리들은

지금에 아지 못할 생각을

가슴에다 두고

언 땅 우에다 괭이를 둘러

單調한 그림을 그립니다

(중략)

오로지

이 나라 百姓의 이마를 지내간

심줄가티

그러케 굵은 줄로서

우리는 당신의 얼골을 그립니다

(중략)

젊은 이 땅의 畵匠은

광이를 노흔 적이 업시

아지도 못할 거룩한 당신의

커다란 肖像을

우리는 언 天地 우에다 색입니다

— 「肖像」, 부분[33]

    이 작품에서 '농부'는 화가 곧 예술가로 묘사되며, 그가 '괭이로 땅을 파는 행위'는 그림을 그리는 것으로 그려진다. 이때 땅에 얼굴을 그리는 필치는

---

33 임화, 「肖像」, 『조선일보』, 1927. 1. 31.

'이 나라 백성의 이마'에 새겨진 '주름살' 같은 선으로 표현되는데, 이는 「화가의 시」에서 '인간의 피와 뼈'로 그림을 그린다는 표현과 상통한다. 타자를 시적 대상으로서 완벽하게 포착한다는 것은 불가능한 일이므로, 땅에 새긴 초상은 '알지 못할 거룩한' 모습일 수밖에 없다. 한편 「설(雪)」과 「지구(地球)와『쌕테리아』」 등의 시는 임화의 1920년대 말 다다이즘 시가 지니는 또 다른 면모를 보여준다.

太陽은 永遠히 逃亡을 가고 街里에는 눈보라─ 暴風─ 神의 일홈이 적힌 標木은 瞬息間에 파무처저서 두 번 다시 볼 수는 업다 (중략) 달은 重量을 일코 天涯를 漂浪하며 (중략) compasses의 바눌은 方向을 손질지 못하고 ―「雪」, 부분[34]	악가―그事務員이패쓰토로卽死하엿다는消息은 바 ―ㄹ서 觀測所를새어나가 ―街里로 ▶宇宙로 뚤코 ―山野로 疾走한다―擴大한다 (중략) 하아!四十年동안에最初로한失手는 抵氣壓과『패쓰토』라고給仕란놈은窓박게서웃엇다 쌕테리아 쌕테리아 ―그 힘은 偉大하다 (중략) 『쌕테리아』는地球를抱擁하고哄笑한다 ―「地球와『쌕테리아』」, 부분[35]

먼저 「설」의 시적 정황은 세계 전체의 위기감을 느끼게 한다. 태양은 영원히 도망갔으며, 거리에는 눈보라 폭풍이 휘몰아친다. 신의 이름이 적힌 표지는 그 눈보라에 파묻혀서 두 번 다시 찾을 수 없게 되었다고 한다. 신은 인간의 삶과 우주의 운명을 지배하는 질서의 상징으로서, 특히 서구 중세 시대

---

34 임화, 「雪」, 『조선일보』, 1927. 1. 2.
35 임화, 「地球와『쌕테리아』」, 『조선지광』, 1927. 8, 23~24쪽.

에는 그 영향력이 절정에 이르렀던 존재였다. 따라서 신의 이름이 적힌 표지가 눈보라에 파묻혔다는 것은, 인간에게 질서를 부여해줄 존재가 사라졌다는 의미로 볼 수 있다. 달이 중력을 잃고 하늘을 떠돈다는 표현이나, 컴퍼스의 바늘이 방향을 제대로 가늠하지 못한다는 표현 역시 질서의 해체와 그로 인한 혼돈 상태를 암시한다.

「지구와 『쌕테리아』」의 시적 정황도 「설」과 비슷한 방식으로 전 지구 문명의 위기에 대한 인식을 드러낸다. 먼저 사무원이 페스트에 걸려서 급사했다는 소식은 거리로, 산과 들로, 우주로 확대되며 질주한다고 한다. 이때의 사무원은 관측소에서 저기압을 관측하던 인물이었다. 그렇다면 왜 하필 저기압을 관측하던 사무원이 페스트에 걸린 것일까? 시적 화자는 페스트가 저기압의 상황 속에서 훨씬 더 빠르게 퍼진다고 생각하기 때문이다. 또한 저기압이 형성될 때는 보통 날씨가 나쁘고 비바람이 거세다. 그러한 맥락에 따라 페스트는 저기압이라는 조건 속에서 '위대한' 힘을 가질 수 있고, 전 지구를 휩싼 채 웃을 수 있는 것이다.

위 시의 제목이 '페스트' 대신 '박테리아'라는 시어를 활용하는 까닭은 무엇일까? '페스트'가 가지고 있는 여러 속성 중에서도 '박테리아'라는 속성을 강조하고 싶었기 때문일 것이다. 박테리아는 세균의 다른 말로서, 대부분 동식물과 같은 유기체에 기생하고, 주로 분열의 방식으로 번식한다. 「지구와 『쌕테리아』」에서도 페스트 박테리아는 '사무원'이라는 인간의 몸에 침투하고, 또한 1초마다 자기 몸을 분열하면서 번식한다. 그러므로 페스트가 지닌 '박테리아'의 속성을 강조한 것은 인간의 무기력, 기계적이고 수량적으로 분열하는 존재의 위협감 등을 강조하려는 시인의 의도에 따른 것이다. 특히 1초에 두 배씩 산술적으로 분열한다는 특성은 생명보다 기계에 가까운 것이라 할 수 있다. 따라서 시인이 파악한 전 지구적 위기란, 생명력을 위협하고 지배하는 모종의 기계적·물질적 문명의 범람이었다는 추론이 가능하다.

이상의 해석을 간추리자면, 임화의 다다이즘 시 가운데에서 첫 번째 경향인 메타시 작품들은 통념적 의미의 '서정시'에서 벗어나, 시적 표현 대상을 타자로서의 인간으로 전환하려는 의지를 드러낸다고 하겠다. 예컨대 「화가의 시」는 물감이나 붓이 아니라 인간의 피와 뼈로써 예술을 하겠다고 선언하는데, 이는 자연이나 사물에 빗대어 내면 감정을 표현하기보다 타자로서의 인간 자체를 시로 표현하겠다는 의지를 나타낸다. 임화의 다다이즘 시 중에서 두 번째 경향에는 「설」과 「지구와 『썍테리아』」 등의 작품이 이에 해당한다. 이들 작품은 시적 정황을 전 지구적인 혼란으로 그려냄으로써 문명의 위기감을 표현하였다.

이러한 맥락에서 임화가 다다이즘 시를 창작한 작업은 1920년대 김억과 김동환 등이 전개한 '서정시 탈피' 담론의 일종으로 파악될 수 있다. 왜냐하면 임화의 다다이즘 시는 첫째로 기존 서정시와 달리 시적 대상을 인간으로 삼았으며, 둘째로 문명 비평적 의식을 강하게 드러냈기 때문이다. 그런데 임화보다 앞서 '서정시 탈피' 담론을 형성하였던 이들이 민요시의 창작에 접어든 것과 달리, 임화는 민요시에서 출발한 뒤에 다다이즘 시를 통하여 '서정시 탈피'의 경향으로 들어섰다. 김억 및 김동환이 민요시를 쓴 것, 그리고 그보다 시기상 앞서서 임화가 민요시를 쓴 것은 공통적으로 민중 언어 사용, 민족적 주체성의 표출, 서정적 정서의 표현 등을 지향한 것이었다. 1920년대 민요시 창작 경향은 그 표현 대상이 일반적 서정시에서처럼 개인의 내면적인 정서와 그것을 의탁한 자연 및 사물에 집중된 것이었으며, 그 관점이 조선 민족의 향토성 및 주체성을 강조하는 것이었다. 이를 종합해볼 때 임화의 시가 민요시에서 다다이즘 시로 변모한 것은 첫째로 그 관점이 민족적인 것에서 문명 비평 쪽으로 옮겨간 것이며, 둘째로 그 표현 대상이 내면적 정서에서 타자로서의 인간과 그의 삶으로 이행한 것이라 할 수 있다.

　1920년대 한국의 근대시는 '퇴폐적 허무주의'나 '병적인 낭만주의'로 평가된 바 있다. 하지만 한상철에 따르면, 조선에서 '퇴폐주의'로 번역 소개된 데카당스는 그 개념의 기원에서부터 대단히 반어적인 뜻이 있다고 한다. 특히 아나톨 바쥐(Anatole Baju)나 단눈치오(D'Annunzio) 등이 참여한 이탈리아 데카당스 운동에서 데카당스는 허무나 절망과 같은 단순한 의미가 아니라, 과거의 고답적인 문명을 거부하고 새로운 질서를 추구하는 혁명적 사조였다. 그것이 비판한 문명은 특히 19세기의 사실주의 및 자연주의, 유물론, 물질주의, 실증주의, 산업주의 등이었다. 1920년대 조선의 문인들이 받아들인 데카당스 개념은 그것의 본래 의미와 무관하지 않은 것이었다.[36] 우리가 1920년대의 '서정시 탈피' 담론으로 보았던 김억·김동환 등의 '향토성' 개념과 임화의 다다이즘 시는 물질주의로 표상되는 서구 근대문명의 위기를 강력하게 비판하였기 때문이다.

　여기에서 우리는 임화의 민요시와 다다이즘 시가 그 뒤에 나타난 서간체 시와 어떠한 지점에서 연결되는지를 알 수 있다. 그의 시 세계에서 서간체 시는 민요시와 다다이즘 시에서 다루어진 슬픔, 비애, 상실과 같은 주제를 자기 나름의 방식에 따라 계승·발전시킨 것이 된다. 그러나 임화를 포함한 1920년대 문인들에게 슬픔, 비애, 상실 등은 단순한 감정의 차원에 그치는

---

36 한성철, 「1920년대 한국문학에 끼친 이탈리아 데카당스 영향 연구」, 단국대학교 박사학위논문, 1996.

것이 아니라 세계를 진단하는 미학이자 사상이었다. 박승희와 조은주에 따르면, 1920년대 동인지 문학은 소멸과 비애의 데카당을 니체적인 긍정과 생성의 사유로 연결시킴으로써, 역사의 직선적 발전을 믿는 진보적 역사주의와 다른 방식으로 기존의 역사를 비판하고 새로운 역사를 사유하였다고 한다.[37] 1920년대 동인지 문학 및 임화의 다다이즘 시는 서구적 문예사조만을 일방적으로 이식한 것이 아니라, 그것을 '타자의 상실로 인한 슬픔'이라는 한국 시의 전통 및 민요시의 주제 속에서 전유하였던 것이다.

이 시기 민요시는 '전통'이나 '민족' 담론 일변도로 평가되어온 것이 사실이다. 하지만 최윤정에 따르면, 당대의 민요시는 민족의 정서를 기록함으로써 제국에 의하여 포착될 수 없는 담론을 만들었다고 한다.[38] 또한 '타자의 상실로 인한 슬픔'의 주제는 한국 근대시에서 서구 근대문명에 대한 비판의 의미가 있다. 권희철은 1920년대 김소월 시의 주제가 근대문명으로 인하여 가치 기준을 잃어버린 개인 주체들의 공허함에서 벗어나려는 시도였으며, 그 때문에 복고적인 민족주의나 배타적인 국수주의와 구분된다고 본다.[39] 따라서 '상실로 인한 슬픔'의 시적 표현은 근대문명이 처해 있는 위기를 예민하게 인식하고, 거기에 맞서서 정신적 태도를 취하는 한국 근대시의 독특한 미적 사고방식이었던 것이다.

그러한 성격을 잘 보여주는 것이 한국 전통 시가에서 김소월의 「초혼」이

---

37 박승희, 「1920년대 데카당스와 동인지 시의 재발견」, 『한민족어문학』 47집, 2005. 12; 조은주, 「1920년대 문학에 나타난 허무주의와 '폐허(廢墟)'의 수사학」, 『한국현대문학연구』 25집, 2008. 8.
38 최윤정, 「1920년대 민요담론의 타자성 연구」, 『한민족문화연구』 36집, 2011. 2.
39 권희철, 「"나'는 누구인가?'에 대한 1920년대 문학의 문답 지형도—'불축제' 계열시와 김소월 시의 관련 양상을 중심으로」, 『한국현대문학연구』 29집, 2009. 12.

나 주요한의 「불노리」로 이어지는 「탄가(嘆歌)」의 계보이다. 신범순에 따르면, 죽음과 같은 타자의 상실과 그로 인한 사랑의 단절은 오랫동안 애송되어 온 「탄가」의 주제였다고 한다. 연구자는 김소월이 자신을 포함한 민족 전체의 위기 상황을 이러한 「탄가」류 모티프의 극적인 변형으로써 표현하였다고 본다. 「초혼」에는 깊은 절망에 빠진 한 시대의 아픔이 사랑을 잃고 절망에 빠진 한 개인의 비극적 이야기 속에 스며들어 있다는 것이다.[40] 한 개인의 상실 및 그로 인한 슬픔 속에 시대나 민족의 고뇌를 담아낸 것은 김소월의 시가 이룩한 성취이다. 이러한 한국 근대시의 유산은 임화의 시 세계 전반에도 스며들었다. 우리의 핵심 논지는 그 전통이 임화의 시에서 '(개인적·단독적) 애도를 통한 (시대적·공동체적) 문명 비평 의식의 표출'로 심화하였다는 점이다.

이는 야나기 무네요시(柳宗悅)가 조선 민족의 미적 아이덴티티를 '비애'의 미학으로 정립하였던 시도와 근본적으로 구분되어야 한다. 최호영에 따르면, 이와 같은 '비애'의 정의는 외부적 환경의 구속과 억압으로 인해 결정되는 수동적이고 반동적인 감정에서 벗어나지 못한 것이라고 한다. 그러나 오상순과 같은 1920년대 초기 한국시인들은 '비애'를 파괴와 건설의 원리에 따르는 창조적 생명의식으로 전환시킨다. 여기에서 '비애'는 반동적이고 수동적인 감정이 아니라 능동적이고 주체적인 의식이 된다.[41] 특히 1920년대 조선 지식 담론에서 슬픔을 생성 원리로 전환시키는 논리에 니체 사상을 도입

---

40 신범순, 『노래의 상상계』, 서울대학교출판문화원, 2011, 407~413쪽.
41 최호영, 「야나기 무네요시의 생명사상과 1920년대 초기 한국시의 공동체 문제」, 『일본비평』 11호., 2014. 8, 24~26쪽.

한 것은 시집 『현해탄』을 중심으로 하는 1930년대 전·중반 임화의 시에서도 뚜렷하게 나타나는 현상이다. 이는 조선의 시인들이 니체 철학을 민족의 미적 정신과 결합하여 토착화시켰다는 사실을 입증한다.

　'타자의 상실로 인한 슬픔'의 주제를 통하여 서구 근대문명으로 환원되지 않는 조선 민족의 정신을 담는 특성은 김소월부터 임화로 이어지는 한국 시 문학사의 공통적 잠재력이 된다. 그것은 개별 시인들에 의하여 독창적으로 표현될 때에야 비로소 시적 성취의 생명력을 가질 수 있다. 조선 민족 고유의 미적 사유 체계인 '상실의 슬픔'이란 주제는 임화의 시 세계 전체에 걸쳐서 드러난다. 특히 이러한 경향은 그의 현해탄 연작에서 김소월이나 홍사용 등이 다루었던 '조선 민족의 유랑적 정신'을 계승함으로써 한층 더 심화한다. 임화는 자신의 시적 출발인 민요시 창작에서부터 그 주제를 발견할 수 있었다. 나아가 그는 다다이즘 시 창작을 통하여 표현 대상을 타자라는 구체적 인간으로, 표현 관점을 더욱 선명한 문명 비평적 의식으로 집중시켰다. 그와 같은 흐름이 어떻게 임화의 서간체 시로 연결되었는지를 다음 절에서 자세히 논구하고자 한다.

제2절
다다이즘과 서간체 시: 공권력을 넘는 인간성의 애도

　민요시를 거쳐 다다이즘 시로 오면서 획득된 문명 비평 및 타자로서의 인간에 대한 관심은 임화의 서간체 시 속에서 애도를 통하여 본격적으로 형상화된다. 특히 임화의 작품 「젊은 순라(巡邏)의 편지」는 후에 이어지는 서간체 시에 기본적인 형식을 제공하였다. 이 작품은 '아폴로의 장례식'을 시적 정황으로 제시함으로써 서구 문명의 죽음을 선포한다.

많은 연구자들은 임화의 서간체 시가 「젊은 순라의 편지」에서 시작된다고 보았다. 그러나 정확히 말해서 이 글은 시가 아니라 소설의 장르로 다루어진 것이다. 이 작품은 "일인일엽소설(一人一頁小說)"이라는 코너에 실렸기 때문이다.[42] 임화를 포함하여 이적구, 김영팔, 조후인, 윤기정, 한삼순, 송영, 이기영, 안석주 등 모두 9명이 이 코너의 필진으로 참여하였다.

「젊은 순라의 편지」는 서간체의 형식을 취하면서도, 자연 사물이 아닌 인간을 시적 대상으로 표현하는 동시에 문명 비평적 시각을 드러낸다. 따라서 이 글은 임화의 다다이즘 시와 서간체 시 사이의 과도기적 형태에 자리할 수 있다. '젊은 순라'로 지칭되는 페르소나는 "요 전에 우리는 백림(伯林) 교외(郊外)를 지내다 봄풀이 싹이 돗기도 전(前) 가난한 그들에 주머니를 터러 가여운 게집애 ×× 의 무덤에다 꽃뭉치를 안겨주고 마음을 다하야 눈물을 흘니는 독일의 푸로레타리아의 얼골을 보고 왔소"라고 서술하다가 돌연 "여긔는 조선의 서울이요 지금은 ×× 의 비가 오는 중이요"라고 하면서 공간 배경의 급격한 전환을 보여준다. 임화의 다다이즘 시에서 시적 정황이 전 지구적 공간을 배경으로 삼았듯이, 이 글에서도 시적 정황은 독일의 베를린과 조선의 서울을 동시적으로 넘나드는 것이다. 또한 이 글의 화자는 "오늘 우리는 아쏘로의 장식(葬式)에로 나아가우 로만쓰와 신비를 여러 천년 지중해 맑은 물에 쌕렷다든 지중해의 수호신인 아쏘로의 장식에로 나아가우"라고 한

---

42 "一人一頁小說"에서 "頁"이라는 글자는 '머리(head)'를 뜻할 때는 '혈'이라는 음으로 읽지만, '책의 면(page)'을 뜻할 때는 '엽'이라는 음으로 읽는다.

다.[43] 이는 서구의 지성과 문명을 상징하는 아폴로 신의 죽음을 선포하면서 문명 비평적 시각을 나타낸다. 하지만 시적 주체가 '우리'라는 복수형을 취하며, 그 때문에 편지를 받는 타자가 모호하다는 점에서 서간체 형식의 본질을 구현하지 못하였다.

　과도기적 형태를 거쳐서 형성된 임화의 서간체 시는 어떠한 고유의 특성을 드러내는가? 그의 서간체 시는 대부분 '상실한 타자에 대한 애도'를 보여준다는 공통점이 있다. 이 책의 서론에서는 애도가 타자를 주체와 동일시하는 비본질적 애도와, 타자를 타자로서 인정하는 본질적 애도로 구분된다고 설명하였다. 임화의 서간체 시에는 타자를 주체의 이념으로 환원하는 동일시의 시선과, 타자를 타자로서 보존하는 시선이 엇갈리며 나타난다. 그러한 두 가지 시선의 공존이 나타난다는 점에서 「네거리(街里)의 순이(順伊)」는 임화의 서간체 시가 본격적으로 탄생한 계기라 할 수 있다.

　　　네가 지금 간다면 어듸를 간단말이냐

　　　그러면 내 사랑하는 젊은동모

　　　너 내사랑하는오즉한아쏜인동생順伊 너의사랑하는 그貴重한아이희――

　　　勤勞하는 모―든女子의戀人…………

　　　그靑年인 勇敢한산아희가 어듸서온단말이냐

　　　눈바람찬 불상한都市 鐘路복판의順伊야

　　　너와나는 지내간 쏫피는봄에 사랑하는 한어머니를 눈물나는가난속에서

<hr />

43 임화, 「젊은巡邏의片紙」, 『조선지광』, 1928. 3 · 4, 107쪽.

여의엇지

　그리하야 너는 이밋지못할 얼골하얀 읍바를염녀하고 읍바는 너를근심하
는 가난한그날속에서도. 順伊야──너는 네마음을둘미덥성잇는 이나라靑
年을 가젓섯고

　靑年의戀人 勤勞하는女子 너를가젓섯다

―「네街里의 順伊」, 부분⁴⁴

　인용한 부분은 시의 1연과 2연인데, 먼저 1연은 여동생 '순이'와 그의 연인
인 '청년'을 분명히 다른 방식으로 묘사한다. '순이'는 "내 사랑하는 오직 하나
뿐인 동생"으로 표현되는데, 이는 '순이'의 대체 불가능성, 즉 단독성을 강조
하며 그녀를 타자로서 보존하는 시선과 같다. 이와 달리 '청년'은 "근로하는
모든 여자의 연인"으로 규정되는데, 이는 '청년'이라는 존재를 계급 이데올
로기와 동일시하고, 그 이데올로기를 따르는 집단으로 환원시키는 시선에
해당한다. 물론 '청년'은 '순이'에게 "사랑하는 귀중한 아이"라는 속성도 부여
받고 있기 때문에, 기계적 집단으로만 읽히지 않을 단독성을 마련한다. 또한
"네가 지금 간다면 어디를 간단 말이냐"라고 하는 시적 화자의 발언 속에는
'순이'가 상실된 타자를 잊지 못하고 찾아다니며 방황하는 애도의 자세가 담
겨 있는데, 이러한 그녀의 애도 행위는 '청년'을 이념 집단의 부속품과 같은
존재로 만들지 않으며 '청년'이 지닌 타자로서의 단독성을 보존한다.

　다음으로 2연에는 "너와 나는 지나간 꽃피는 봄에 사랑하는 한 어머니를 눈
물 나는 가난 속에 여의었다"라는 문장이 겹쳐진다. 1연에서 연인을 상실한

44　임화, 「네街里의 順伊」, 『조선지광』, 1929. 1, 136쪽.

'순이'의 애도가 나타난다면, 2연에서는 '어머니'를 상실한 '순이'와 '나'의 애도가 나타나는 것이다. 이를 통하여 1연에 나타난 연인 상실의 애도 위에 어머니 상실의 애도가 포개어진다. 엄밀히 말하면 이들 각각의 애도는 아주 특별한 것이라기보다 인간이라면 누구나 겪을 법한 일상적인 것이다. 하지만 이 시는 일상적인 맥락들을 서로 연결시킴으로써 특별한 맥락을 빚어낸다. 이처럼 맥락과 맥락을 겹치는 시적 기법은 각각의 맥락이 무관하게 떨어져 있는 것보다 '순이'를 훨씬 더 뚜렷한 단독성의 존재로서 형상화하는 것이다.

이를 구조적으로 요약해본다면, '청년' 쪽으로부터는 그를 "모든 근로하는 여자의 연인"이나 "이 나라 청년"으로 전체화하고, 이에 따라서 그의 연인마저도 "청년의 연인 근로하는 여자"로 집단화하는 동일시의 시선이 파생된다. 반면 '청년'을 애도하는 주체, 즉 '여동생' 쪽으로부터는 타자를 타자로서 보존하려는 시선이 확산된다. 「네거리의 순이」에서와 마찬가지로 「우리 옵바와 화로(火爐)」에도 이러한 의미의 애도가 들어 있다.

사랑하는 우리옵바 어적게 그만그릇케 위하시든옵바의거북紋이 질火炉
가 쌔여젓서요
언제나 옵바가 우리들의 『피오니ㄹ』 족으만旗手라부르는 永男이가
地球에해가비친 하로의모―든時間을 담배의毒氣속에다
어린몸을잠그고 사온 그거북紋이 火炉가 쌔여젓서요

그리하야 지금은 火적가락만이 불상한永男이하구 저하구처럼
쏙 우리사랑하는 옵바를일흔 男妹와갓치 외롭게壁에가 나란히걸녓서요

옵바……………………………

저는요 저는요 잘알엇서요

웨―그날 옵바가 우리두동생을써나 그리로 드러가신그날밤에

연겁히 말는卷煙을 세개식이나 피우시고게섯는지

저는요 잘아럿세요 옵바

―「우리옵바와 火爐」, 부분[45]

임화의 서간체 시에 나타난 애도는 다채로운 기억의 맥락들을 화로라는 매개물 속에 중첩시킴으로써 상실된 오빠가 지닌 타자로서의 단독성을 구체화한다. '영남이'가 담배 공장에서 번 돈으로 화로를 샀다는 정보는 '오빠'가 화로 앞에서 담배를 말아 피웠다는 정보와 절묘하게 연결된다. 또한 오빠를 상실한 '나'와 '영남이'가 화로의 파손 후에 남은 부젓가락으로 비유되는데, 이 또한 뛰어난 시적 표현을 통하여 상실된 대상에의 애도 자체를 강조한다. 화로라는 매개물과 그것에 얽힌 다양한 기억의 맥락들은 상실된 타자를 식민지 피지배 민족 또는 프롤레타리아 계급 등과 같은 집단적 존재로 상징화하기보다 그 타자를 타자로서 보존하는 효과를 산출한다.

폴 드 만의 논의를 빌리자면, 이는 미학적인 차원에서 상징과 구별되는 알레고리와 연결된다. 폴 드 만은 상기와 기억을 구분하면서, 상기란 단독적인 감각을 보존한 기억인 반면에 기억이란 그 감각을 일반적 관념으로 추상화한 기억이라고 하였다. 나아가 그는 미학적으로 전자가 알레고리에 해당하며, 후자가 상징에 해당한다고 설명한다. 데리다는 폴 드 만이 말한 상기로

---

45 임화, 「우리옵바와 火爐」, 『조선지광』, 1929. 2, 117쪽.

서의 알레고리가 애도의 특성과 상통한다고 보았다. 이러한 논의를 적용하면,「우리 옵바와 화로」에서 화로 등과 같은 감각적 매개물은 상징이 아니라 알레고리에 해당한다고 볼 수 있다. 왜냐하면 거기에는 상실된 오빠와 그를 둘러싼 단독적 기억들이 애도의 방식으로 결합되기 때문이다. 요컨대 이 작품에 나타난 애도는 타자에 관한 단독적 기억을 보존하는 것이므로, 그러한 기억을 내포하는 감각적 매개물들은 일반적·추상적 관념만을 상징하지 않는 알레고리가 된다는 것이다.

위 시에서처럼 특정한 감각적 매개물을 통하여 중층적 기억의 맥락을 결합시키는 시적 기법은「우산(雨傘) 받은 『요쓰하마』의 부두(埠頭)」에서도 나타난다. 이 작품에 나오는 중심 이미지로는 '비'와 '우산'을 꼽을 수 있는데, 선행 연구에서는 '비'를 일제 파시즘의 억압적 권력으로, 우산을 그 권력에 대한 '일본인' 신분이라는 보호막으로 분석한 사례가 있었다. 이러한 분석 방식은 알레고리적 독법이 아니라 상징적 독법이다. 그러나 임화의 서간체 시에서 핵심적인 감각들은 대부분 타자를 타자로서 보존하려는 애도의 행위 속에서 발생하는 것이므로 일반적 상징보다는 단독적 알레고리의 성격을 강하게 드러낸다.「우산 받은 『요쓰하마』의 부두」는 그보다 앞서 일본 나프(NAPF) 시인 나카노 시게하루(中野重治)가 발표한「비내리는 시나가와역(品川驛)」과 상호텍스트성을 이룬다. 기존 연구에서는 국제주의적 계급 연대 또는 탈식민주의 등의 관점에서 두 작품을 비교해왔다. 이와 달리 두 작품의 공통점과 차이점은 애도의 관점을 통하여 새롭게 드러날 수 있다.

    (가)

    그대들은 비에저저서 그대들을 쫓처내는 일본의 ×× 을 생각한다

그대들은 비에 저저서 그의 머리털 그의 좁은 이마 그의 안경 그의 수염 그의

보기실은 꼽새등줄기를 눈앞헤글여본다

(중략)

그리고 또다시

해협을 건너 여닥처오너라

神戸 名古屋은 지나 동경에 달여들어

그의신변에 육박하고 그의 면전에 나타나

×를 사로×어 그의×살을 움켜잡고

그의 ×멱바로거긔에다 낫×을 견우고

만신의 쓰는피에

쉬거운복×희 환희속에서

울어라! 웃어라!

— 中野重治, 「비날이는 品川驛─×××記念으로李北滿 金浩永의게」, 부분[46]

(나)

그러나 港□의게집애야!─너 모르진안으리라

지금은 「새장속」에자는 그사람들이 다─네의나라의사랑속에사랏든것도 안이엇스며

귀여운네의 마음속에사렷든것도안이엇섯다.

---

46 中野重治, 「비날이는 品川驛─×××記念으로李北滿 金浩永의게」, 『무산자』, 1928. 5, 69쪽.

(중략)

그러나 『요꼬하마』의 새야——

너는쓸々하여서는아니된다 바람이불지를안느냐

한아쌘인 너의조희우산이 부서지면엇저느냐

어서 드러가거라

인제는 네의『게다』소리도 빗소리 파도ㅅ소리에뭇처 사러젓다

——「雨傘 밧은 『요꼬하마』의 埠頭」, 부분[47]

　(가)는 발신자가 수신자에게 이야기를 건네는 형식을 취하지만, 이때 발신자는 시적 화자 한 명인 데 비하여 수신자는 '그들'이라는 익명의 복수이다. 이 대목에서 우리는 서간체 시의 성립 조건을 고려할 필요가 있다. 정확하게 말해서 (가)는 서간체 형식의 작품이라고 하기 어렵다. 왜냐하면 서간체 시는 편지라는 형식을 기본으로 취한다는 점에서 발신자와 수신자를 각각 한 명으로 한정하기 때문이다. (나)가 발신자와 수신자를 각각 한 명으로 설정하는 서간체 시라면, (가)는 서간체 시가 아닌 것이다. 서간체 시의 형식적 요소인 일대일의 발화 구조는 (가)와 같은 일대다(一對多)의 발화 구조보다도 진정한 애도를 드러내기에 훨씬 적합한 것이며, 따라서 타자의 단독성을 더욱 뚜렷이 보존할 수 있는 것이다.

　위와 같은 형식적 측면뿐만 아니라 내용적 측면에서도 두 작품의 차이점은 분명하다. (가)에서 시적 화자는 조선 혁명가들이 그저 "좁은 이마"에 "안경"을 쓰고 "수염"이 났으며 "보기 싫은 굽은 등"을 한 "일본의 ×× "(일왕(日

---

47 임화, 「雨傘 밧은 『요꼬하마』의 埠頭」, 『조선지광』, 1929. 9, 3~4쪽.

王)으로 추정)를 생각해야만 한다고 못박는다. 왜냐하면 시적 화자가 생각하기에 조선인들은 그들을 쫓아낸 일왕을 증오할 수밖에 없기 때문이다. 여기에서 타자로서의 인간이 지닌 단독성은 찾아보기 어렵다. 또한 시적 화자는 조선 혁명가들에게 대부분 명령문으로 발화한다. 그 명령문의 내용은 언젠가 다시 일본으로 돌아와 일왕을 죽이라고 권고하는 것이다. 이처럼 시적 화자가 조선인 혁명가들의 목적을 획일화하고 그들에게 명령문의 어조로 자신의 이데올로기를 투사하는 것은 타자의 단독성을 고려하지 않은 태도이자 인간을 혁명 이데올로기의 수단과 같은 기계적 집단으로만 간주하는 태도와 같다.

반면 (나)의 시적 화자는 상실된 대상과 연인 관계를 맺고 있다. 그러한 점에서 (나)의 인간관계는 (가)의 경우보다 훨씬 더 사적이고 개별적이다. 시적 화자의 연인은 요꼬하마에 사는 일본인 여성으로서, 시적 화자 이외에도 다른 여러 조선인 혁명 운동가들을 보살피는 존재로 암시된다. 이러한 연인에게 시적 화자는 한편으로 자기 이외의 조선인들을 보살펴달라고 부탁한다. 하지만 시적 화자는 자기 이외의 다른 조선인들이 그 연인의 "마음속에 살지 않았다"고 말한다. 이는 그 연인이 시적 화자 자신만을 사랑했다는 뜻이다. 위 작품은 시적 화자와 대상 사이에만 형성된 관계를 강조함으로써, (가)의 경우에 비하여 시적 화자와 대상 간의 관계를 훨씬 더 단독적인 성격으로 형상화한다.

또한 이 시를 자세히 살펴보면, 시적 화자는 비록 대상에게 서둘러 돌아가라고 끊임없이 청유하지만 실은 이미 대상과 한참 멀어진 상태에 처해 있음을 알 수 있다. 예컨대 "너의 게다 소리도 빗소리 파도소리에 묻혀 사라졌다"와 같은 표현은, 시적 화자가 이미 부두를 떠나서 바다를 항해 중인 배 위에 있으며, 상실된 대상이 화자의 목소리를 더 이상 들을 수 없는 상태임을 보여준다. 그럼에도 시의 화자가 대상에게 어서 돌아가라는 말을 계속 건네는 이유는 무엇일까? 이는 자신의 목소리가 들리지 않더라도 멀리 부둣가에 서 있는 그녀의 모습을 바라보는 정황일 수도 있으며, 그녀에게 손짓하는 정황일 수도 있다. 목소리가 가닿지 않을 만큼 눈앞에서 멀어진 상황임에도 시적 화자가 애도 행위를 중단하지 않는 것은, 연인의 단독성을 잊지 않으며 연인에 대한 사랑을 다른 대상과 동일시하지 않겠다는 의지의 표명이다. 데리다가 완료되지 않는 애도야말로 진정한 애도라고 말한 것처럼, (나)의 시적 화자는 상실된 타자를 향하여 완료될 수 없는 애도를 지속한다.

(가)와 (나)는 모두 조선인과 일본인이 서로 이별하는 순간을 포착하고 있다. 그렇지만 (가)에서 시적 화자의 태도는 상실된 대상을 이데올로기적 목적의 도구로 규정한다는 점에서 애도가 아니다. 반면 (나)의 태도는 상실된 대상을 단독적인 타자로서 형상화한다는 점에서 진정한 의미의 애도라 할 수 있다. 시적 화자의 태도가 진정한 애도인지 아닌지에 따라, 그 시에 표현된 감각의 성질도 달라진다. (가)는 (나)보다 감각적인 대목의 비중이 훨씬 작을 뿐 아니라, 이미지가 등장한다고 하더라도 원한이나 복수심을 상징할 뿐이다. 하지만 (나)는 '비바람', '종이우산', '새', '게다', '파도소리' 등, (가)보다 훨씬 더 풍부한 감각을 구사하며, 각 감각들은 명확한 관념의 상징이라기보다 타자의 단독성을 드러내는 알레고리로서 기능한다. 요컨대 (나)는 (가)와 달리 진정한 애도의 태도를 드러내며, 이는 타자를 타자로서 기억하고 보존하려는 노력에 따라 알레고리적인 감각을 발생시킨다.

임화의 서간체 시가 성취한 알레고리의 미학을 비판적으로나마 가장 민감하게 주목한 논자로는 이정구를 꼽을 수 있다. 그는 『우리 옵바와 화로』

에서의 부절가락과 화로와 삼형제와의 우연한 대조(對照)"와 "『우산 바든 요 소하마의 부두』에 잇서서는 우연히 비 나리는 밤이엿든 것 등"이 모두 "『쎈 티멘탈리즘』을 강조"하는 "우연성에로 의뢰"였다고 말한다.[48] 시의 정치적 이념성을 강조하였던 이정구의 관점으로 보면, 오빠를 상실한 '나'와 남동생 이 부젓가락에 비유되거나 연인과의 이별이 '비'와 '우산' 등의 이미지와 결 합하는 것은 아무런 이념도 상징하지 않는 무의미와 우연으로 비칠 수밖에 없었다. 그러나 임화의 서간체 시에 나타난 감각들이 일견 우연적으로 보인 다는 것은 애도되는 타자를 어떠한 관념과도 동일시하지 않고 타자로서 보 존하는 기억에서 그 감각들이 발생하기 때문이라고 할 수 있다. 이정구가 지 적한 우연성이란 단독적 감각을 보존하는 상기이자 그것의 알레고리적 표 현에 가깝다. 임화의 서간체 시에 나타나는 애도는 타자를 타자로서 기억하 는 것이기 때문에 그 기억 속의 단독적 감각을 더불어 보존하는 것이다.

이러한 측면에서 임화는 이정구의 비판에 대하여 자신의 서간체 시를 적 극 옹호하였다. 임화는 "비오는 것 화적가락 그 외의 일체만물이 각개의 상 태에서 필연성과 상호연관에 대한 의식이 업시 관찰한다면 모든 것은 우연 일 것"이라고 이정구의 견해를 반박한다. 이에 따르면, 임화가 생각하는 시 적 인식이란 우연적으로 보이는 만물들 사이의 상호 연관성을 적극 파악하 는 것이라 할 수 있다. 나아가 임화는 "푸로레타리아 시인은 자발(自發)도 기 물(器物)도 노래할 수 없다면은 푸로詩는 위선 예술인 것을 그만두게 될 것" 이라고까지 단언한다.[49] 시를 정치적 신념의 전달 수단으로 보는 견해에 따

---

48 이정구, 「詩에 대한 感想—벗아! 感傷主義를 버려라 (二)」, 『조선일보』, 1933. 9. 20.
49 林仁植, 「三三年을通하여본 現代朝鮮의詩文學 (完)」, 『조선중앙일보』, 1934. 1. 12.

르면, 인간의 자율적 감성에 속하는 '자발'이나 그것의 감각적 매개물인 '기물'은 이데올로기적 슬로건의 상징에서 벗어나는 것일 뿐이다. 그러나 타자에 관한 단독적 기억을 형상화하는 애도에서 '자발' 및 '기물'은 타자의 단독성을 나타낼수록 오히려 더 많은 필연성과 상호 연관을 드러낼 수 있다. 그리고 임화가 생각하기에 타자를 타자로서 형상화하는 것은 시문학의 핵심이며, 프롤레타리아 시에도 반드시 필요한 것이었다. 이처럼 임화는 자신의 서간체 시가 획득한 예술적 성취가 단독적 감각들을 드러내면서도 그 속에 들어 있는 관계성을 파악하는 데 있다고 생각하였으며, 이는 우연적으로 보이는 감각들을 통하여 그것들의 상호 연관성을 드러내는 알레고리 미학에 도달한 것이라 할 수 있다.

임화의 서간체 시에 나타난 애도가 미학의 차원에서 알레고리를 나타낸다면, 윤리·정치적 차원에서는 어떠한 의미가 있을까? 서간체 시의 애도는 첫째로 상실된 타자에 관한 대체 불가능한 책임을 포기하지 않는 것이라는 점에서 윤리적이다. 이는 임화의 서간체 시 「어머니」에서 뚜렷이 드러난다. 이 작품 속에서 시적 화자는 살아 있는 사람을 넘어서 이미 죽은 사람에게까지도 말을 건넨다.

「어머니」의 정황은 '나'가 여동생의 애인이 죽은 뒤에 자기 어머니의 무덤 앞에 찾아간 것이다. 이 시에도 다른 여러 임화의 서간체 시에서처럼 여러 층위의 상실과 그에 대한 애도가 겹쳐 있다. 먼저 과거의 봄날에 죽은 어머니에 대하여 시적 화자는 애도를 표한 뒤에, 여동생 '옥순이'의 애인인 '순봉이'가 옥중에서의 고초 탓에 숨을 거두었다고 전한다. 그뿐 아니라 '오늘'은 시적 화자의 친구이자 익명의 청년이 자살하였다는 소식을 들은 날이기도 하다. 이 모든 타자의 장례식 행렬은 매번 같은 길 위를 걷게 되는데, 이에 따라 시적 화자는 "웨 나는 이 길을 언제나 관(棺) 뒤에만 싸라갓다 와야 하게 되엇는지 모르겟서"라고 토로한다.[50] 그리고 장례식 행렬 끝에는 화자의 어머니가 묻힌 무덤이 있으므로, 화자가 어머니에게 문안 인사를 드리듯 말을 건네는 것은 무척 자연스러운 정황으로서 시의 독자들에게 전달된다.

이 시에서 가장 독특한 부분은 망자를 향하여 시적 화자가 대화를 시도한다는 것이다. 프로이트에 따르면, 상실한 대상에 대한 사랑을 회수하여 다른 대상으로 옮기는 애도 작업이 성공적으로 이루어져야 삶을 정상적으로 살아갈 수 있으며 그렇지 않은 상태는 병적인 것이 된다고 한다. 그러한 시각에서 볼 때, 위의 시처럼 죽은 자에게 끊임없이 이야기를 건네는 행위는 병적인 것이라 할 수 있다. 하지만 임화의 서간체 시에서 애도는 죽은 사람에게 말 걸기를 포기하지 않음으로써 데리다가 말한 의미에서의 진정한 애도를 수행하는 것이다. 이는 상실된 타자에의 사랑을 회수하여 공산주의 이념 등의 다른 타자로 상징화하는 것과 다르다. 죽은 자와의 대화가 현실적으로 불가능한 것일지라도, 애도는 그 불가능한 행위를 멈추지 못한다는 점에서 윤리적이다. 임화의 서간체 시에 나타난 애도는 상실된 타자에의 기억을 보존함으로써 주체가 타자와 맺고 있는 대체 불가능한 책임을 껴안는 태도이다.

그러한 애도는 주체에 의하여 의식적으로 이루어지는 것이 아니라 무의식적으로 주체를 습격하는 것이다. 임화의 시 「봄이 오는구나—사랑하는 동모야」를 보면, "철 업는 내 마음이 가만히 이 세상 재미에 기우러지다가도 / 나는 너를 생각한다 / 지내간 날에 내 마음을 싸짓든 네 눈을 나는 잇지를 안는다"라는 구절이 나온다. 이 시에서 친구를 향한 시적 화자의 애도는 견

---

50 임화, 「어머니」, 『조선지광』, 1929. 4, 123쪽.

고한 신념과 의지를 통해서가 아니라, 주체의 의식 속에 불가항력적으로 침입하는 무의식적 기억을 통해서 이루어지는 것이다. 나아가서 시적 화자는 "이 세상의 모두가 다 망해버리고 내 몸이 천만 가래 난대 보아라 / 엇더케 엇더케 내가 너를 두고 이 세상 봄을 싸르겟는가"라고까지 절규한다.[51] 세상의 모든 사람이 망해버리더라도 타자에 대한 애도를 그치지 못한다는 이러한 태도를 단순히 마르크스주의적인 것으로만 볼 수는 없다. 이처럼 서간체 시에서 형성된 애도의 윤리는 이데올로기와 같은 추상적 관념에 의거한 윤리와 달리, 타자에 대한 단독적 책임을 바탕으로 성립하는 윤리이다.

박태원은 임화의 시 「봄이 오는구나」에 대하여 상당히 냉소적이고 신랄한 평가를 내린 바 있다. 그는 위 시가 "시라는 것보다는 오히려 산문이라는 것이 적당"하다고 지적하면서, "이 작품에는 산문시라고도 대접할 수 업슬 치만치 그만치 비시적 요소만을 구비하고 잇다"고도 평하였다.[52] 이는 임화의 서간체 시를 '서정시 탈피' 경향으로 해석한 이 책의 견해와 상통한다. 박태원이 '산문적'이며 '비시적'이라고 평가할 만큼, 임화의 서간체 시는 당대의 시에 관한 통념을 벗어나는 새로운 것이었다.

또한 임화의 서간체 시는 공적인 권력이나 제도에 의하여 애도될 수 없는 존재들을 애도의 대상으로 삼는다. 「네거리의 순이」에서 가난으로 인하여 죽은 어머니와 (「우리 옵바와 화로」에서와 같이) 일제 경찰에게 체포된 오빠, 「우산 받은 요꼬하마의 부두」에서 추방되는 조선인 혁명가를 떠나보내는 여인,「어머니」 및 「봄이 오는구나」에서 무수히 죽어간 동지들 등은 모두 식

---

51 임화, 「봄이 오는구나—사랑하는 동모야」, 『조선문예』, 1929. 5, 56~57쪽.
52 泊太苑, 「初夏創作評 (六)」, 『동아일보』, 1929. 6. 18.

민지 근대 제도에 의하여 인간으로서의 생명권을 공인받지 못한 존재들이다. 그들이 당한 생존권 박탈은 근대 자본주의의 노동 착취로 인한 극빈, 일제 파시즘의 통제에 의한 억압 때문에 발생하였다. 이들의 죽음을 애도하는 행위는 그 자체로 식민지 근대 권력에 의하여 금지되거나 은폐된 인간을 노출시킨다. 애도를 자아형성의 메커니즘으로 보았던 프로이트 및 버틀러의 견해처럼, 권력에 의하여 인정받을 수 없는 죽음을 애도하는 자는 그 자신 또한 권력에서 벗어난 자아로 형성된다. 임화의 서간체 시에서 공적 권력 외부의 존재들을 애도하는 화자는, 그들의 죽음을 잊지 못함으로써 공적 권력 내부에 포섭되지 않는 자아로 변화한다. 요컨대 임화의 서간체 시가 지닌 애도의 정치성은 식민지 근대 권력에 의하여 구획된 인간/비인간의 경계를 폭로하며, 나아가 애도하는 주체 또한 상실된 타자를 자신의 속에 포함시킴으로써 권력의 외부로 나아간다.

지금까지 이 책은 임화의 서간체 시에서 애도가 무엇인지, 그것이 지닌 미학적 속성 및 윤리적·정치적 함의를 살펴보았다. 이는 임화의 서간체 시에 담긴 고유의 성취이자 문학사적인 의의라 할 수 있다. 그가 서간체 시를 발표한 뒤에 유행처럼 창작된 카프의 서간체 시를 임화의 서간체 시와 비교해 보면 이 점을 더 뚜렷하게 알 수 있다. 1930년대 전반에 걸쳐 김광균, 김기진, 김병호, 김명순, 김창술, 마정숙, 김용제, 김용호 등은 서간체 형식의 시를 창작하였다. 이들의 서간체 시는 발신자와 수신자의 세대, 계층, 성별 등을 다양하게 설정하며 표면상 서로 다른 내용과 인간관계를 보여주는 것처럼 보인다. 예컨대 김광균의 「소식—우리들의 형님에게」는 복수의 남성 청년인 발신자와 투옥된 형님인 수신자를,[53] 김명순의 「노동자인 나의 아들아—어느 아버지가 아들에게 보내는 편지」는 농민 아버지인 발신자와 노동자 아들인 수신자를,[54] 김용호의 「선언」은 발신자가 '나'이면서도 시의 내용에는 수신자인 '친구'가 보낸 편지의 내용을,[55] 김창술의 「가신 뒤」는 발신자 아내와 수신자 남편을,[56] 마정숙의 「그 전날 밤—(돌아가신 어머니를 추억하면서)」는 감옥에 있는 여성 수신자와 밖에 있는 어머니 발신자를 설정하였다.[57] 임화의 서간체 시와 비슷한 인간관계를 설정하는 시들은 그 중심소재의 차별화를 꾀하였는데, 예를 들어 김기진의 「회관 앞에서—화성 여사에게 보내는 시」는 임화의 시처럼 여동생과 오빠를 등장시키면서도 10여 년 동안 폐허가 된 청년회관의 문제를 다루었고,[58] 김병호의 「그러케 내가 뭐라 하든가」는 동지 관계를 등장시키면서도 배신자 선별 방법의 문제를 다루었으며,[59] 김용제의 「혼수」는 국경을 초월한 연인 관계를 등장시키면서도 일본 여성이 조선으로 넘어오는 문제를 다루었다.[60]

그들의 시는 공통적으로 서간체 시 형식을 취하고 있으며, 각자 다른 인간관계와 소재를 설정하였다는 점에서 어느 정도의 문학사적 의미를 가질 수 있다. 하지만 그들의 서간체 시를 임화의 서간체 시와 비교해보면, 그 차이

---

53 김광균, 「消息—우리들의 兄님에게」, 『음악과 시』 창간호, 1930. 8.
54 김명순, 「노동자인 나의 아들아—어느 아버지가 아들에게 보내는 편지」, 『비판』, 1931. 8.
55 金容浩, 「宣言」, 『조선일보』, 1935. 10. 14.
56 金昌述, 「가신 뒤」, 『카프시인집』, 1931. 11.
57 마정숙, 「그前날밤—(도라가신 어머니를 追憶하면서)」, 『비판』 9호, 1932. 1, 130~132쪽.
58 金基鎭, 「會館 앞에서—花城 여사에게 보내는 시」, 1934. 8. 28. 『삼천리』, 1935. 1.
59 金炳胡, 「그러케 내가 뭐라 하든가」, 『음악과 시』 창간호, 1930. 8.
60 金龍濟, 「婚需」, 임화 편, 『現代朝鮮詩人選集』, 학예사, 1939, 131~135쪽.

가 명확하게 나타난다. 첫째로, 주체의 시각에 타자를 동일시하는지, 아니면 타자를 타자로서 보존하는지의 차이가 뚜렷하다. 그들의 서간체 시 속에는 타자에 관한 단독적 기억이 거의 나타나지 않으며 시적 주체 자신의 관념이 주조를 이룬다. 그에 따라 시적 화자의 태도 역시 타자를 애도하는 것보다는, 대상에 대하여 자신의 결심을 밝히거나 타자를 훈계하는 것이 된다. 둘째로, 상징적인 성격과 알레고리적인 성격의 차이가 있다. 그들의 시에는 시적 화자가 피력하려는 의식이 지나치게 강조되므로 감각적인 요소를 찾아보기 힘들다. 더욱이 그들의 시에 나타나는 감각들은 대체로 타자에 관한 단독적 기억을 표상하지 않으며 주체의 신념을 상징화한다. 그러므로 셋째로, 그들이 시에서 외치는 정치성은 타자에의 기억에 근거한다기보다 주체가 지닌 집단적 이념에 기반을 둔 것이라고 할 수 있다.

임화 자신은 1927년부터 1930년까지 단 3년 동안에만 비평 쪽에서 예술의 정치 도구화를 강력하게 주장하였다. 예컨대 그는 1927년에 발표한 비평을 통하여 "작품이 비본격적이고 『포스터』적이오 선전적이라도 하등의 관계가 업다"고 하면서, "예술의 식능(識能)[61]이 정치적 『이데오로기』에로 합치시킬 전야(戰野)에 대한 연구"를 해야 한다고 주장한다.[62] 이러한 논의에 따르면, 예술은 자기 고유의 가치를 갖지 않으며, 정치적 이데올로기의 선전물과 구분되지 않는다. 그와 같은 연도에 임화는 프롤레타리아 예술이 "예술 그것으로서의 조건을 구비"하는 것보다 "계급 해방의 최량(最良)의 무기"가 되는

---

61 "식능(識能)"은 '직능(職能)'의 오식으로 추정—인용자 주.
62 임화, 「分化와 展開 (六)—目的意識文藝論에 序論的 導入」, 『조선일보』, 1927. 5. 21.

것이라고 하면서,[63] "현 단계에 잇서서 중대한 오등(吾等)의 문제는 조직적인 대중활동력"이라고 강조한다.[64] 다시 말해 예술 고유의 가치를 도외시한 이념 무기로서의 예술은 조직적인 집단을 강조하는 것과 상통한다. 1929년에 임화는 "오직 현실을 그 전체성에 있어서, 그 발전 속에서 보는 것"이 프롤레타리아 전위라고 규정한다.[65] 임화의 1930년 비평에서 "『푸로레타리아』 전위(前衛)의 생활이란 또 그들의 철칙규율 하에서 움즉이는 조직적의 생활"이라고 설명된다.[66]

그러나 임화의 서간체 시는 권환, 김두용, 안막 등 동료 카프 문인들에 의하여 가혹한 비판을 받는다. 특히 권환은 임화의 서간체 시가 "작년 이래로 우리 시단에서 가장 만흔 평가를 밧고 가장 만흔 영향을 대중에게" 주었다고 하면서도, 여러 프로 시인들의 시에 감상주의적 영향을 미쳤다고 비판한다. 또한 권환은 김억의 시론을 부르주아적인 것으로 비판하는 동시에 김기진의 '단편서사시' 논의를 비판한다. 왜냐하면 "「그 소재가 사실적 소설적」이어야 추상적 아닌 구체성 가진 시가 된다는 것은 아니"며 "감정—비록 폭발적이라도—을 표현하는 시는 얼마든지 추상적이 아닌 구체성 가진 시로 될 수 잇"기 때문이다. 그러므로 권환은 프롤레타리아 시 형식이 "가장 단촉(短促)하고 간략한 말 가운데 가장 강렬한 감정을 담"아야 한다고 주장한다.[67]

63 임화, 「錯覺的文藝理論 (二)—金華山氏의愚論檢討」, 『조선일보』, 1927. 9. 7.
64 임화, 「錯覺的文藝理論 (五)—金華山氏의愚論檢討」, 『조선일보』, 1927. 9. 11.
65 임화, 「탁류에 抗하여—문예적인 時評」, 『조선지광』 86호, 1929. 8.
66 임화, 「蘆風詩評에抗議함 (二)」, 『조선일보』, 1930. 5. 16.
67 권환, 「「詩評」과 「詩論」」, 『大潮』 4호, 1930. 6, 33~37쪽. 이 글이 수록된 잡지의 목차에서는 글쓴이의 이름이 '權景煥'으로 표기되어 있지만, 해당 본문에서는 글쓴이의 이름이 '權煥'으로 표기되어 있다.

권환이 한편으로 임화의 서간체 시를 비롯한 카프시들이 감상주의적이라고 비판하면서도 다른 한편으로 올바른 프롤레타리아시가 폭발적인 감정을 표현해야 하는 시라고 주장한 것은 분명히 앞뒤가 맞지 않는다. 1920년대 국민문학론이 주관적이고 내면적인 감정에 기대어 민족이라는 집단 전체를 집약하고자 했던 것처럼, 목적 의식기의 카프 문예이론도 강렬한 감정에 호소함으로써 계급이라는 집단의 단결을 주장했던 것이다.

이처럼 그의 서간체 시는 자신의 목적의식 도입 비평 및 동료 카프 문인들로부터의 가혹한 비판에 따라서 1930년 3월 작품 「양말 속의 편지—1930. 1. 15. 남쪽 항구의 일」처럼 앙상한 이데올로기만 남은 시로 변화한다. 임화 자신의 1927~1930년 평론 및 그의 서간체 시에 대한 카프 문인들의 비판은 공통적으로 예술이 정치의 선전·선동 수단이어야 한다는 점, 그리고 정치 이데올로기에 따라서 개인적 특성을 배제하고 조직이나 규율 등의 집단적 통제를 강조해야 한다는 점을 피력하는 것이었다. 이와 비슷하게 「양말 속의 편지」는 "어매 아베가 다 무에냐 게집 자식이 다 무에냐"고 하면서 "아모런 째 아모런 놈의 것이 와도 쌧대자— / 나도 이냥 이대로 돌멩이 붓처 갓치 쌧대리라"는 생경한 주장을 펼치고 있다.[68] 여기에는 이전 임화의 서간체 시에 나타났던 애도의 요소가 전혀 드러나 있지 않으며, 단지 정치적 목적성과 조직의 규율을 강조하는 집단성이 두드러진다. 이러한 흐름 속에서 임화는 「양말 속의 편지」보다 3달 뒤에 발표된 평론 「시인이여! 일보 전진하자!—시에 대한 자기비판 기타」(『조선지광』, 1930. 6)를 통하여 자기비판을 수행한다.

---

68 임화, 「洋襪 속의 片紙——一九三〇, 一, 一五, 南쪽港口의일」, 『조선지광』, 1930. 3, 109~111쪽.

이후 임화는 1930년 7월부터 1933년 3월까지 3년여 동안 시를 쓰지 않는다.

임화가 27~30년 비평을 통하여 목적의식을 도입한 것과 30~33년 동안 절필한 사정은 김남천과 이동규의 증언을 참조해볼 때 더욱 자세히 이해할 수 있다. 김남천은 임화의 시 "『어머니』 『다 업서젓는가』 『우산 바든 요소하마의 부두』 등이" 당시에 격찬을 받았지만, "그 후 1년을 뒤저서 일어난 문학의 당파성의 확립을 위한 날세인 준열한 바람"이 일어나서 "일률(一律)된 비평 밋헤 춤밧긴"[69] 상황을 맞았다고 한다.[70] 김남천의 이 언급은 임화의 시 창작과 카프의 목적의식기 비평 사이에 괴리가 매우 컸으며, 당시 카프 측의 비평이 획일적이고 규율적으로 작가의 창작 활동을 통제하였음을 알려주는 증언이다. 또한 이동규는 임화가 "시작(詩作)으로부터 잠깐 떠나 평론으로 그의 붓끝을 돌리"게 된 까닭을 "당시의 카프의 정세는 그의 실천적인 활동과 이 활동에 필요한 평론을 요구하게 되고 시작(詩作)에 잠심(潛心)할 한가(閑暇)를 주지 못하였"던 것으로 추측하고, "그때 그의 논문은 당시 당시 필요에 응하여 쓴 당면 문제뿐이었다"고 술회한다.[71] 이동규는 당시 임화의 시 창작 중단과 비평 활동이 카프의 정세에 급급하게 추수한 것이었음을 증언한다. 요컨대 김남천과 이동규의 언급은 임화의 서간체 시가 목적의식기 카프의 일률적인 비평에 의하여 심한 압박을 받았으며, 그에 따라서 임화가 시작 활동을 중단하게 되었음을 보여준다.

이와 달리 임화의 서간체 시에 대한 긍정적 평가도 당대에 김기진, 신고

---

69 "춤밧긴"은 '침 뱉어진'의 뜻―인용자 주.
70 金南天, 「林和에關하여―그에對한隨感의 이토막저토막(一)」, 『조선일보』, 1933. 7. 22.
71 이동규, 「임화론―작가가 본 평가」, 『風林』, 1937. 5.

송, 정노풍, 윤곤강, 안함광 등에 의하여 많이 이루어졌다. 대표적으로 김기진은 "현실적, 객관적, 구체적, 태도를 요구함으로 시의 형식은 단편서사시의 형식을 요구하게 된다"고 하면서, 임화의 시가 일반적인 '서정시' 개념에서 탈피한 점을 통찰하였다.[72] 신고송은 임화의 시가 "째째로 저력 잇는 윗침으로 대중을 격동"시킨다고 보고, 그와 동시에 "대중의 속에 파뭇처 그들의 생활자태를 적확히 파악한다"고 평한 바 있다.[73] 정노풍은 "임화가 그의 시의 의도를 현실생활의 소재에까지 파고들어가서 구상화(具象化)시킴으로 말미암아 시적 동기(動機)를 비조(悲調)에까지 율동화(律動化)시키고 그럼으로 짤해서 독자의 가슴을 움즉이지 안코는 거저두지 안는"다고 고평하였다.[74] 윤곤강은 「「우산 받은 요코하마의 부두」나 「우리 오빠와 화로」 등」이 "그의 시 작품 중의 가작이라고 볼 수 있는 것들"이라고 보며, 그 이유로 "기왕(旣往)한 권환 등의 '뼈다귀의 포엠'을 소탕시키는 데 있어서는 둘도 없는 챔피언의 임무와 역할을 한 것"이라는 점을 들었다.[75] 또한 안함광은 "임화 씨의 서정시 『다시 네거리』 등에서 보담 깊은 감동에 육박되어진다"고 평가하였다.[76] 이러한 긍정적인 평가들의 요점은 첫째로 새로운 형식, 둘째로 추상적 이데올로기로부터의 탈피, 셋째로 사람들의 정서를 움직이는 감동 등으로 간추려진다.

72 김기진, 「短篇敍事詩의길로─우리의詩의樣式問題에對하야」, 『朝鮮文藝』 1호, 1929, 47쪽.

73 신고송, 「詩壇漫評(三)─旣成詩人,新興詩人」, 『조선일보』, 1930. 1. 11.

74 정노풍, 「新春詩壇槪評 (七)」, 『동아일보』, 1930. 2. 18.

75 윤곤강, 「임화론」, 『풍림』, 1937. 4.

76 안함광, 「文學에잇어서의 自由主義的傾向─그의現實의 面貌를剔抉함 (二)」, 『동아일보』, 1937. 10. 28.

1930년 평론 「시인이여! 일보 전진하자!」는 서간체 시에 대한 자기비판으로서 널리 알려져 있지만, 그 속에서도 은연 중 자신의 서간체 시에 대한 옹호가 드러난다. 이 글에서 임화는 "작년 2월 『조광(朝光)』 2월호에 실린 임화의 「우리 오빠와 화로」의 출현으로" 인하여 "낭만주의는 일변하여 소위 사실주의적 현실?로 족보(足步)를 옮기기 시작"하였다고 자평한다.[77] 1931년에 가서 그는 "작가들에 대한 과중한 통제의 요구와 지내치게 급격히 이 정책을 수행할여 한 것은 우리 『캅프』 지도부의 초조(焦燥)의 과실(過失)"이라고 하면서, 그로 인하여 "정치주의화란 기계적 고정화의 현상"이 발생하였고, "대부분의 활동적인 시인의 침묵은 명백히 여기의 원인하는 것"이었다고 비판한다.[78] 또한 임화는 1932년에 과거 프로문학의 "가장 큰 위험"을 "좌익적 관념의 고정주의와 문학적 주제의 일양화(一樣化)"라고 지적한다.[79] 나아가 그는 1933년의 비평 속에서 "우리들의 시로부터 시적인 것 즉 감정적 정서적인 것을 축출"했기 때문에 "말나빠진 목편(木片)과 가튼 일은바 『뼉다귀』 시가 횡행"하였다고 반성한다.[80] 이처럼 임화는 1931년부터 1933년까지 시 창작을 중단한 상황 속에서도 비평을 통하여 목적의식기 카프의 교조적 정치주의와 그에 따른 창작의 억압을 비판한다. 특히 임화가 당시 카프의 획일적 집단성 강조로 인하여 시인 대부분이 침묵하게 되었다고 언급한 대목은 30년부터 33년까지 자신의 시 창작 중단을 암시하며, '뼈다귀 시'가 횡행하게

---

77 임화, 「시인이여! 일보 전진하자!―시에 대한 자기비판 기타」, 『조선지광』, 1930. 6.
78 임화, 「一九三一年間의 캅프藝術運動의 情況 (三)」, 『중앙일보』, 1931. 12. 11.
79 임화, 「一九三二年을當하야 朝鮮文學 運動의 新階段 (五)―캅푸作家의主要危險에對하야」, 『중앙일보』, 1932. 1. 24.
80 林仁植, 「三三年을通하여본 現代朝鮮의詩文學 (九)」, 『조선중앙일보』, 1934. 1. 11.

되었다고 언급한 대목은 그의 「양말 속의 편지」 같은 시 또한 그처럼 추상적 이데올로기의 형해만 남은 것이었음을 말해준다.

앞서 우리는 1920년대 한국시에서 '타자의 상실로 인한 슬픔'의 주제가 단순한 감정의 층위를 넘어선 미학적·사상적 세계관이었음을 잠시 살핀 바 있다. 이러한 한국 근대시 고유의 성취가 임화의 시 세계 전체에 걸쳐 변주된다는 사실 또한 바로 앞의 절에서 고찰하였다. 임화의 민요시나 다다이즘 시 또한 1920년대에 전반적으로 강하였던 슬픔, 비애, 상실의 분위기와 근본적으로 다르지 않다고 볼 수도 있다. 하지만 민요시와 다다이즘 시는 본격적인 의미에서 애도의 구현이라기보다도, 그 토대 또는 근거를 마련한 것에 가깝다. 이에 반해서 임화의 서간체 시는 1920년대의 여타 한국시에서 감지되는 슬픔, 비애, 상실의 분위기와 변별되는 애도의 구현으로 해석할 수 있다.

'상실의 슬픔'을 다룬 1920년대 한국시 가운데에서 임화의 서간체 시가 구현한 애도는 다음과 같은 변별점을 지닌다. 형식적 변별점으로는 타자라는 단독적 인간의 형상화, 시적 서사성의 본격적 도입 등이 있다. 먼저 임화의 서간체 시에 나타난 애도는 타자로서의 인간, 시적 화자의 관념으로 환원되지 않는 타자의 단독성을 형상화하였다. 물론 김소월이나 한용운의 경우에도 '님'이 시에서 큰 비중을 가진 대상으로 등장한다. 이는 자연이나 사물뿐만 아니라 인간도 시적 대상으로 설정될 수 있다는 가능성을 보여주었다는 점에서 한국 근대시 초기부터의 중요하고 특수한 전통으로 자리하였다고 볼 수 있다. 하지만 그에 비하여 임화의 서간체 시가 표현하는 타자는 시적 화자의 사상이나 감정과 동일시된 '님'보다 훨씬 더 단독적인 인간으로서 형상화된다.

또한 임화의 서간체 시에서 애도는 1920년대 슬픔의 분위기에 비하여 더

욱 뚜렷한 서사성을 지닌다. 서사성은 시공간의 구체적 정황에 따른 행위
나 사건의 연속 및 변화를 통하여 형성된다. 김소월이나 한용운 등의 '서정
시'에서 슬픔의 시공간 및 사건은 일반적이고 보편적인 성격이 있다. 그것은
모호하기 때문에 오히려 영원에 가까우며, 슬픔의 행위나 사건은 지극히 주
관적이기 때문에 오히려 보편에 가까워지는 측면이 있을 것이다. 반면 임화
의 서간체 시에서 애도의 시공간은 단독적 타자를 그려내는 감각적 기억으
로 인하여 구체화되며, 애도의 행위나 사건은 시적 화자와 타자의 교섭 속에
서 발생하므로 연속과 변화의 서사성을 느끼게 한다. 동시에 그것은 애도하
는 주체를 시적 화자로 등장시킴으로써 '서정성'까지도 담보하며, 이에 따라
김동환의 「국경의 밤」처럼 전지적 3인칭으로 사건을 관찰하는 방식과 구별
된다. 최남선의 「해에게서 소년에게」나 주요한의 「불노리」는 흔히 한국 자
유시의 출발이라고 평가되는데, 그때 자유란 외재율 또는 정형율과 같은 운
율 형식으로부터의 자유를 의미한다. 이와 달리 임화의 서간체 시는 '서정
적' 장르와 '서사적' 장르의 혼융을 통하여 장르 규범으로부터의 자유를 발생
시킨다. 이와 같은 애도의 서사적 미학은 그 이후에 백석이나 이용악 등의
시로 이어지며, 해방 후로는 시와 산문의 경계를 허물고 산문적 요소를 시에
도입함으로써 시의 새로운 내용 및 형식을 모색하였던 김수영의 문학과도
상통한다.

　다음으로 내용적 변별점으로는 인간성을 박탈하는 폭력적 국가 권력의
문명에 대한 비판, 단독적 윤리성과 정치성의 획득 등이 있다. 임화의 서간
체 시에서 애도는 1920년대 슬픔의 분위기에 비하여 일본 제국주의 국가 권
력의 폭력에 그 초점을 맞춘다. 그 속에서 애도되는 타자는 경찰 권력이나
경제적 수탈 및 빈곤 등에 의하여 상실된 존재들이다. 그들은 제국주의의 공

권력에 의하여 인간성이나 생명권이 박탈된 존재, 따라서 국가·사회 제도의 차원에서 애도될 수 없는 존재와 같다. 버틀러에 따르면, 공적으로 애도될 수 없는 존재에 대한 애도는 그 존재의 인간성을 박탈하는 공권력에 대한 비판일 수 있다고 한다. 이와 마찬가지로 임화의 서간체 시에서 애도는 지배와 수탈의 국가 권력을 비판하는 동시에, 애도하는 시적 화자를 그 공권력에서 벗어날 수 있는 존재로 변모시킨다. 비록 서간체 시를 통한 폭력적 국가 문명에의 비판은 정치경제학의 수준에 머물러 있으며, 문화적 영역에서의 제국 비판까지 나아가지 못하였다는 한계가 있다. 그 한계는 시집 『현해탄』이 문명의 문제를 민족 문화의 관점에서 표현할 때 비로소 극복된다고 할 수 있다. 하지만 임화의 서간체 시에서 애도는 누이와 연인과 어머니 등에 대한 사랑에 근거하여 국가 권력에 대한 저항의 이유를 찾는다는 점에서, 단순히 프롤레타리아 계급 혁명과 같은 이론적·당위적 대안 제시의 수준을 넘어선다. 당대의 카프 계열 문인들이 임화의 서간체 시를 감상적이라고 비판하였지만, 그밖의 많은 문인과 독자는 그의 시에 정서적으로 강하게 공감한 이유가 여기에 있을 것이다.

이처럼 임화의 서간체 시에 나타난 애도는 동시기 여타 프롤레타리아 시에 나타난 슬픔의 분위기보다 더 깊이 있게 인간성에 관한 고민을 담아낼 수 있었다. 하지만 그러한 독자들의 공감과 반향을 기존 연구에서처럼 '프로문학의 대중화' 이론만으로는 설명하기 어렵다. 왜냐하면 '대중화론'은 공감의 가능성을 어디까지나 '계급의 전형성'과 그로 인한 '총체성'의 형상화 수법에만 한정하기 때문이다. 임화는 문학이 인류 문명사에 대한 비평적 인식의 정수를 표현하며, 문학의 문명 비평적 기능이 어떠한 인간성을 구현하느냐의 문제에 직결되어 있다고 생각하였다. 나아가 그는 그의 문학 세계 전체에 걸처서 당대 문학이 구현해야 할 인간성이 집단적·전체적 획일성도 아니고 유아적(唯我的)·파편적 개인성도 아니라, 풍부한 사회·역사의 맥락 속에서 진정한 단독성(개성)을 갖춘 인간성이라고 보았다. 이러한 사유 속에서 그는 집단주의적 교리에서 벗어나면서도 인간의 단독적 관계와 감정 속에서 국가 권력에 저항할 수 있는 윤리·정치의 가능성을 서간체 시로 표현하였다. 데리다에 따르면, 진정한 애도는 타자의 단독성 속에서 비폭력적인 인간관계를 모색하기에 윤리적인 것이다. 이러한 데리다의 논의처럼, 임화의 서간체 시에서는 단독성 속에서 관계성이 확보될 수 있으며, 관계성 속에서 단독성이 발현할 수 있다는 역설이 성립한다. 그러한 관점에서 임화는 자신의 서간체 시에 대한 카프 이론가들의 비판을 비판하였다. 요컨대 그의 서간체 시에서 표현한 애도는 이론의 도식이나 이데올로기의 도그마로 환원되지 않는 단독적 윤리성을 가능하게 한 것이다.

제3장

운명체의 바다 위에 눈물로 맞닿는 애도

제1절
수필론과 변증론: 사상의 주체화와 다양성의 형상화

1930년대 김기림의 '서정시 탈피' 담론은 1920년대의 경우보다 거시적인 문명 비평의 수준에서 제기되었다. 김기림은 선배 시인 김억의 시적 형식 실험이 얼마나 공허한 것인지를 명료하게 바라보았다. "안서(岸曙)의 새로운 의장(意匠)인 듯한 소위 평면시 서사시는 그것들이 발표될 때마다 그것은 오직 「뮤즈」(詩神)가 떠나간 뒤의 텅 빈 상아탑의 잔해에 불과한 것을 더욱 깊이 인상시킬 뿐이었다."[1] 그에게 있어서 서정시의 관습에서 벗어나려는 시도는 문명 비평적인 성격을 훨씬 더 강하게 드러낸다. 이는 서정과 서사 양자의 단순한 결합에 그쳤던 김억, 김동환 등의 1920년대 '서정시 탈피' 담론과 다른 점이다.

시적 형식의 실험에 대한 김기림의 모색은 주로 T. S. 엘리엇 및 그의 근대 장시(modern long poetry)인 「황무지」를 중심으로 전개되었다. 그는 엘리엇의 시를 '장시'라는 개념으로 명명한다. 서정시를 벗어나려는 시적 실험의 형태로서 '장시'라는 용어를 사용하기 때문에 그 역시 이 책에서 논의하는 '서정

---

1 김기림, 「1933년의 詩壇의 회고와 전망」, 『조선일보』, 1933. 12. 7.

시 탈피' 담론의 일종이라고 할 수 있다. 김기림은 '장시'가 현대시에서 요청되는 이유를 각도의 다양성에 대한 추구라고 설명하였다. 현대문명의 구조가 복잡다단해졌기 때문에 그 문명을 비평하는 관점의 시 역시 복잡한 구조와 다양한 각도를 확보해야 한다는 것이 그 논리이다.

> 시의 구조에 있어서도 오해된 단순—즉 단조—과 통일은 혼동되어 쓰여지는 경우가 많았다. 즉 단시에서는 그렇지도 않지만 장시에 있어서는 그 구조가 자못 복잡해 보이는 것만 가리켜서 단순하지 않다는 구실로 비난하는 소리를 들었다. 그러나 그러한 외관상의 복잡에도 불구하고 거기에 만약에 「다양 속의 통일」이 있기만 하면 비난될 것은 아니다. 「신곡(神曲)」이 그러했고 「실낙원(失樂園)」이 그러했다. 또 「황무지」가 그렇다.[2]

엘리엇의 「황무지」는 수많은 패러디와 몽타주를 통하여 근대문명의 황무지와 같은 현실을 모자이크화하였다. 김기림은 그처럼 다양한 시각을 통해서 문명을 거시적으로 바라보는 것이 시의 문명 비평적 기능이라고 생각하였다. 따라서 그는 T. S. 엘리엇의 「황무지」를 단테의 「신곡」 및 밀턴의 「실낙원」과 대등한 반열에 위치시킨다. 「신곡」과 「실낙원」이 내면 정서의 표출이라는 서정시 장르에 국한되지 않음으로써 당대의 문명을 극적으로 파악하는 데 성공했던 것처럼, 「황무지」 역시 서정시의 통념에 갇히지 않았기 때문에 근대문명의 시대 상황을 여실하게 보여줄 수 있었다고 김기림은 생각했던 것이다.

2　김기림, 「각도의 문제」, 『조선일보』, 1935. 5. 12.

시라고 하면 곧 서정시를 연상한 것은 오래인 동안의 우리의 비좁은 습관이었다. 그 일은 결과로서는 시에 오직 한 종류의 범주를 설정함으로써 만족하였고 나아가서는 오직 한 개의 규범만을 고집하는 데까지 이르렀다.

시는 첫째 형태적으로 단시와 장시로 구별된다. 시는 짧을수록 좋다고 할 때「포」는 장시의 일은 잊어버렸던 것이다. 장시는 장시로서의 독특한 영분을 가지고 있다. 어떠한 점으로 보아 더 복잡다단하고 굴곡이 많은 현대문명은 그것에 적합한 시의 형태로서 차라리 극적 발전이 가능한 장시를 환영하는 필연적 요구를 가지고 있는 것처럼 보이기도 한다. 현대시에 혁명적 충동을 준「엘리엇」의「황무지」와 최근으로는「스펜더」의「비엔나」같은 시가 모두 장시인 것은 거기에 어떠한 시대적 약속이 있는 것이나 아닐까.[3]

또한 그는 '기교주의'에 대한 자기반성을 수행하는 과정에서 기교에 편중했던 현상 역시 근대문명의 폐해 중 하나였다고 통찰한다. 그가 보기에 근대문명은 이미 인간을 무시하는 상황에까지 이르렀으며, 근대의 지식계급은 기계적인 교양만을 쌓고 있기 때문이다. 김기림이「시인으로서 현실에 적극 관심」이라는 글을 발표하면서 시의 현실 참여적 역할을 강조한 까닭도 이러한 맥락에서 이해할 수 있다. 또한 그는 시가 현실에 관심을 가질 수 있으려면 시가 무엇보다도 서정시라는 좁은 범주에서 벗어나 새로운 형식을 모색해야 한다고 생각했다. 현실이 변화함에 따라서 그에 합당한 시적 형식이 새롭게 모색될 때에 시는 올바른 의미에서의 문명 비평적 관점을 실천할 수 있기 때문이다.

3 김기림, 「시인으로서 현실에 적극 관심」, 『조선일보』, 1936. 1. 1.

김기림은 근대문명 비평으로서의 '서정시 탈피' 담론을 이상(李箱)의 시와
도 연관 짓는다. "우리가 가진 가장 뛰어난 근대파 시인 이상은 일찌기 「위
독(危篤)」에서 적절한 현대의 진단서를 썼다. 그의 우울한 시대병리학을 기
술하기에 가장 알맞은 암호를 그는 고안했었다. … 우리는 일찌기 20세기의
신화를 쓰려고 한 「황무지」의 시인이 겨우 정신적 화전민의 신화를 써놓고
는 그만 구주(歐洲)의 초토 위에 무모하게도 중세기의 신화를 재건하려고 한
전철은 똑바로 보아 두었을 것이다."[4] 김기림에 따르면, 엘리엇과 이상은 근
대문명의 파국에 대하여 시적 인식을 보여주었다는 점에서 상통한다.

하지만 김기림은 근대문명의 대안이 어디까지나 집단의 층위에서만 도출
될 수 있다고 못박았다. 그에 따르면, "더 고귀하고 완성된 인간성"은 "집단
을 통하여 실현할 것을 목적으로" 할 것인데, 왜냐하면 "집단은 20세기의 귀
중한 발견의 하나"이기 때문이라고 한다.[5] 김기림이 집단의 가치를 언급하
는 것은 20세기라는 상황에 대한 자신의 판단에 기인한다. "비록 개인의 창
의(創意)가 아모리 뛰어났다 할지라도 한 민족의 체험으로서 결정(結晶)되고
조직된연후에 비로서 시대의 추진력이 될 수 있게 된 것이 「오늘」이라는 역
사적 일순(一瞬)의 특이한 성격인 것 같다. 웨 그러냐 하면 오늘의 이 창조와
결산의 이상스러운 향연에는 실로 각 민족이 민족의 자격으로써 참여하고
있으며 그것이 유일한 방식이 되어 있는 때문이다."[6] 그러한 까닭으로 김기
림의 문명 비평적 시들은 '기상도'의 시선 즉 거시적이고 다각적인 시선으로

4   김기림, 「科學과 批評과 詩—現代詩의 失望과 希望」, 『조선일보』, 1937. 2. 26.
5   김기림, 「신휴머니즘의 요구, 태만, 휴식, 탈주에서 비평문학의 재건」, 『조선일보』, 1934.
     11. 18.
6   김기림, 「조선문학에의 반성—현대 조선문학의 한 과제」, 『인문평론』, 1940. 10, 45쪽.

근대문명을 모자이크화할 때, 그 모자이크의 파편들로서 민족-국가의 기호를 동원하는 것이다.

이에 대하여 임화는 김기림의 문명 비평이 실제 시 창작으로 드러났을 때 매우 미미한 수준에 그치는 것이었다고 비판한다. "씨(氏)의 새롭은 경향을 대표하는 역작 「기상도」가 보혀주는 문명비평이라는 것이 얼마나 미미한 것인지를 우리는 이미 발표된 부분만을 가지고도 능히 알 수가 있다. / 오히려 이 「기상도」에는 비판정신 그것보다도 자연 기물(器物) 인간 등의 대중(對衆)[7]을 「인테리겐차」류의 소비적 취미에 의하야 시적으로 「질서화」하고 있는 한 개 감각적인 유미(唯美) 사상이 보다 더 강하게 노현(露現)되어 있는 것이다."[8] 이러한 입장에 따른다면, 김기림의 장시 「기상도」는 문명을 비판하는 정신보다도 (민족-국가와 같은) 질서를 기호로서 소비하는 취미가 두드러진다는 것이다. 그렇다면 1930년대 전·중반 임화는 어떻게 김기림과 달리 문명 비평으로서의 '서정시 탈피' 담론을 형성하는가?

임화는 1934년 마산 병상에서의 수필을 통하여 작년 봄부터 창작적 충동을 느껴왔다고 밝힌다. "나도 지내간 봄부터 이러한 창작적 충동을 느껴왓다. 아마 당분간 지금까지의 내 시(생각하면 얼골이 붉어지는!)에 비하야 선악(善惡) 간에 성질을 달리한 몇 편의 작품을 쓸 것 같다." 그런데 임화에 따르면, 이 시기 그의 창작적 충동은 '형이상학적 세계에의 침잠', 그리고 '상상의 세계에의 몰아적 비상'과 관련된다고 한다.

---

7 "대중(對衆)"은 '대상(對象)'의 오식—인용자 주.
8 임화, 「曇天下의詩壇一年—朝鮮의詩文學은 어듸로!」, 『신동아』, 1935. 12, 175쪽.

『고통은 시의 원천이다』고 저 근대 독일의 천재적 사상가 『포이엘빠하』
가 젊은 독일의 정신적 괴로움에 대하야 소리친 것은 그가 『꾀―테』나 『쉴
레르』 『하이네』 등 근대 『게만할』의 야공(夜空)에 빛나든 시적 천재의 군성
(群星)들의 거대한 명예를 이야기하는 가장 강한 평언(評言). … 형이상학적
세계에의 침잠! 상상의 세계에의 몰아적 비상!

　이것이 지금의 나와 같이 이불 속에 누워 잇는 병인(病人)에게 잇어서는
가장 자유스러운 세계다.[9]

　이처럼 새로운 창작의 방향을 모색하는 과정에서 임화는 '수필문학' 장르
에 주목한다. 이전까지 그는 수필 양식을 긍정적으로 평가하지 않았다. 수
필은 말초적 감각의 시인 김기림에 의하여 주목되기 시작하였으며 현실에
대한 맹목성과 소부르주아의 정신적 방황을 준다는 것이 임화의 원래 생각
이었다. "소위 『수필문학』에 대한 문학적인 주의(注意)를 환기한 것은, 이 역
시 말초적인 찰나적 감격을 노래하는 시인 김기림으로서, 이것은 정신적 물
질적으로 파산하고, 현실에 대하야 의식적으로 맹목적이랴는, 소시민적 문
학적(文學的)[10]들의, 양식적 방황의 표현이라고 볼 수 잇는 것이다. / 물론 이
곳에, 『수필문학』 소설, 시, 또 그 장래적 발전의 문제를 취급할냐는 것은 아
니나, 단지 과거 뿌루주아 문학의 양식에 대하야 막연한 『아나키―』적 불만
을 늣기고 잇스나 문학적 양식의 발전에 대하야 과학적인 예정(豫定)을 갓지
못한 소(小)뿌르 작가들의 양식적 방황은 조선의 뿌루주아 문학의 양식적 붕

9　임화, 「病床日記 (下)―나의하로」, 『동아일보』, 1934. 8. 12.
10　"문학적(文學的)"은 '문학인(文學人)'의 오식인 듯―인용자 주.

괴에 중대한 관계를 가지고 잇다는 것을 말해둠에 끗친다."[11] 그리고 임화는 김기림, 유치진, 김광섭, 백철, 서항석, 정지용, 이무영과 함께 "푸라타一누"라는 곳에서 개최한 1933년 10월 16일의 좌담회에서, 수필이 문학 장르로 발전하기 힘들 것이라고 단언한다. 그 이유로 임화는 "근대 수필이 번식하고 잇는 것이 소설적 형태 갓튼 쇠 까달스러운 양식을 버리고 자유롭게 현실의 핵심을 그릴 수 잇는 새로운 건설이나 발표의 길로 나아가는 것이라고 볼 수 업"으며, 그것이 "쌱로쪼아 사회"의 "몰락하여가는 사조의 반주곡"이기 때문이라고 지적한다.[12] 그는 수필보다 소설이 현실의 핵심을 파악하는 면에서 훨씬 우월한 장르이며, 소설이 수필로 변질되는 것은 부르주아 계급의 장르인 소설의 몰락이자 동시에 부르주아 사회의 몰락을 뜻한다고 본 것이다.

하지만 이후 임화는 문학 장르로서의 수필에 관한 자신의 입장을 전면적으로 수정한다. "그러면 우선 우리는 수필이란 고유한 구조를 갖지 안흔 문학, 바꾸어 말하면『쟝르』로서의 문학 이외에 아직도 존재 가능한 문학의 한 양식이란 규정을 내려둘 수가 있다."[13] 그는 이전에 수필을 한 개의 엄연한 문학 장르로 간주하지 않던 견해를 바꾸어, 그것이 고유한 구조를 갖지 않았다는 점에서 새롭게 개척될 가능성을 지닌 문학의 한 양식이라고 간주한다. 이때 수필문학의 대표적인 작가로서 임화는 몽테뉴를 거론하는데, 왜냐하면 임화가 생각하기에 몽테뉴의 에세이 형식은 체계나 법식의 구속에서 벗어나 사색과 생활을 개성적으로 기록한 것이기 때문이다. "즉 작품 가운데

---

11 임화,「一九三三年의 朝鮮文學의 諸傾向과 展望 (八)」,『조선일보』, 1934. 1. 14.
12 「文藝座談會」,『조선문학』, 1933. 11, 100쪽.
13 임화,「隨筆論—文學장르로서의 再檢討 (一)」,『동아일보』, 1938. 6. 18.

『햄넽』과 같이 작품『몬—테뉴』[14]는 세상을 논리의 껍질을 쓰지 안코 사라가는 인간으로서『엣세』는 이야기 하는 것이다. / 이런 의미에서 수필은 체계나 법식(法式)을 쪼차 무엇을 교설하는 것이 아니라, 사색이나 생활의 진솔한 개성적인 기록임을 요하는 것이다. 이 개성적인 점, 일신상의 각도에서 모든 것이 이야기되는 친밀성, 육박미(肉迫味), 수필이 문학인 때문에 어는[15] 별다른 맛이다."[16] 임화에게 형식적 규범에 따른 표현은 사상의 도그마에 빠질 위험이 있는 반면, 수필은 몽테뉴의『수상록』과 같이 개인에게 완전히 체화된 교양 및 개성의 자유로운 정신을 통하여 현실과 사상을 직접적으로 융합할 수 있는 것이다.

　　박궈 말하면 타인의 방법을 가지고 제 생각을 이야기하는 것 혹은 남도 다 널리 쓰는 규범으로 제 생각을 표현해 가기 때문에 사상의『도구마』로서 생경미(生硬味)가 가리워질 수 잇다. … 그러나 수필은 구조를 아니 가진 까닭으로 형식의 어떤 법칙이나 합리성이 없고 따라서 타인의 만들어노흔 어떤 규범을 이용하야 사물에다 제 생각을 접합시킬 수가 없다. 수필은 아모 매개물 없이 직접으로 현실과 사상이 융합되어야 한다.

　　따라서 실로 미미하고 사소한 일상사가 전혀 개성의 강한 정신의 힘으로 엄청난 가치를 발휘하게된다.

　　이것은 사상이『도구마』로서가 아니라 실로 개인의 모든 부면(部面) 가운

14 여기에서 "작품『몬—테뉴』"는 '작가『몬—테뉴』'의 오식인 듯—인용자 주.
15 "어는"은 '오는'의 오식인 듯—인용자 주.
16 임화, 「隨筆論—文學장르로서의 再檢討 (二)」,『동아일보』, 1938. 6. 19.

데 침투하고 정서, 감정생활에 구통이에까지 만편(滿遍)햇을 때 다시 말하면 원만한 교양으로서 그 사람의 일신(一身) 가운데 용해되어 잇을 때 비로소 될 수 잇는 일이다.

　한 사상이란 항상 이러한 것이다. 즉 개인의 자유로운 정신『모랄』로서 정착되엇을 때 견고하고 영구히 살 수 잇는 것이다.

　이것은 사상이 현실 속에 굿세이 발을 부치고 잇는 것을 의미한다. 일개인에게 잇어 사상과 현실과의 통일 조화란 바로 어[17] 조흔『모랄』의 형성이다.[18]

　임화에게 교양은 지식과 구분되는 개념이다. 이에 따르면, 지식은 객관적이고 논리적인 것인 데 비하여 교양은 주체적이고 개성적인 것이라 한다. "지식이란 대상적 객관적의 것이나, 교양은 주체적, 개성적의 것이다." 나아가 임화는 인간이 교양을 얻을 수 있는 최선의 방법은 이론적 기준이 아니라 고전과 같은 전범을 접하는 길이라고 주장한다. "지식과 이론은 항상 기준을 문제 삼고, 기준이란 객관적이며, 변통성 없는 것이다. / 전범이란 이와 달라, 주체화될 수 있는것이요, 활달하게 모든 곳에다 소위 활용할 수 있는 것이다. / 고전에 대한 관심이란 그런 의미에서 기준 대신 전범을 구하는 심리의 반영일 수 있다." 임화는 조선의 프롤레타리아 문학이 이러한 주체적·개성적 교양을 도외시하고 객관적·논리적 지식만을 추구하였기 때문에 강한 이식성을 지니게 되었다고 비판하기도 한다. 요컨대 임화가 수필문학에

---

17 "어"는 '이'의 오식인 듯—인용자 주.
18 임화, 「隨筆論—文學장르로서의 再檢討 (完)」, 『동아일보』, 1938. 6. 22.

서 중요시한 것은 형식적으로 규범의 구속에서 자유롭다는 점이며, 내용적으로 집단적·도그마적 지식이 아니라 고전의 소화를 통하여 개성적·주체적 교양을 드러낸다는 점이다. "오늘날 만일 교양 문제가 우리 문단에 있어 시대의 문제가 될 수 있다면, 그것 또한 집단 대신 개성이 생의 단위가 된 시대에 적응한 성격의 이론이라 할 수 있다."[19]

다른 한편으로 임화는 33년의 시단에서 김해강, 조벽암, 이흡 등이 '자유형의 장행(長行)과 긴 형식'을 시도하였다는 점에 주목한 바 있다. "최근에 와서 가장 활동적인 시인 가운데서 자유형의 장행(長行)과 긴 형식의 시를 가지고 금일의 현실을 강하게 부정하면서도 그것의 대체될 미래에 대하야 그 것을 구체적 생활의 형상과 감정을 통하야 노래하는 대신에 추상인 개념으로서 노래하는 한 계열의 낭만주의적 경향을 발견할 수가 잇다. 주로 김해강—(김대준) 조벽암 이흡 등의 비교적 우수한 시인 등으로 이 경향은 대표되는 것으로 석일(昔日)의 근대시가 가지고 잇든 낭만주의 가운데 가장 진보적인 후예라고 말할 수 잇슬 것이다." 1933년부터 재개된 임화의 시 창작은 이들 시인의 장형화된 시 형식과 연관성을 가진다. 하지만 그는 이들의 시가 '동양적 낭만주의의 신비'와 결별하지 못하였으며, 막연히 '현대문명까지를 부정'하였다고 비판한다. "이 가운데를 흐르는 가장 큰 것은 그들이 아즉 『동방』 『여명』 등의 말에서도 볼 수 잇는 동양적 낭만주의의 신비와 농촌적인 세계관으로부터 척택(剔擇)[20]되지 못하고 오즉 막연히 자본주의를 기피하고 현대문명까지를 부정하게 되어 장래에 대하야 과학적인 예견을 갓지 못하

---

19 임화, 「敎養과 朝鮮文壇」, 『인문평론』, 1939. 11, 47~51쪽.
20 "척택(剔擇)"은 '척결(剔抉)'의 오식인 듯—인용자 주.

고 공상적 강개(慷慨)나 일종의 허무감에까지 도달하는 것은 관념론에 입장에 섰다는 것이다."[21]

이와 달리 임화 자신의 시 창작 활동은 "「암흑의 정신」 이후 십어 편"에서 "암흑의 소래"를 불렀는데, 이는 "암담한 현실로부터 도피하는 대신 나는 그 속으로 뛰어들어갈 결심을" 한 결과이며 "그리하야 가증할 현실의 어둠을 그대로 노래하는 것으로 곧 광명 희망으로 통하는 길을 독자가 찾으리라 믿"은 시도였다고 소회하였다.[22] 또한 임화는 "필자의 「만경벌」 「세월」 등 작(作)"이 "감정의 회고", 그리고 "현실적 제재로부터 추상적인 또는 비적극적인 영역에의 이동"을 보여주는 시였으며, 이것은 "양식 급(及) 주관의 시야를 널펼냐는 것"이었다고 밝힌 바 있다. 나아가 "필자의 「주리라」 「옛 책」 등에서 보는 바와 같이 희망이 적은 암흑과 고민의 낭만적 시가"에 대하여 혹자가 "순연히 부정적 절망적인 것밖에 보지 못"한다면 그것은 "전혀 건전한 감정과 이지를 아울러 기진[23] 시인의 감히 가질 바 태도가 아닐뿐더러 명확히 소시적(小市的) 예점(豫點)"[24]이라고 단언한다. 이에 따르면, 1933년부터 새롭게 변모하게 된 일군의 임화 시에서 "회고적 술회"가 선명하게 나타난 것은 "암흑 가운데서 명일(明日)에 희망을 노래하기 위"함인 것이라고 한다.[25] 그는 "필자 등이 오래인 영예 있는 예술의 전통 우에서 노래한 시인"이라고 하면서, 자신의 시가 "깊은 암흑이 절망 가운대서 죽엄과 같은 패배의 슬픔을

---

21 林仁植, 「三三年을通하여본 現代朝鮮의詩文學 (七)~(八)」, 『조선중앙일보』, 1934. 1. 9~10.

22 임화, 「그뒤의創作的路線—最近作品을읽은感想」, 『비판』, 1936. 4, 123쪽.

23 "기진"은 '가진'의 오식—인용자 주.

24 "소시적(小市的) 예점(豫點)"은 '소시민적(小市民的) 약점(弱點)'의 오식—인용자 주.

25 임화, 「進步的詩歌의 昨今—푸로詩의거러온길」, 『풍림』, 1937. 1, 13~17쪽.

노래"하는 동시에 "자기의 약점에 대한 무자비한 추구"를 통하여 "미래에로의 용기를 가진「히로이즘」을 환기"하였다고 이 시기의 창작 의도를 드러낸다.[26]

　이러한 구상 속에서 임화는 시 창작을 통하여 김기림과 다른 나름의 방식으로 '서정시 탈피' 담론을 구축한다. 그의 시를 통하여 나타난 '서정시 탈피' 담론은 형식적인 측면과 내용적인 측면으로 나누어 살필 수 있다. 먼저 형식적인 측면에서는 수필 장르의 특성을 적용함으로써 몇 가지 변화가 발생하였다. 첫째, 임화가 수필 장르의 특성을 사상이 현실 체험 속에서 개성적이고 직접적으로 드러나는 것으로 파악한 것처럼, 1933년 이후 시집『현해탄』을 중심으로 한 임화의 시는 친구나 누이의 죽음과 같은 개인적인 경험에서부터 조선 민중의 이민과 같은 역사적인 경험에까지를 다루면서 그것을 시인의 개성적인 사상으로 직접 해석해낸다. 예컨대 시집『현해탄』에서 계절의 흐름에 따르는 시편들 중 하나인「주리라 네 탐내는 모든 것을」은 친구의 죽음이라는 사적 체험 속에서 끊임없는 생성과 그것의 긍정이라는 사상을 이끌어낸다. 더욱이 이 시집의 후반부에 위치한 현해탄 연작은 현해탄을 오갔던 조선 민중에 관하여 기록의 형식을 취하면서도, 그 역사로부터 식민지 근대 극복의 사상을 도출한다. 이것이 일반적인 '서정시'와 다른 까닭은, 그 표현의 초점이 사물 또는 자연과 거기에 의탁한 시인의 주관 또는 내면이 아니라 타자에 관련된 경험과 기억이기 때문이다. 이는 임화의 시에서 애도가 두드러지기 때문에 가능한 일이었다. 그러면서도 이는 소설처럼 관습화된 서사 장르와도 다른데, 왜냐하면 플롯을 중심으로 사건을 객관화하는 것

26　임화,「曇天下의詩壇一年—朝鮮의詩文學은 어듸로!」, 앞의 글, 175쪽.

이 아니라 현실의 체험과 시인의 사상을 직접적으로 연결시키는 것이기 때문이다. 요컨대 임화가 수필 장르의 시적 적용을 통하여 '수필과 현실의 무매개적 결합'을 도모한 것은 자신이 체화한 사상 속에서 현실을 파악하는 것이며, 현실 체험 속에서 자신의 주체적 사상을 도출하는 것이다.

둘째로, 수필 장르의 시적 도입은 시집 『현해탄』 시편을 장형화하였으며, 이에 따른 웅대한 규모와 유장한 문체의 형성을 가능케 하였다. 그 때문에 시적 정서는 개인의 주관이나 내면으로 협소화되지 않을 수 있다. 이는 운율 또는 압축 등을 중시하는 시 형식의 규범에서도 자유로운 것이며, 플롯을 중시하는 소설 형식의 규범에서도 자유로운 것이다. 이처럼 시집 『현해탄』은 운문과 산문의 장르 간 경계를 넘어섬으로써 시의 내용과 형식에서 자유로운 표현의 가능성을 확보할 수 있었다.

한국 근대시의 역사에서 '서정시 탈피' 담론이 단순히 형식상의 고민에만 국한된 것이 아니라 문명 비평적 의식까지도 담고 있던 것이라면, 이 시기에 형식적 측면에서 수필 양식과 접합한 임화의 시는 내용적 측면에서 어떠한 문명 비평적 의식을 모색하였을까? 1930년부터 1933년까지 시 창작을 중단한 뒤, 임화는 몽테뉴, 파스칼, 괴테, 니체 등을 재독해한 결과물을 자신의 시에 투영한다. 임화는 몽테뉴를 서구 근대문명의 훌륭한 근원으로 파악한다. "『싸벳트 문화는 "몬테―뉴"의 연장이냐? 중절이냐?』는 유명한 파리작의(作議)[27]의 논쟁은 정(正)히 이 문제의 복잡성과 중대성을 암시한 것이다. / 그러나 과거 여러 가지 시대 문화의 조흔 계승 우에 형성된 근대문화의 달성을 적어도 허무러버리지 안켓다는 데 문화옹호 운동은 한 개 선의지(善意志)로

27 "작의(作議)"는 '작가회의'의 줄임말―인용자 주.

일치하고 잇음은 사실이다."[28]

나아가 임화는 몽테뉴의 사상적 계승자인 파스칼을 깊이 독해하였다고 여러 글 속에서 밝힌 바 있다. 임화는 자신의 1935년 8월 일기를 옮긴 수필에서 다음과 같은 기록을 남겼다. "창문을 닫고 일부러 책상을 대하야 책을 펼랴고 하나 자꾸만 파쓰칼을 읽고 싶다. / 지난해 겨울 ×× 병원[29]에서 밤을 새면서 이 무서운 늙으니에게 위협을 받은 나는 다시 그 책을 펴고 싶지 않었다."[30] 그는 카프가 해산될 무렵 마산 합포에서 요양을 하며 파스칼의 『에세이』에 관심을 기울이기 시작한 것이다. "그 뒤 「카쯔」는 해산되고, 경향문학은 퇴조하고, 그는 병들어 수년간 시골 가 누었다가 결혼하고, 아이 낳고, 「파스칼」과 「몬테에뉴」를 읽고, 「헤에겔」의 심복(心腹)하고, 고전을 읽고 역사의 흥미를 갖고, 새로운 심정으로 문학을 다시 시작하야 한 책의 시집과 이삼 권의 졸렬한 저서를 만들고, 지금엔 주로 비평과 시를 써서 근근히 미염(米塩)의 자(資)를 구하야 살어가는 동안에 어느덧 남자의 나희 삼십삼이 되었다니 어찌 가탄(可嘆)한 반생(半生)이 아니리오."[31]

다른 한편으로 임화는 중세의 가톨리시즘 문명이 근대문명의 위기 속에서 재등장하는 이유를 파스칼의 사상에 근거하여 파악하였다. "근대문화란 인간의 존엄과 영예의 한 표징이엽스나,[32] 이 문화가 오늘날과 가튼 위기를 다시 마지하엿슬 때 근대문화에 대한 일괄한 반성이 신으로부터 인간이 분

---

28 임화, 「復古現象의再興─휴매니즘論議의注目할─趨向 (二)」, 『동아일보』, 1937. 7. 16.
29 여기에서 말하는 "××병원"은 평양의 실비병원을 가리킴─인용자 주.
30 임화, 「作家의 生活記錄─合浦에서」, 『신동아』, 1936. 8, 155쪽.
31 임화, 「어떤 靑年의 懺悔」, 『文章』, 1940. 2, 24~25쪽.
32 "표징이엽스나"는 '표징이었으나'의 오식─인용자 주.

리하던 시대와 그 관계를 재고한다는 것은 역사적 사고의 당연한 순서라 할 수 잇다 / 이러한 장면에선 당연히 『카토릭』 정신이 등장할 것이다." 이는 근대문명이 위기를 맞이하였으며, 그리하여 이에 대한 반성 작업이 제기되는 상황을 말한 것이다. 이러한 맥락에서 임화는 파스칼의 사상이 근대문명에 대한 반성의 의미를 지닌다고 평가한다. "세계를 종교적 질서와 신적(神的) 이성으로 이해하랴는 견해에의 관심! / 이것은 『파스칼』에 잇서서 소위 『신을 일흔 인간의 미제—르』[33]이라고 말햇지는 하나의 반근대주의적(反近代主義的)에서 시작한 회의(懷疑) 사상의 귀결이라 할 수 잇다."[34]

임화는 몽테뉴와 그의 사상적 계승자인 파스칼뿐만 아니라 괴테에도 깊은 관심을 가졌다. 한편으로 그는 1934년에 문학과 언어, 특히 민족어와의 관련성을 고찰하면서 괴테의 사례를 인용한다. "독일에 잇서서 부루조아 문학은 「꿰—테」에서 후정(後頂)[35]을 지은 대로 맹아 채로 끝나버리엇고… 더구나 희세(稀世)의 천재 「꾀—터」에 잇어까지 그것의 완미한 발현을 보지 못한 것은 전혀 독일의 경제적 후진성에 기인하는 것으로 이것은 천재에 잇서 실로 비극이 아닐 수 없는 것이엇다."[36] 이처럼 임화는 괴테의 문학이 민족어를 확립하고 완성시키는 데 막대한 기여를 하였으며, 따라서 부르주아 문학의 절정에 해당한다고 평한다. 다른 한편으로 임화는 문학가로서의 괴테뿐만 아니라 사상가로서의 괴테에도 주목하였다. 예를 들어 임화는 괴테가 시

---

33 "미제—르"은 'misère(비참)'이라는 뜻—인용자 주.
34 임화, 「歐羅巴文化는어대로?(第五回)—"카토리시즘"과 現代精神(下)」, 『조선일보』, 1939. 5. 4.
35 "후정(後頂)"은 '절정(絶頂)'의 오식인 듯—인용자 주.
36 임화, 「言語와文學—特히民族語와의關係에對하야」, 『예술』, 1935. 1, 6쪽.

인보다 과학자나 사상가로서의 정체성에 만족하였다는 일화도 소개한다. "저 「최대의 독일인이라」불너지는 「쾨ー테」까지 자기를 시인이라고 불울 때는 눈살을 찔으리면서 과학자라고 불은 때는 만족했다"는 것이다.[37]

그렇다면 어떠한 측면에서 임화는 괴테의 사상가적 면모를 이해하였을까? "정녕 리별이란 것은 슬픈 것이다. / 그러나 젊은 「베르텔」이 이곳으로부터 오히려 보다 더 일부러 즐거움을 끄으러내인 리유는 무엇일까 / 생각컨대 쾨ー테는 사랑이 응당 가저야 할 깊은 괴로움을 아라내인 현명한 시인의 한 사람인 것 갔다." 임화가 생각하기에 괴테는 이별의 슬픔과 사랑의 고통으로부터 오히려 즐거움을 이끌어내는 사상을 보여준 시인이다. 따라서 임화는 괴테의 『젊은 베르테르의 슬픔』이 사랑의 괴로움과 동시에 사랑의 자유 및 의지를 설파한 작품이라고 본다. "아무도 마음의 자유를 스스로 거부할 사람도 없을 것이며 그것이 거부될 때 고통은 어떠한 괴로움도 비교될 수 없을 것이다. … 실로 이것이 「베르텔」이 무른 사람의 마음의 내용이다. … 그렇지만, 우리가 서로 사랑하는 인간을 위하야 아무것도 하지 안고 백이겠는가?"[38]

이에 따르면, 사랑 속에는 슬픔과 즐거움의 모순이 들어 있는데, 사랑의 즐거움은 인간의 자유로운 마음에서 비롯하는 것인 반면, 사랑의 슬픔은 그 자유로운 마음이 거부되었을 때 일어나는 것이라 한다. 그러나 사랑은 그것이 아무리 고통스러운 것일지라도 인간이 사랑하는 사람을 위하여 무언가 행위하고 의욕하도록 이끄는 것이다. 이처럼 임화는 괴테가 인간의 본질적

---

37 임화, 「詩와 詩人과 그 名譽―「NF에게주는 片紙를대신하야」」, 『學燈』, 1936. 1, 8쪽.
38 임화, 「사랑의 眞理」, 『조광』, 1937. 3, 181쪽.

문제인 사랑을 (슬픔과 즐거움의) 모순과 (사랑하는 사람을 위하여 행위하고 의욕케 하는) 생성·변화 운동으로서 파악하였다는 점에 동의하였다. 1930년대 전·중반에 임화가 열심히 독해한 파스칼의 사상적 기반 역시 모순과 그를 통한 변화에 초점을 맞춘 변증론이었다. 뒤에 가서 더 자세히 서술하겠지만, 시집『현해탄』에 수록된 임화의 작품「지상의 시」(『풍림』, 1937. 2)는 괴테의 『파우스트』에서 모순과 변화의 사상이 나타난 구절을 변주한 것이라 할 수 있다.

임화는 모순과 변화를 강조하는 변증론적 사유에 관심을 보였으며, 파스칼이나 괴테뿐만 아니라 니체에게서도 그러한 변증론적 사유를 찾아내었다. 예를 들어 임화는 "「니이체」란 사람의「차아라투스트라」란 책을 사서 읽고「파우스트」와 비슷한 것이라고 생각"하였다고 술회한 바 있다.[39] 그는 조선 문단의 지식 담론 속에서 새로운 인간성의 탐구라는 문제가 제기된 현상이 니체 철학과 긴밀한 연관을 가진다고 파악한다. "그리하야『인간정신의 발양(發揚)』과 새롭은『인간성의 탐구』를 문학의 기본적 임무로 설정하는 김기림, 이헌구 양씨(兩氏)의 문학론이『우리들의 시대가 긴급하게 해결을 요하는 문제가 있다면 그것은 철학적 인간학의 과제』란『쉐―라』의 사상으로부터『훗사―르』『하이덱케르』를 지나 직접으로『키에르게고―고』『니―췌』의 철학에 결부되는 것은 조곰도 의심할 여지가 없다."[40]

표면적으로 보기에 임화는 니체 철학이 파시즘 옹호의 논리라고 비판하는 태도를 취한다. 예컨대 김오성이 니체 철학을 휴머니즘의 맥락에서 받아

---

39 임화,「어떤 靑年의 懺悔」, 앞의 글, 23쪽.
40 임화,「朝鮮文學의 新情勢와現代的諸相 (十)」,『조선중앙일보』, 1936. 2. 6.

들인 방식에 대하여,[41] 임화는 다음과 같이 비판한다. "인간성을 존중한다고 반드시 인간주의가 되지 않으며 개성을 중시한다고 개인주의가 되지는 않다. …「누구」의 주체「어떠한 행동」이 알 수 없는 이상 창조된다는 역사의 정체란 것도 알 수 없지 않은가?" 이는 인간을 사회 역사적 현실과 무관한 개인으로서 간주하는 추상적 인간학에의 비판이다. 임화에 따르면, 이러한 추상적 인간학은 니체 철학 및 나치즘과 관련된다고 한다. "엇제든 무규정 비전제적(非前提的)인 창조적 행동설(設)은 「피―히테」「니―췌」의 것과 더부러 「힛들러」 철학의 부분품임은 철학사상에 통효(通曉)한 지식인 주지(周知)의 사실이다."[42] 이처럼 임화는 인간의 현실적 구체성을 도외시한 논리에 대하여 반발하였다.

하지만 임화의 사유를 면밀하게 검토해보면, 그는 다만 니체 철학이 파시즘에 의하여 왜곡·오용된 것을 비판하였을 뿐이지 니체 철학 자체를 완전히 비판한 것은 아니었다. 이렇게 볼 때에만 지성의 위기를 맞은 20세기 문명 속에서 니체 철학의 가치를 인정한 임화의 다음 입장이 이해될 수 있다.

여기[20세기―인용자 주]서 의지는 일직이 지성을 때려누핀 세계라는 『마몽』[43]을 향하야 고함을 치고 뛰어든 것이다. 그러므로 의지의 문학은 지성의 문학을 격파한 『마몽』에 대한 인간의 분노에 타는 보복이엿다. 다시 말하면

---

41 김오성, 「능동적 인간의 탐구―철학과 문학의 접촉면」, 『조선일보』, 1936. 2. 23~29; 「인간 탐구의 현대적 의의」, 『조선일보』, 1936. 5. 1~9; 「네오 휴머니즘론―그 근본적 성격과 창조의 정신」, 『조선일보』, 1936. 10. 1~9.
42 임화, 「朝鮮文化와 新휴마니즘論―論議의 現實的 意義에 關聯하야」, 『비판』, 1937. 4, 82~83쪽.
43 "마몽"은 '맘몬(Mammon)'을 가리킴―인용자 주.

인간은 지성을 통하야 파악할 수 업는 세계를 의지의 힘을 가지고 정복할랴
든 것이다. … 이곳에 현 세기에 생존한 대개의 지적(知的) 작가들이 19세기
적 풍모를 벗지 못한 데 비하야 의지적 야성적인 작가들이 보다 현대적인 이
유가 잇다.

레하면 『지―드』와 『니―췌』 『헉스레어』와 『로렌쓰』와 가튼 대조.[44]

임화의 진단에 따르면, 20세기 문명의 위기는 더 이상 지성의 힘으로 파악
될 수 없으며, 이에 따라서 현 세기의 인간은 의지의 힘을 강조하게 되었다
고 한다. 그리하여 임화는 니체와 로런스 등의 의지적·야성적 작가들이 지
드와 헉슬리 등의 지성적 작가들보다 현대적이라고 고평하는 것이다. 신문
지면에 연재한 이 비평의 말미에서 임화는 다음과 같이 니체 철학을 암시하
는 말을 남긴다. "우리는 현실과의 갈등에서 운명을 맨들기 위하야 문학하
는 것이다. 그럼으로 우리는 이 속에 일어나는 모든 것을 생의 표적으로 긍
정한다."[45] 임화에게 있어서 당대 문명 위기에 맞서는 문학이란 현실과의 갈
등 즉 모순 속에서 운명의 생성을 바라보며, 그 갈등과 생성 자체를 생의 목
적으로서 긍정하는 것이었다.

지금까지 살핀 바처럼, 임화는 몽테뉴와 파스칼, 그리고 괴테와 니체를 관
통하는 자기 나름의 사상적 계보를 염두에 두고, 그 속에서 변증론적 사유를
재발견하고자 하였다. 그렇다면 임화는 자신의 비평 속에서 '변증법'이라는
개념을 어떠한 방식으로 사유하였는가? 그에게 '구체적 변증법'이란 '사물을

---

44 임화, 「現代文學의 精神的 基軸─主體의 再建과 現實의 意義 (二)」, 『조선일보』, 1938. 3. 24.
45 임화, 「現代文學의 精神的 基軸─主體의 再建과 現實의 意義 (五)」, 『조선일보』, 1938. 3. 27.

성립과 소멸의 과정에서 그 구체적 다양성을 파악하는 사유 방식'으로 정의된다. "우리들의 이론적 활동의 성질은 이상히 중대화하여젓고 동시에 적지 안흔 준순(逡巡)이 또한 이 속에서 발생하엿다. 그러나 이 문제는 직시(直時) 우리들로 하여금 우리들의 주위를 위요(圍繞)하고 잇는 현실에 대하야 구체적 변증법의 눈—다시 말하면 사물을 성립과 소멸의 과정에서 그 구체적 다양성에서 볼 것을 무비(無比)한 이론적 명확성을 가지고 지시하엿다."[46] 이와 동일한 맥락에 따라 임화는 '변증법'이 '생활의 풍부한 내용을 그 다양성에서 교착과 상호 투영 속에서' 이해하는 관점이며, 목적의식기 카프 이론의 획일적이고 고정화된 관념과 구별된다고 주장한다. "그럼으로 우리들이 문학을 계급적 운동의 모든 부분과 관련케 하고 또 운동의 진전과 비약, 발전에 적응케 하려는 선량한 의도에도 불구하고 우리들의 문학의 차등(此等)의 광범한 계급생활의 풍부한 내용을 그 다양성에서 교착과 상호투영 속에서 발전하고 추이되는 현실의 대하(大河)를 변증법적으로 이해하는 대신으로 우리들의 마음속에 불타는 『문학자(文學者)』적인 열정인 좌익적 관념을 가지고 이 전향을 수행한 것이다."[47]

이에 따라서 임화는 공식적 교리에 따른 마르크스주의란 "관념적 일탈—객관적 정세에 대한 추상적 유추"일 뿐이라고 비판하며, 이에 맞서서 변증법은 변전하는 현실을 "다면적인 관계에서 구체적인 다양성의 속에서" 진단해

---

46 임화, 「一九三二年을當하야 朝鮮文學 運動의 新階段 (三)—캅푸作家의主要危險에對하야」, 『중앙일보』, 1932. 1. 4.
47 임화, 「一九三二年을當하야 朝鮮文學 運動의 新階段 (五)—캅푸作家의主要危險에對하야」, 『중앙일보』, 1932. 1. 24.

야 한다고 논하였다.[48] 이처럼 임화에게 "진정한 변증법의 방법"이란 "추상적 분류학을 가지고 이것과 저것으로 구별"하지 않는 것이며, "서로 교착하는 복잡성과 다양성 속에서" 관찰하는 것이다.[49] 임화가 이러한 변증법 개념을 문학에 적용한 것은 '기록'과 '형상'의 개념적 구분이다. 기록은 삶의 구체성을 추상적 개인으로 단일화하는 형이상학에 해당하며, 형상은 완전히 이해할 수 없는 삶의 다양성 및 복잡성을 드러내는 변증법에 해당한다는 것이다. "따라서 문학과 예술을 이해하는 데에 잇서서 그것이 『기록』하는 것이 아니고 묘사하고 표현한다는 것, 또 그것이 형상의 의(依)한다는 것 동시에 예술적 형상에 대한 정당한 이해 업기는[50] 예술, 문학은 이해되지 안는다는 것이다. / 이와 갓치 형상의 문제의 해명을 위하야서는 문학 그것에 대한 정당한 견지에서 출발하여야 하엿슴에도 불구하고 백철(白鐵) 군에 잇서서는 문제 그것의 모ㅡ든 구체성은 『인간생활』이란 일점(一點)으로 단순화되어 그것이 업시는 『인간생활』 그것까지도 이해할 수 업는 다양성 복잡성은 악마와 가티 축출되고 변증법 대신에 형이상학이 군림하고 잇다."[51] 요컨대 임화가 생각한 변증법은 현실의 다양하고 복잡하고 구체적인 관계를 사유하는 방식이다. 그는 이러한 변증법이 문학의 본질인 '형상'의 표현과 관련이 있다고 논의한다.

이는 파스칼의 『팡세』에 나타나는 형상 개념을 변증론적인 것이자 알레

48 임화, 「當面情勢의 特質과 藝術運動의 一般的方向 (一)ㅡ그의決斷的轉向을爲하야」, 『조선일보』, 1932. 1. 1.
49 임화, 「當面情勢의 特質과 藝術運動의 一般的方向 (五)ㅡ그의決斷的轉向을爲하야」, 『조선일보』, 1932. 1. 21.
50 "업기는"은 '없이는'의 오식ㅡ인용자 주.
51 임화, 「文學에잇서서의 形象의 性質問題 (二)」, 『조선일보』, 1933. 11. 26.

고리적인 것으로 파악한 폴 드 만의 논의와 상통하는 측면이 있다. 폴 드 만은 『팡세』에서 파스칼이 "형상은 부재와 실재, 쾌와 불쾌를 수반한다(Figure porte absence et présence, plaisir et déplaisir)"고 말한 대목에 주의를 기울인다.[52] 폴 드 만에 따르면, 형상에 대한 이와 같은 정의는 "파스칼 모델의 변증론적 패턴"을 잘 보여주는 것이며, 파스칼이 다음처럼 공식화한 "독서의 원리"와 연결된다고 한다.[53] "저자의 의미를 이해하기 위하여, 우리는 모든 모순적 구절을 조화시켜야만 한다. … 만약 우리가 법, 희생, 왕국을 실재로서 받아들인다면, 그것이 [성경의―인용자 주] 모든 구절을 조직화하기는 불가능할 것이다. 따라서 그것들은 필연적으로 단지 형상이어야 한다."[54] 폴 드 만이 보기에 파스칼은 형상을 부재와 실재, 쾌와 불쾌 등과 같이 다양한 모순으로 이루어진다고 보았으며, 따라서 성경을 자구 그대로 해석할 때 발생하는 오류가 성경 구절을 형상으로 보지 않은 데서 발생한다고 생각하였다.

나아가 폴 드 만은 파스칼이 이러한 형상 개념을 통하여 몽테뉴의 사상을 변증론적으로 전유하였다고 논한다. 파스칼은 몽테뉴의 『수상록』 2권 12장 중 일부를 인용함으로써 데카르트와 몽테뉴의 사상을 독단주의와 회의주의 간의 모순으로 파악한다. "우리의 이성과 심령은 잠자는 동안에 나오는 공상과 개념을 받아들이며, 심령이 낮의 행동에 대해서 인정하는 바와 같은 권

---

52 파스칼, 김형길 옮김, 『팡세』: 296/265-677, 서울대학교출판부, 1996, 192쪽. 이 책의 『팡세』 인용은 김형길의 번역을 기본으로 하되 그것을 원문 및 문맥에 따라 필자가 수정한 것이다. 『팡세』의 단편(fragment)에 붙여진 일련번호는 이 책의 각주에서 '제2사본/라퓨마(Lafuma)판·브롱슈빅(Brunschwieg)판(이탤릭체)'의 형태로 표기된다.

53 Paul de Man, "Pascal's Allegory of Persuasion," ed. Stephen J. Greenblatt, *Allegory and Representation*, Baltimore and London: The Johns Hopkins University Press, 1981, pp. 12-13.

54 파스칼, 앞의 책: 289/257-684, 186~187쪽.

위를 꿈속의 행동에도 주고 있는데, '어째서 우리가 생각하고 행동하는 것이 다른 방식의 꿈꾸는 일이며, 깨어 있는 것이 어떤 종류의 잠이 아닌가'하고 의문에 붙이지 않는가?'[55] 이는 파스칼이 명석 판명한 이성의 존재를 부정하는 몽테뉴의 입장을 계승한 것이라 할 수 있다. 반면 데카르트는 '생각하는 나'를 더 이상 의심될 수 없는 이성의 토대로 정립하였다. 이렇게 모순되는 인식론적 문제에 대하여 파스칼은 다음처럼 결론짓는다. "확실히 그것은 독단주의와 회의주의, 그리고 인간의 모든 철학을 넘어서는 문제이다. 인간은 인간을 초월한다. … 인간은 무한히 인간을 초월한다는 것을 알라."[56]

인식론적 모순에 대하여 파스칼이 '인간은 인간을 무한히 초월한다'는 명제를 제시한 까닭은 무엇일까? 폴 드 만에 따르면, 이는 파스칼의 변증론이 인간의 이중적이고 모순적인 조건을 긍정하며, 그 속에서 인간의 무한한 다양성을 파악하기 때문이라고 한다. 다시 말해서 파스칼의 변증론은 인간을 "무한정적으로 가분적이고, 무한정적으로 자기 증식할 수" 있는 존재로 파악하며, 인간을 "한정 가능한 실체가 아니라 그 자신을 넘어서는 부단한 운동"으로 파악한다는 것이다.[57] 따라서 모순을 총체성으로 환원하는 헤겔의 변증법과 달리, 파스칼의 변증론은 "연속적인 전도"를 보여주는 것이며 "그 속에서 대립들은, 조화되지 않는다면, 적어도 무한하게 지연될 총체화를 향하여 추구될 것"이다.[58] 이러한 측면에서 폴 드 만은 파스칼이 형상을 모순의

55 몽테뉴, 손우성 옮김, 『몽테뉴 수상록』: 2권 12장 「레이몽 스봉의 변호」, 동서문화사, 2007, 656~657쪽.
56 파스칼, 앞의 책: 164/131-434, 87~90쪽.
57 Paul de Man, "Pascal's Allegory of Persuasion," op. cit., pp. 16-17.
58 Ibid, p. 20.

개념으로 정의한 것 역시 총체성의 해체이자 이분법적 대립의 해체를 지향한 것이며, 이것이 알레고리의 속성에 해당한다고 결론짓는다.

임화는 문학에서의 변증법 개념을 구체적 다양성과 복잡한 관계성의 형상화 방식으로 이해하고, 이를 몽테뉴와 파스칼과 괴테와 니체의 사상 속에서 재발견하였다. 이러한 임화의 형상론은 폴 드 만이 파스칼의 형상 개념을 총체화에서 벗어난 모순의 알레고리적 표현으로 본 것과 같다. 임화는 교조적 정치주의의 추상적·관념적 현실 파악을 비판하였는데, 이는 헤겔 변증법에서의 총체성 개념과 거리가 멀다고 할 수 있다. 프랑스의 맑스주의 철학자 루이 알튀세르(Louis Althusser)는 "헤겔적 모순의 단순성"이 "총체성을, 즉 주어진 역사적 사회의 무한한 다양성을 하나의 단순한 내적 원리에 환원시키는 것"이라고 하면서, "경제적인 것(상부구조)"과 같은 최종심급이 역사의 전개를 결정한다는 엥겔스의 논리를 "헤겔 변증법의 정확한 짝"이자 "경제주의" 또는 "기술주의"라고 강력히 비판한다.[59] 다시 말해서 현실의 복잡다단한 모순들이 단일한 최종심급에 의하여 결정된다고 주장한 교조적 마르크스주의는 총체성 중심의 헤겔 변증법에 불과한 속류 유물변증법이라는 것이다. 그와 비슷한 맥락에서, 임화는 서구 문명을 근본적으로 극복할 수 있는 논리를 찾기 위하여 총체성을 벗어나는 변증론적 사유를 검토하였다. 그 과정에서 그는 속류 유물변증법과 구분되는 자기 나름의 변증론을 정립하였다. 이는 1933년부터 임화의 시 창작 속에 반영된다. 이에 따라서 시집 『현해탄』은 계절의 흐름을 배경으로 하는 시, 메타시, 현해탄 시편으로 구성된다.

---

59 루이 알튀세르, 이종영 옮김, 『맑스를 위하여』, 백의, 1997, 119~127쪽.

제2절
계절 시와 메타시: 획일성을 벗어난 생성 긍정의 운명애

　시집 『현해탄』의 「후서(後書)」를 보면, 임화가 이 시집의 구조와 배열에 대해서 얼마나 각별한 주의를 기울였는지 알 수 있다. 그는 이 시집을 "내가 작품 위에서 걸어온 정신적 행정(行程)을 짐작"하도록 구성하였다고 밝힌다.[60] 이는 시집의 구성이 시인 자신의 정신적인 사고 과정의 흐름에 따라서 이루어졌음을 암시한다. 이 점만 보더라도 기존의 연구에서 임화의 시를 카프 해산 전후, '프롤레타리아 리얼리즘'과 '사회주의 리얼리즘', '낭만정신론'과 '주체재건론' 등으로 구분해왔던 방식이 얼마나 그릇된 것이었는지 알 수 있다. 임화의 시 세계는 그보다 훨씬 더 여러 갈래로 구분되며, 이는 시집의 구성 원리를 통하여 드러난다. 그것은 임화 비평과의 괴리를 보여주는 증거이자, 그의 비평을 더 섬세하게 이해할 수 있게 하는 일종의 실마리 역할을 하는 것이다.

　본격적으로 시집 『현해탄』의 시편들을 분석하기에 앞서서 이 시집 전체의 구성이 어떠한 방식으로 이루어졌는지를 살펴볼 필요가 있다. 시인의 섬세한 의도에 따라서 시집을 구성하는 방식은 해방 전의 문제적 시인들에게서 뚜렷하게 나타나는 공통점이기 때문이다. 예를 들어 김소월 시집 『진달 내꽃』은 12개의 장으로 구분되어 있는데, 이는 한국시의 역사에서 그 유래를 찾아보기 어려울 만큼 세세한 구분이다. 거기에서 각 장의 구성은 단순히 작품 발표 순서나 작품 분량에 따른 것이 아니라 의미상·형식상의 공통점에

---

60 임화, 「後書」, 『玄海灘』, 동광당서점, 1938, 1쪽.

따른 것이다. 정지용의 모든 시집들 또한 시 세계의 주요한 변모 단계에 따라서 각 장이 나뉘어 있다. 물론 임화의 시집 『현해탄』은 일련번호에 따라 각 장이 구분되어 있는 것은 아니다. 그럼에도 이 시집의 내적 구성 원리는 수록된 시편들의 배치 순서 및 공통점에 따라서 선명하게 드러나며, 이는 기존 연구에서 제대로 고찰되지 않은 측면이라 할 수 있다.

시집 『현해탄』의 처음에 놓인 작품은 「네거리의 순이」인데, 이는 임화가 시집 「후서」에서 밝혔듯이 시집 출간 이전의 작품 경향인 자신의 서간체 시를 요약적으로 나타낸다. 따라서 본격적인 의미의 시집 구성은 「네거리의 순이」 바로 다음에 놓인 시 「세월」부터 이루어진다. 「세월」부터 「최후의 염원」까지의 16편은 계절의 흐름에 따른다는 공통점을 지닌다. 「세월」에서부터 「주리라 네 탐내는 모든 것을」까지의 3편은 겨울에서 봄으로 이행하는 시기가 그 배경이다. 「나는 못 밋겠노라」에서부터 「강가로 가자」까지의 6편은 여름을 배경으로 삼는다. 「들」부터 「최후의 염원」까지의 7편은 가을이 배경이다.

다음으로 「주유의 노래」부터 「너 하나 때문에」의 4편은 메타시의 특성을 공유한다. 시집의 마지막 부분에는 현해탄과 거기에 얽힌 조선 민족의 역사를 다룬 현해탄 연작 10편이 놓인다. 놀라운 것은 현해탄 연작이 시적 정황에 따라 조선에서 일본으로 향해가는 시편과 일본에서 조선으로 돌아오는 시편으로 정교하게 구성되어 있다는 점이다. 현해탄 연작의 사이사이에는 9편의 시가 삽입되어 있는데, 이 역시 현해탄 연작이 조선에서 일본으로의 항해와 일본에서 조선으로의 귀환으로 이루어진 바에 따라서 고찰되어야 한다. 시집의 마지막 작품은 「바다의 찬가」이다. 시집의 첫머리에 「네거리의 순이」 한 편을 배치함으로써 자신의 이전 시 세계를 압축적으로 보여주었던 것처럼, 임화는 시집의 끝머리에 「바다의 찬가」 한 편을 배치함으로써 자신이 새롭게 구상하는 향후의 시 세계를 제시하였다.

그러므로 해방 전 임화의 시 세계 또한 『현해탄』의 구성 방식에 따라서 다시 분류할 필요가 있다. 이는 기존 연구가 임화의 시 세계를 카프 해체 시기나 평론 내용과 같은 기준에 따라 구분하였던 방식과 전혀 다르다. 이러한 분석을 뒷받침하는 또 하나의 유력한 증거로는 『회상시집』의 구성 방식을 들 수 있다. 임화는 시집 『현해탄』에 수록되었던 시편들을 간추리고 재배치하여 1947년에 『회상시집』을 출간한다. 『회상시집』은 1부와 2부로 나뉜다. 이때 1부는 모두 현해탄 연작만으로 이루어져 있으며, 2부는 그 외의 시편(계절의 흐름에 따른 시편과 메타시)로 이루어진다. 따라서 『회상시집』의 구성은 시집 『현해탄』의 구성 방식에 관한 이 책의 분석을 더욱 확실하게 입증해준다.

시집 『현해탄』의 구성은 시편의 배치 순서에 따라서 일종의 연극적인 줄거리를 이루는 것처럼 보일 수 있다. 시집 『현해탄』에서 계절의 흐름에 따른 시와 메타시는 새로운 사유의 획득이라는 문제를 다루는 반면, 현해탄 연작은 새롭게 획득한 사유를 역사나 시대 문제 속에서 구체화하기 때문이다. 반면 『회상시집』의 구성 방식은 그 순서를 거꾸로 뒤집어 놓은 것이다. 요컨대 시집 『현해탄』이 추상에서 구체로의 연역적 구성을 나타낸다면, 『회상시집』은 구체에서 추상으로의 귀납적 구성을 나타낸다고 할 수 있다.

이 시집의 맨 앞에 놓여 있는 작품은 「네거리의 순이」이다. 임화는 시집의 「후서」에 "「네거리의 순이」 한 편으로 그때 내 정신과 감정 생활의 전부를 이해해 달라 함은 좀 유감되나 할 수 없는 일"이라고 적어둠으로써,[61] 「네

---

61 위의 글, 3쪽.

거리의 순이」가 시집의 첫 작품에 배치된 까닭을 해명한다. 다시 말해서 시인 스스로 생각하기에 「네거리의 순이」는 "그때"라는 시기에 창작된 시편을 대표한다는 것이다. 이 작품은 1929년 1월『조선지광』에 발표되었다. 임화가 일련의 서간체 시를 발표한 시기는 이 작품에서 시작하여 「만경벌」(『우리들』, 1934. 2)까지인 5년 동안에 해당한다. 시집『현해탄』에서 「네거리의 순이」 바로 다음에 배열된 시는 임화가 서간체를 중단한 지 4개월 뒤인 발표한 시 「영원한 청춘—세월」(『문예창조』, 1934. 6)이다. 요컨대 그가 「후서」에서 「네거리의 순이」가 "그때"의 시편을 대표한다고 했을 때에 "그때"는 일련의 서간체 시를 썼던 시기를 지칭한다.

1920년대 말부터 1930년대 중반 이전까지 발표된 임화의 서간체 시는 공통적으로 사랑하는 사람의 상실과 그에 대한 애도를 드러낸다. 시집『현해탄』의 첫머리에 놓여 있는 「네거리의 순이」 또한 임화의 다른 서간체 시편처럼 애도의 성격을 강하게 드러낸 작품이다. 임화는 시집『현해탄』에서 「네거리의 순이」 다음 자리에 서간체 시와는 다른 성격의 시편을 배열함으로써 애도의 의미를 변주하고 확장시킨다.

배열 순서에 관하여 임화는 "「새월」[62]에서 「암흑의 정신」 그리고 「주리라 네 탐내는 모든 것을」에 이르는 한 시기"를 묶어두었다고 밝혔다.[63] 다시 말해서 언급된 세 작품은 공통 경향을 보여주는 시기의 작품이라는 것이다. 세 작품의 공통점은 첫째로 계절상 겨울에서 봄으로 넘어가는 시점을 시간적 배경으로 삼았다는 것이다. 두 번째 공통점은 죽음과 불변의 상태가 생명과

---

62 "새월"은 '세월'의 오기—인용자 주.
63 위의 쪽.

변화의 상태로 이행할 수밖에 없다는 사유, 즉 끊임없는 생성의 법칙을 제시한다는 것이다. 이러한 세 편의 시는 겨울에서 봄으로 계절이 바뀌는 시간적 배경을 통하여 생성 법칙을 시적으로 형상화한다.

「네거리의 순이」는 지금까지 대체로 「다시 네거리에서」, 그리고 해방 이후의 작품인 「9월 12일—1945년, 또 다시 네거리에서」와 비교하여 연구되었다. 단순히 작품 제목에 '네거리'가 공통적으로 들어간다는 것이 그 이유였다. 하지만 시집 『현해탄』의 구성 원리를 보았을 때 「네거리의 순이」는 서간체 시 계열에 해당되며, 「다시 네거리에서」와 「또 다시 네거리에서」는 임화가 서간체 시를 더 이상 쓰지 않게 된 이후의 시에 속한다. 또한 「네거리의 순이」의 시간적 배경이 눈보라 치는 한겨울이라는 점에서 이 작품은 시집 배열 상 바로 뒤에 등장하는 세 편의 시(겨울에서 봄으로 이행하는 배경의 시편)와 유기적인 흐름을 형성하는 것으로 볼 수 있다. 여기서 중요한 점은 겨울에서 봄으로의 시간적 이행과 그를 통하여 영원한 생성의 법칙을 노래하는 세 시편이 니체 철학과 밀접하게 연관된다는 사실이다. 먼저 「세월」이라는 작품을 보자.

세월이여! 흐르는 영원의것이여!

모든것을 쌓아 올리고, 모든것을 허물어 내리는,

오오 흐르는 시간이여, 과거이고 미래인것이여!

(중략)

세월이여, 너는 꿈에도 한번

사멸하는것이 그 길에서 돌아서는것을 허락한 일이 없고,

과거의 망령이 생탄하는 어린것의 울음 우는 목을 누르게 한

일은 없었다.

―「歲月」, 부분[64]

　「세월」에서 '세월'이란 영원히 흐르는 것이며, 모든 것을 창조하는 동시에 파괴하기를 끊임없이 되풀이하는 것으로 형상화된다. 그렇기 때문에 '세월'은 소멸하는 것과 창조하는 것 양자를 모두 긍정한다. 이러한 '세월'의 특성은 세상의 모든 것이 흐른다고 말했던 헤라클레이토스 사상과 깊이 맞닿아 있다. 실제로 임화는 그의 수필 「빙설 녹을 때」(『조광』, 1938. 3)에서 위의 시처럼 겨울에서 봄으로의 계절 변화와 관련하여 헤라클레이토스 사상을 긍정한 바 있다.

　그러므로 모든 것은 유전(流轉)하고 변한다. 변하지 않는 것은 하나도 없고 실상 변하지 않는 것이란 잇하도[65] 안는 것이다.

　「헤라크레이토스」는 운명 이상의 것을 설파한 현하가 아니었느냐?

　(중략)

　운명이란 슲은 것인가? 슲음이란 아름다운 것일까? 운명이란 그러면 사람의 힘으로, 어찌할 수 없는 힘을 일옴인가?

　때때로 귀신과 신선과 호랑이와 또, 헤아릴 수 없이 무서웁고 신비로운 이야기 속엔 실상 운명이란 것이 만드러지는 곡절이 여간 두려웁게 설화되지 않었다.

64 임화, 「세월」, 『玄海灘』, 앞의 책, 9~10쪽.
65 "잇하도"는 '있지도'의 오식인 듯―인용자 주.

신이 만드는 어마어마한 장기판 우에 세상은 일세의 운명을 사람은 평생

의 운명을 마련받아 봄부터 또한 들로 나가야 한다.[66]

모든 것이 계속 흐르며 생성과 변화를 겪는다는 헤라클레이토스 사상을

임화는 '운명'이라는 용어로 압축한다. 헤라클레이토스 사상은 니체 철학에

서 상당히 중요한 것이다. "생성과 소멸의 변화를 보여주는 한, 감각은 거짓

말을 하지 않는다. … 존재라는 것이 공허한 허구 중 하나라고 하는 한에서

헤라클레이토스는 영원히 옳다"고 니체는 말하였다.[67] 요컨대 겨울에서 봄

으로의 이행을 배경으로 생성의 법칙을 노래하는 세 시편은 헤라클레이토

스 사상과 밀접한 관련이 있는 것이다.

그렇다면 임화는 헤라클레이토스 사상을 어떻게 이 시기에 접할 수 있었

을까? 신남철은 1933년에 헤라클레이토스의 단편을 번역하였다. 이 번역의

서문에서 그는 헤라클레이토스 사상이 "우리의 절믄 세대에게 무엇이든지

시대적 관심에 대하야 한 가지의 기여하는 바"가 있을 것이라고 하였다.[68] 또

한 그는 1932년의 인터뷰를 통하여 파르메니데스적 사유와 헤라클레이토스

적 사유를 구분하면서, "전자가 『관(觀)』의 사색이라고 한다면 후자는 행(行)

의 사색"이라고 설명한다.[69] 김윤식은 임화가 「신문학사의 방법」을 구상하

---

66 임화, 「氷雪녹을때」, 『조광』, 1938. 3, 130~131쪽.

67 프리드리히 니체, 백승영 옮김, 『우상의 황혼』 「철학에서의 '이성'」 2, 『니체 전집(KGW VI 3) 바그너의 경우·우상의 황혼·안티크리스트·이 사람을 보라·디오니소스 송가·니체 대 바그너』, 책세상, 2002, 98쪽.

68 신남철, 「헤라클레이토스 단편어」, 『哲學』, 1933. 7, 97쪽.

69 신남철, 「硏究室을 차저서―팔메니데스的方法과 헤라클레이토스的方法」, 『조선일보』, 1932. 12. 6.

게 된 것은 신남철이 경성제국대학의 아카데미시즘을 문학사에 적용하고자 했던 데에서 기인한다고 본다. 이에 대한 위기감과 대응 노력 속에서 임화는 문학과 과학의 관계를 인식할 수 있었다는 것이 김윤식의 판단이다.[70] 김윤식의 논의는 그 타당성을 떠나서 임화와 신남철이 서로 교섭하는 사유를 펼쳐나갔음을 보여준다. 그리고 그 교섭은 임화의 문학사 서술이 본격화되기 이전인 헤라클레이토스 사상의 공유에서부터 나타났다고 할 수 있다.

위상복은 '운명'이라는 용어가 1930년대에 유행하였으며, 그 유행의 이유를 당대 철학의 전체주의적인 경향 때문으로 추측한다. 하지만 그와 같은 전체주의적 경향과 달리, 박치우는 '운명' 개념이 서구 중세에서 '필연'을 의미하는 것이었다가 서구 근대에 이르러 '의지에 따른 우연' 즉 '자유'라는 의미로 전환되었음을 규명하였다고 한다.[71] 이러한 논의는 '운명' 개념이 전체주의에 순응하는 논리와 다르게 사유된 사례를 마련하였다는 점에서 의의가 있다. 그러나 박치우의 견해는 어디까지나 운명의 새로운 의미를 '서구 근대'라는 범주에 한정시킨 것이라 할 수 있다. 이렇게 볼 때 시집 『현해탄』에서 계절의 흐름을 배경으로 한 시편은 '운명' 개념을 식민 지배에의 순응 논리로부터 구출하면서도, 그 개념의 근원을 헤라클레이토스(고대)와 니체(탈근대)에 연결시킴으로써 조선 지식인의 '운명' 개념에 관한 이해 범위를 서구 근대적 의미로부터 한층 더 확장시킨 사례라 할 수 있다.

임화가 언급한 헤라클레이토스가 니체 철학과 연관되듯이, 임화가 즐겨

---

70 김윤식, 『임화와 신남철: 경성제대와 신문학사의 관련 양상』, 역락, 2011, 250~253쪽.
71 위상복, 「인문학 또는 철학의 '운명'과 그 '사명'—박치우의 철학사상을 중심으로」, 임화문학연구회 엮음, 『임화문학연구 4』, 소명출판, 2014, 69~70쪽.

144 | 눈물이 비추는 운명

사용하는 '운명'이란 용어도 니체 철학에서 의미 깊은 개념 중 하나인 운명애 (運命愛, amor fati)와 연관이 있다. 니체는 이렇게 말한다. "내 가장 내적인 본성이 가르쳐주듯이 … 모든 것은 다 그 자체로 유용하기도 하다―그것들을 사람들은 견뎌야 할 뿐 아니라 사랑해야 한다……운명애: 이것이 내 가장 내적인 본성이다."[72] 또한 니체는 자신의 철학이 "세계를 있는 그대로 디오니소스적으로 긍정하기에 이르기를 원한다.―이 철학은 영원한 회귀를 원한다"고 하면서, "이것에 대한 내 정식은 운명애"라고 밝힌다.[73] 한마디로 운명애란 끊임없이 생성하고 변화하는 세계 즉 영원회귀의 세계를 있는 그대로 긍정하는 의지와 같다. 그러므로 임화가 이러한 생성의 법칙을 '운명'이라는 용어로 집약한 것은 니체가 말한 운명애 개념에서의 그 운명과 의미가 상통한다고 볼 수 있다.

위에 인용한 수필 중에서 "신이 만드는 어마어마한 장기판"이라는 구절 또한 니체의 『차라투스트라는 이렇게 말했다』에 등장하는 한 대목이다. "내게 있어서 네[영원한 이성이 존재하지 않는 하늘―인용자 주]는 신성한 우연을 위한 무도장이며 신성한 주사위와 주사위놀이를 하는 자를 위한 신의 탁자다."[74] 이처럼 「세월」에 나타나는 운명애, 즉 생성을 긍정하는 의지는 「암흑의 정신」에서 더 뚜렷하게 드러난다.

72 프리드리히 니체, 백승영 옮김, 『니체 대 바그너』 「후기」 1, 『니체 전집 15(KGW VI 3) 바그너의 경우 · 우상의 황혼 · 안티크리스트 · 이 사람을 보라 · 디오니소스 송가 · 니체 대 바그너』, 앞의 책, 544쪽(강조는 원문에 따름).
73 프리드리히 니체, 백승영 옮김, KGW VIII 3 16[32], 『니체 전집 21 유고(1888년 초~1889년 1월 초)』, 책세상, 2004, 355쪽.
74 프리드리히 니체, 정동호 옮김, 『니체 전집 13(KGW VI 1) 차라투스트라는 이렇게 말했다』 「해뜨기 전에」, 책세상, 2000, 272쪽.

이 無邊의 大空을 흘르는 運命의 江 두짝기슭

生과 死, 前進과 退却, 敗北와 勝利,

和解할수 없는 兩 언덕에 너는 두 다리를 걸치고,

懷疑의 흐득이는 心臟으로 말미암아 全身을 떨고 잇지않으냐

— 「暗黑의 精神」, 부분[75]

「암흑의 정신」에서 운명을 성찰하는 시적 화자는 암흑 속에서 방황하는 나약한 '새'에게 말을 건넨다. 여기에서 '새'는 운명에 관하여 회의하는 모습으로 그려지는데, 왜냐하면 운명이란 생명과 죽음 등 모순적 가치들이 서로 얽혀서 반목하고 갈등하며 투쟁하는 것이기 때문이라고 한다. 하지만 현실이 아무리 암흑과 같은 상태라 하더라도 생성의 힘을 막을 수 없다는 것이 위 작품의 주제가 된다.

그렇다면 「네거리의 순이」와 겨울에서 봄으로의 이행을 배경으로 하는 시편 사이에는 어떠한 연관 관계가 존재하는 것일까? 그 해답은 「주리라 네 탐내는 모든 것을」 속에서 찾을 수 있다. 이 작품의 정황은 사랑하던 친구의 상실이다. 시의 말미에서 화자는 그 친구에게 애도의 말을 건넨다. 앞서 살펴본 바와 같이 애도는 임화의 서간체 시에서부터 형성된 핵심 특징이었다. 서간체 시를 통하여 형성되었던 애도의 주제는 생성의 법칙을 노래한 시편을 통하여 니체적 운명애 개념과 결합함으로써 임화 시의 독특한 성격을 이룬 것이다.

물론 이 시기 니체 철학은 조선의 지식 담론 장 속에서 임화뿐만 아니라

---

75 임화, 「暗黑의 精神」, 『玄海灘』, 앞의 책, 18쪽.

김형준, 강한인, 현인규, 신남철, 현영섭 등에 의해서도 다양한 방식으로 유통되었다. 신범순은 1930년대 카프의 몰락과 함께 니체주의를 중심으로 한 퇴폐(데카당스)적 경향의 문학이 광범위하게 나타났음을 밝혔다.[76] 김미기에 따르면, 한국 지식인들이 니체를 수용한 역사는 그보다 훨씬 앞선 1909년부터라고 한다. 이 연구자에 따르면, 해방 전까지 니체 저작은 한국어로 완역된 바 없지만, 비논문적인 형식으로 잡지나 신문을 통하여 니체의 사상이 소개되었다고 한다. 한국어로 번역된 니체 저작은 「디오니소스 송가」의 일부라고도 한다.[77] 여타의 니체 담론과 달리 임화 시의 고유한 성취는 니체 철학과 애도를 접합하였다는 점이다.

서간체 시편에 나타나는 애도가 개인의 차원에서 이루어지는 것이었다면, 겨울에서 봄으로 이행하는 계절을 시간적 배경으로 삼는 『현해탄』의 시편에서 개인은 '우리'라는 복수형 대명사를 통하여 확장된다. 이는 개인 차원의 애도를 운명 공동체의 차원으로 넓히는 것이라 할 수 있다. 위 시에서 '세월'이란 태고의 옛날부터 끝을 알 수 없는 미래까지 영원히 새로운 것을 창조하고 생성하는 운명으로 그려진다. 애도란 상실한 사람을 망각해버리지 않고 자신의 내부에 자신과 다른 타자로서 보존하는 것을 말한다. 이렇게 애도된 인간은 죽어도 죽지 않는 것이며 영원히 생성 변화하는 세월의 운명 속에서도 보존된다. 애도하는 자가 보기에, 애도 속에서 보존되는 타자들은 그 어떤 것보다도 생성의 운명을 뚜렷하게 증명하는 존재이다. 임화의 시에

---

76 신범순, 「1930년대 문학에서 퇴폐적 경향에 대한 논의─불안사조와 니체주의의 대두」, 『한국 현대시의 퇴폐와 작은 주체』, 신구문화사, 1998, 55~56쪽.
77 김미기, 「한국 니체 철학 연구의 발전과 수용」, 정동호 외, 『오늘 우리는 왜 니체를 읽는가』, 책세상, 2006, 514~516쪽.

서는 운명애의 사유에 이르는 계기가 곧 애도인 것이다.

　겨울에서 봄으로 나아가는 시편 이후로 「나는 못 밋겟노라」부터 「강(江)가로 가자」까지는 여름을 시간적 배경으로 삼는다. 「강가로 가자」의 바로 다음에 실린 「들」부터 「하늘」까지는 가을을 배경으로 하는 시편이 이어진다. 여기까지가 시집 『현해탄』에서 계절의 흐름을 시간적 배경으로 하는 시편에 해당된다. 그 후로 「주유의 노래」부터 「너 하나 때문에」까지는 메타시에 해당하며, 메타시 이후부터는 현해탄 시편이 등장한다. 따라서 시집 『현해탄』의 내적 구성 원리는 기존 연구의 시기 구분 방식과 달리 임화의 1930년대 중반 시 세계가 계절의 흐름을 배경으로 하는 시편, 메타시, 현해탄 시편, 이렇게 세 단계로 구분될 수 있음을 명확하게 보여준다. 그러므로 임화는 시집 『현해탄』 속에서 「주리라 네 탐내는 모든 것을」 이후에 배열된 작품을 두고 "그 뒤의 한두 번 변한 내 작품 경향을 이해하기엔 충분한 작품이 거의 전부 모여 있다"고 말한 것이다.[78]

　여름을 배경으로 하는 시는 생성의 법칙과 같은 깨달음이 아니라 그것을 부정하게 만드는 현실적 압력을 공통적으로 드러낸다. 「나는 못 밋겟노라」는 서간체 형식을 취함으로써, 암담한 현실 상황을 운명으로서 받아들이라는 친구의 편지를 받은 뒤에 그에 대한 거절의 내용을 답장 형식으로 수신자에게 전한다. 겨울에서 봄으로 이행하는 계절의 시편에서 제시한 운명관은 세계의 끝없는 생성과 변화를 긍정하는 의지와 같다. 반면에 『현해탄』의 여름 시편에서 시인을 유혹하는 현실 타협적 운명관은 부정적인 것이라고 할 수 있다.

---

78 임화, 「後書」, 앞의 글, 3쪽.

현실 타협에의 유혹은 여름 시편 속에서 시인을 지치게 하는 여름의 폭염으로 형상화된다. 「옛 책」에서 몸을 피로에 찌들게 하는 여름은 생성에의 긍정을 포기하도록 강요하는 동시에 현실 타협적 운명관으로 유혹하는 당대 현실의 혹독함을 암시한다. 「골프장」은 그러한 사회적 폭염 속에서 자연이 더 이상 자연스러움을 유지하지 못하고 도시화되어버렸음을 그려낸다. 「다시 네거리에서」가 『현해탄』 여름 시편의 한가운데 배열된 이유가 여기에 있다. 도시화된 자연을 목도한 시인이 자신의 고향이었던 종로 네거리의 도시로 되돌아간다는 것이 「다시 네거리에서」의 의미이다.

> 네거리 복판엔 文明의 新式 기계가
> 붉고 푸른 예전 깃발 대신에
> 이리 저리 고개를 돌린다.
> 스텁―注意―꼬―
> 사람, 車 動物이 똑 기예(敎練) 배우듯한다.
> 거리엔 이것밖에 變함이 없는가?
> (중략)
> 아마 大部分은 멀리 가버렸을지도 모를것이다.
> 그리고 順伊의 어린 딸이 죽어간것처럼 쓰러져 갔을지도 모를 것이다.
>
> ―「다시 네거리에서」, 부분[79]

옛날 자신의 애인을 종로에서 잃어버렸던 '순이'는 이제 그녀의 딸까지도

---

79 임화, 「다시 네거리에서」, 『玄海灘』, 앞의 책, 73~78쪽.

종로에서 잃어버렸다. 그러나 지금의 도시에는 '순이'의 삶을 애도할 수 없는 낯선 사람들만이 신호등으로 상징되는 근대적 규율에 지배되어 있을 뿐이다. 그리하여 애도의 시 「다시 네거리에서」는 "뉘우침도 부탁도 아무것도 유언장 위에 적지 않으리라"고 선언하며 도시에게 작별을 고한다. 유언장은 서간체 형식의 글 중에서도 인간이 가장 최후에 적을 수 있는 것이다. 거기에 자신에 대한 반성(뉘우침)도 타자에 대한 희망(부탁)도 적지 않는다는 것은 애도를 불가능하게 만드는 근대문명의 폭력성을 강하게 암시한다.

계절의 흐름에 따른 시편은 홍효민, 김기림, 정지용, 정인섭 등에 의하여 논평되기도 하였다. 이러한 경향의 임화 시는 이전 서간체 시에서 형성한 애도의 방식을 운명애 사상으로 확장시킨 것이었는데, 이에 대하여 홍효민은 관념적이고 비(非)이데올로기적이라고 비판한다. "그러면 『캅프』의 권환, 임화, 백철 기타 제씨(諸氏)의 시는 어찌 되엇는가. / 이것 역시도 『이데올로기』적 웅건(雄建)한 시로부터 퍽으나 우익적이오, 극히 개념적인 시에서 한 보도 더 나오지 않은 것을 발견할 수 잇는 것이다."[80] 이와 비슷한 맥락에서 김기림은 임화의 시를 '어두운 노래'이자 '회상의 노래'라고 규정하며, 그것이 '개인적'이고 '사회적'인 '전설'에서 비롯한다고 추론하였다. "오랜 「프로」시인 임화 군은 황막한 폐허에서 혼자 소리를 높여 어두운 노래를 부른다. / 이때 나로는 애절 참절(慘絶)한 회상의 노래는 늘 노전사(老戰士)의 「백조(白鳥)의 노래」를 연상시켜서 읽는 사람의 가슴을 에이나, 그것은 그의 시에 엉클어 있는 개인적·사회적 전설 때문이고 그 시경(詩境)은 의연히 「센티멘탈·로

---

80 홍효민, 「一九三四年과 朝鮮文壇—簡單한 回顧와 展望을 兼하야 (三)」, 『동아일보』, 1934. 1. 5.

맨티시즘」이어서 시의 진보에는 얼마 관련하고 있지 않은 것 같다."[81] 정지
용은 최근 읽은 시 중에서 좋게 평가할 만한 시가 없었는지를 묻는 기자의
질문에 대하여 임화가 최근에 '예술파' 사람들의 뒤를 좇아오려고 한다고 대
답한다. "임화 씨는 한동안 진학적(進學的)[82]이란 말을 써서 예술파의 사람들
을 공격하더니 요새 와서는 『진보적』을 버리고 예술파 사람들의 뒤를 못 따
러와 자주 애를 씁니다."[83] 이러한 정지용의 평가에 대하여 정인섭은 임화의
1930년대 중반 시편이 그 이전 경향의 시편과 근본정신을 공유하는 것이라
고 반론한다. "정지용 씨가 임화 씨의 시가 되려 인저는 순수예술파의 뒤를
따라오느라고 애를 쓴다고 햇는데 내 생각에는 임화 씨가 시에서 표현하려
는 근본정신—즉 목적은 같다고 봅니다."[84] 요컨대 이러한 논평들은 임화의
시가 교조적 정치주의에서 이전보다 훨씬 더 벗어났으며, 그리하여 애도를
사상적인 차원으로 확장하는 데 이르렀음을 어느 정도 감지한 것이라 볼 수
있다.

　계절의 흐름에 따르는 시편 이후에는 시에 대한 시, 즉 메타시가 등장한
다. 가장 먼저 등장하는 메타시는 「주유(侏儒)의 노래」이다. 이 시에서 시인
은 비극 무대 위의 꼭두각시와 같은 주인공으로 자신을 비유한다. 이 시의
제목에 나오는 '주유'는 난쟁이 또는 궁중에 있던 배우를 의미한다. 이 작품
은 1연에서 3연까지의 점층법을 통하여 '나'의 고통이 심화될수록 그에 따르

---

81 김기림, 「乙亥年의 시단」, 『學燈』 3권 12호, 1935. 12.
82 "진학적(進學的)"은 '진보적(進步的)'의 오기—인용자 주.
83 정지용, 「文壇打診卽問卽答記 (第三回)—詩가滅亡을하다니 그게누구의말이요」, 『동아일
　보』, 1937. 6. 6.
84 정인섭, 「文壇打診卽問卽答記 (第六回)—今日以後의文學은 『레알』과 『로만』의 調和, 레
　알의規定은手法보다素材」, 『동아일보』, 1937. 6. 9.

는 '제군'의 기쁨이 강화된다는 아이러니의 상황을 드러낸다. 4연에서 6연은 이러한 아이러니의 상황을 '비극'과 '희극'이 교차되는 상황으로서 압축적으로 표현한다. 7연은 '시저' 즉 카이사르(Julius Caesar)가 예수의 몸을 상징하는 '성체(聖體)'를 경계하지 않아서 파탄을 맞이하였다고 표현하는데, 이는 예수가 자신의 몸을 희생의 제물로서 바친 비극이 로마 황제에 의하여 모방되면 희극이 된다는 것을 뜻한다. 8연에서 '나'는 '제군'을 위하여 언제든지 괴로움을 가장하겠다고 말한다. 이처럼 관중들에게 이해받지 못할 고통을 자처하는 주유(배우)의 모티프는 임화의 산문 「주유(侏儒)의 변」에도 나타난다.

그대는 그대가 오늘날까지 거러오든 정치적 실천적 생활로부터 웨 그것을 더 지속하고, 보다 더 큰 자기발전을 그 길의 장래에서 구하지 못하고 문화라든가 예술이라든가 하는 일견 안일한 곳에서 자기의 금후 출로(出路)를 발견코자 하는가 하는 그것에 대한 자기 혐오, 자기 욕감(辱感)이 아니오. … 그러나 나는 이 말 가운데 결코 문화적, 예술적 사업 그것에 대한 부당한 과소평가를 집어넣고 있는 것은 아니요. 오히려 과거 실천적, 조직적 생활 국면에 있든 여러 사람들이 갖는 비속한 과소평가 상하(上下)에 대하야 문화적 사업 그것의 의의를 급히 주장코자 하는 자이요 … 그럼으로 이러한 전환을 자기발전에 적(適)한 정책이라고 보는 견해를 나는 먼저와 같이 예술문화에 대한 낡은 공식주의적 정치가의 견지를 연장한 것이라고 한 것이요 또 그대 자신 가운대서도 발견할 수 있는 이러한 전환에 대한 굴욕감 그것에 기초에도 사실 솔직히 말하라면 나는 이러한 공식주의의 여훈(餘薰)을 발견하는 것이요. … 오즉 자기나 남을 그럴듯한 이유로 합리화식히지 말고 똑똑히 굴욕감 우에 엎어지자는 것이요.

굴욕을 늣끼는 인간만이 또한 보복을 아는 인간일 것이요.[85]

　위에 인용한 산문「주유의 변」에서도 임화는 스스로를 난쟁이 비극 배우로 일컬었다. 이는 카프 서기장이자 투철한 마르크스주의자로만 간주된 임화와 전혀 다른 면모를 보여준다. 여기에서 그는 정치의 실패에 대한 손쉬운 우회로로서 예술을 선택하여서는 안 된다고 하면서, 동시에 예술을 정치적 수단으로만 간주하는 낡은 공식주의에 대해서도 반대한다. 그는 자신이 예술적 문화적 사업에 대한 과소평가를 거부하며, 예술 자체의 큰 의의를 믿는 사람이라고 자처한다. 그리하여 임화는 정치 운동에 실패하였다는 굴욕감을 정면으로 직시해야 하며, 그 굴욕감 속에서 예술의 참다운 가치를 구현하도록 노력해야 한다는 결론에 도달한다. 그러므로「주유의 노래」에서 시적 화자가 슬퍼할수록 '제군'이 기뻐한다는 아이러니는 시인의 예술이 정치적 공식주의에 의하여 왜곡될 때의 굴욕감을 뜻한다. 그럼에도 자신이 계속 고통을 무대 위에서 연기하겠다고 한 것은 굴욕감 속에서 예술 자체를 지향하겠다는 의지를 표현하는 것이다.

　또한 난쟁이 배우 이미지는『차라투스트라는 이렇게 말했다』에서 반복적으로 나타나는 모티프이기도 하다. "시장터는 성대하게 차려입고 요란을 떠는 어릿광대로 가득하다. 그리고 민중은 이 위인들을 자랑스럽게 생각한다!"[86] 여기서 '어릿광대'는 대중적인 관심을 끌고 또 그에 따라서만 움직이는

85 임화,「侏儒의 辯」,『四海公論』, 1936. 5, 61~67쪽.
86 프리드리히 니체, 정동호 옮김,『니체 전집 13(KGW VI 1) 차라투스트라는 이렇게 말했다』「시장터의 파리들에 대하여」, 앞의 책, 82쪽.

부정적 존재와 같다. 이러한 '어릿광대'처럼 예술의 진정한 가치를 고민하지 않고서 사회적 요구에만 부합하는 것을 임화는 자신의 시와 수필에서 통하여 '주유'에 불과하다고 비판하는 것이다.

「주유의 노래」 바로 뒤에 나오는 또 하나의 메타시 「적(敵)」은 적을 사랑하라는 기독교의 복음서의 메시지를 패러디하면서, 나의 적이 나를 성장시키기 때문에 나는 적을 사랑한다는 패러독스를 펼친다. 이는 창작 원리 자체를 밝히는 것이므로 일종의 메타시로 볼 수 있다. 「지상의 시」 역시 기독교 모티프를 패러디한 작품이다. 이 시에서 임화는 태초에 말씀이 있었다는 성경 구절을 전도시킴으로써 행위가 없는 언어의 허위성을 비판한다. 이러한 기독교 풍자는 니체의 기독교 비판과 상통하는 측면이 있다. "모든 싸움에 대립하고, 자신이—싸우고 있다는—느낌 전체에 대립하는 것이 복음에서는 본능적이 된다: 저항에의 무능력이 도덕이 된다"라는 점에서 니체는 기독교 복음서의 교리를 비판한다.[87] 투쟁과 그로 인한 생성이 벌어질 수밖에 없는 삶에 반하여, 투쟁을 죄악시하고 보편적 사랑을 추구하는 기독교 교리는 삶의 운동성과 변화를 긍정하는 것이 아니라 부정하는 것일 뿐이다. 그와 같은 맥락에서 「지상의 시」는 시라는 장르가 현실(지상)에서 지향하여야 하는 최고의 가치가 무엇인지를 질문하며 괴테의 『파우스트』를 활용한다.

太初에 말이 있느니라……………

人間은 고약한 傳統을 가진 動物이다.

---

87 프리드리히 니체, 백승영 옮김, 『안티크리스트』 29, 『니체 전집 15(KGW Ⅵ 3) 바그너의 경우·우상의 황혼·안티크리스트·이 사람을 보라·디오니소스 송가·니체 대 바그너』, 앞의 책, 252쪽.

行爲하지 않는 말,

말을 말하는 말,

이브가 아담에게 따 준 無花果의 비밀은,

실상 智慧의 온갖 수다 속에 있었다.

(중략)

온전히 運命이란, 말 以上이다.

단지 사람은 말할수 있는 運命을 가진것,

運命을 이야기할수 있는 말을 가진것이,

沈默한 行爲者인 도야지보다 優越한 點이다.

말을 行爲로,

行爲를 말로,

自由로 飜譯할 수 있는 機能,

그것이 詩의 最高의 原理.

地上의 詩는

智慧의 虛僞를 깨뜨릴뿐 아니라,

智慧의 悲劇을 구한다.

分明히 太初의 行爲가 있다…………

—「地上의 詩」, 부분[88]

그러나 이러한 결핍은 스스로 보상을 받고 있으니,

우리가 초지상적인 것을 숭상하는 법을 배우고,

---

88 임화, 「地上의 詩」, 『玄海灘』, 앞의 책, 126~128쪽.

하늘의 계시를 간절히 그리워하는 것이 그 방법이다.

(중략)

기록하여 가로되, "태초에 말씀이 있었느니라!"

여기서 벌써 막히는구나! 누가 나를 도와 계속토록 해줄까?

나는 말씀이란 것을 그렇게 높이 평가할 수는 없다.

정령으로부터 올바른 계시를 받고 있다면,

나는 이 말을 다르게 번역해야만 하겠다.

기록하여 가로되, 태초에 의미가 있었느니라.

너의 붓이 지나치게 서둘러 가지 않도록,

첫 구절을 신중하게 생각도록 하라!

만물을 작용시키고 창조하는 것이 과연 의미란 말인가?

이렇게 기록되어야 할지니, 태초에 힘이 있었느니라!

하지만 내가 이렇게 쓰고 있는 동안에,

벌써 그것도 아니라고 경고하는 것이 있구나.

정령의 도움이로다! 갑자기 좋은 생각이 떠올라,

기쁜 마음으로 기록하노니, 태초에 행위가 있었느니라.

— 괴테, 『파우스트』 1215~1237행[89]

「지상의 시」에서 시적 화자는 '태초에 말씀이 있었다'라는 복음서의 구절을 '태초의 행위가 있다'라는 명제로 전환시킨다. 이와 같은 발상은 괴테의 『파우스트』에서 악마 메피스토펠레스를 만나기 직전의 파우스트가 성경을

---

89 요한 볼프강 폰 괴테, 이인웅 옮김, 『파우스트』, 문학동네, 2006, 38~39쪽.

독일어로 번역하면서 '태초에 말씀이 있었다'라는 구절을 '태초에 행위가 있었다'라는 구절로 옮기는 장면과 일치한다. 위에 인용한 『파우스트』의 한 대목에서 파우스트가 성서 구절을 번역하게 된 까닭은, 삶의 강물이 쉽게 고갈되는 허무 속에서 '초지상적인' 것을 발견하려는 욕망 때문이다. 그러나 복음서의 첫 대목에서부터 파우스트는 '태초의 말씀'이라는 구절에 만족하지 못한다. '태초의 말씀'과 같은 초지상적인 가치는 자신의 삶을 허무 속에서 진정으로 구제하지 못한다고 생각하기 때문이다. 그러므로 파우스트는 '태초의 말씀'이라는 초지상적인 가치를 '태초의 행위'라는 지상적인 가치로 전환함으로써 비로소 만족할 수 있는 것이다. 초지상적인 가치와 지상적인 가치의 전복은, 뒤이어 나오는 악마와의 만남 장면과 자연스럽게 연결된다. 「지상의 시」는 이러한 괴테의 테마를 이어받아서, 관념과 실천 사이, 또는 초월과 현실 사이의 가치 전복적 사유야말로 진정한 시의 임무라고 표현한 작품이다. 이와 같은 지식과 실천의 대립, 선과 악의 대립이라는 『파우스트』의 주제에서 임화는 변증론적 사유를 찾은 것이다.

시 작품이 아닌 비평 속에서도 임화는 '태초에 말씀이 있었다'는 복음서의 구절을 반박한 바 있다. 그는 "「태초에 말(언어)이 있으니 그것은 하나님과 더부러 있었느니라」"라는 "기독교의 경전이 전하는 이 전설"이 언어를 인간의 사회적 생활과 무관하게 바라보는 "마술적 성질"의 표현일 뿐이라고 비판한다. 그리하여 임화는 "결국 언어도 인간의 사회적 생활의 산물"이라고 하면서, "인간의 존재를 그 무슨 마술적인 것 같이 생각하는 견지란 곧 인간 일반의 입장 다시 말하면 인간으로부터 구체적인 모든 존재의 속성을 추상하고 유심(唯心)이 최고라는 하나의 방법으로 대치시키는 견지"라고 지적한다.[90] 언어를 인간보다 앞선 존재로 간주하는 논리는 인간을 사회적 생활보다 앞선 존재로 간주하는 논리에 빠지며 인간의 모든 구체적 속성을 추상화한다는 점에서 잘못이라는 것이 임화의 주장이다. 이는 「지상의 시」에서 초지상적 가치에 대한 지향을 거부하고 지상적 가치 자체를 긍정하였던 것과 상통하는 측면이 있다.

마지막으로, 시집 『현해탄』의 세 번째 메타시인 「너 하나 때문에」를 살펴보자. 이 시는 싸움 즉 투쟁을 '너'라고 호명하며, 싸움이 있기 때문에 패배의 굴욕도 있지만 동시에 승리의 영광도 가능하다는 패러독스적 사유를 제시한다. 이는 앞에 나온 시 「적」과 그 주제가 유사한데, 왜냐하면 두 시는 자아와 적, 그리고 승리와 패배를 상대적인 관계로 파악하며 그 상대성 자체를 긍정하기 때문이다. 투쟁에 대한 상대주의적 긍정은 마르크스주의로보다도 오히려 니체 철학에 가깝다고 할 수 있다.

니체는 헤라클레이토스가 삶의 변화와 생성인 운명을 곧 투쟁으로 사유하였으며, 이는 고대 그리스의 로고스 개념이 본래 의미하던 바라고 해석한다. "투쟁이란 통일적이며 합법칙적이며 이성적인 디케의 지속적인 작용이라는 것, 이것은 그리스적 본질의 가장 심오한 토대에서 창출된 생각"이며, "투쟁―승리의 관념은 철학에서 독특하게도 그리스적인 최초의 관념"이라는 것이다.[91] 이는 임화의 문학을 관통하는 '운명'의 의미, 그리고 니체가 말하는 '운명애'의 의미와 맞닿는다. 이처럼 시집 『현해탄』의 메타시가 적과

---

90 임화,「言語의 魔術性」,『비판』, 1936. 3, 66~67쪽.
91 프리드리히 니체, 김기선 옮김, KGW II 4,『니체 전집 1(KGW I-4. II-2, II-4) 유고(1864년 가을~1868년 봄)』, 책세상, 2003, 319쪽.

나, 싸움과 승리 등 상반되는 것 사이의 투쟁 자체를 긍정하는 것은 니체적 운명 긍정을 뜻한다. 니체가 "헤라클레이토스에게서 현상의 규칙성은 생성 전체의 윤리-법적 성격을 입증하는 증거"라고 말하였을 때,[92] 이는 운명으로서의 생성 자체에 대한 긍정을 의미한다.

임화의 메타시들이 시집 『현해탄』의 다른 어느 시편에서보다 패러디, 아이러니, 패러독스와 같은 시적 기법을 적극 활용하는 까닭도 그와 같은 맥락에서 이해할 수 있다. 이러한 수사학의 활용은 니체적인 상대주의적 긍정을 시적으로 강조하는 기법이 되기 때문이다. 예컨대 기독교 복음서의 패러디를 통한 패러독스의 수사학은 니체 철학의 기독교 비판, 그리고 모순적인 것들 간의 투쟁 자체를 긍정하는 상대주의를 효과적으로 표현한다.

생성과 소멸, 건축과 파괴는 아무런 도덕적 책임도 없이 영원히 동일한 무구의 상태에 있으며, 이 세계에서는 오직 예술가와 어린아이의 유희만 있을 뿐이다. 어린아이와 예술가가 놀이를 하듯 영원히 생동하는 불은 순진하게 놀이를 하면서 세웠다가 부순다.—영겁의 시간 에온(Aeon)은 자기 자신과 이 놀이를 한다. 마치 아이가 바닷가에서 모래성을 쌓듯이 그는 물과 흙으로 변신하면서 높이 쌓았다가 부수곤 한다. 이따금 그는 놀이를 새롭게 시작한다. 충족도 한 순간, 그런 다음에는 새로운 창조활동을 예술가에게 강요하는 것과 유사한 욕구에 새롭게 사로잡힌다. 다른 세계를 소생시키는 것은 오만

---

92 프리드리히 니체, KGW Ⅷ 1 7[4], 이진우 옮김, 『니체 전집 19(KGW Ⅷ 1) 유고(1885년 가을~1887년 가을)』, 책세상, 2005, 322쪽.

의 욕구가 아니라 항상 새롭게 깨어나는 유희의 충동이다.[93]

위 인용문에서 니체는 헤라클레이토스가 말하는 아이의 유희, 즉 생성과 소멸의 영원한 반복이 어떠한 도덕적 책임도 갖지 않는 것으로서 긍정되어야 한다고 역설한다. 권터 볼파르트에 따르면, 『차라투스트라는 이렇게 말했다』 중 「세 가지 변형에 관하여」의 영혼의 세 가지 변형(낙타, 사자, 어린아이)에서 세 번째에 해당하는 어린아이는 헤라클레이토스의 단편 B29에 등장하는 어린아이와 호응한다고 한다. 왜냐하면 니체의 서술에서 낙타와 사자가 각각 '너는 ……해야 한다'(스토아 철학, 기독교, 칸트 철학 등)와 '나는 의욕한다'(영웅)에 해당한다면 어린아이는 '그것은 놀고 있다'(그리스의 신)에 해당하며, 이는 니체가 헤라클레이토스의 '아이의 유희'를 목적 없는 유희로 해석한 것과 통하기 때문이라는 것이다. 이처럼 니체 철학에서 어린아이는 자신의 세계를 창조한다는 점에서 진정한 예술가와 같다. 이는 메타시 뒤에 나오는 현해탄 연작 중 「눈물의 해협」이나 「내 청춘에 바치노라」에 나오는 '아이' 이미지를 해석하는 데 중요한 실마리가 된다. 다른 한편 어린아이라는 세 번째 변형을 언급하며 니체는 '스스로 도는 바퀴'라는 표현을 사용하는데, 그 표현은 니체의 「추방당한 왕자의 노래」에 나오는 시 「괴테에게」에서 '세계-바퀴'라고 부르는 것과 맞닿아 있다고 한다.[94] 이처럼 헤라클레이토스, 괴테, 니체로 이어지는 세계관, 즉 세계를 생성의 목적 없는 유희로 바라보는 관점

93 프리드리히 니체, 이진우 옮김, 「그리스 비극 시대의 철학」 7, 『니체 전집 3(KGW III 2) 유고(1870년~1873년)』, 책세상, 2001, 387쪽.
94 권터 볼파르트, 정해창 옮김, 『놀이하는 아이, 예술의 신―니체』, 담론사, 1997, 146~154쪽.

은, 시인이란 비극의 광대처럼 유희하는 존재이며 시란 생성을 긍정하는 것이라는 임화 메타시의 주제와 상통한다. 임화의 메타시와 거기에 담긴 변증론적 사상은 임화의 시가 계급 혁명이라는 정치주의적 목적에서 벗어나서 세계의 투쟁과 생성을 창조적 유희로서 긍정하는 예술 자체에 몰입하게 된 계기를 보여준다.

제3절
현해탄 연작: 운명 공동체의 애도를 통한 주체적 문명의 모색

임화는 1936년의 설문 속에서 향후 자신의 창작 진행 계획을 밝힌 바 있다. "계획으로는 두 개가 잇는대 다 끗나기 전에야 무어라 말할 수 업스나 한아는 개화조선으로 금일의 조선에 이르는 오륙십 년 간의 「현해탄」 상을 왕래한 청년을 한 개 시집으로 하고 십고 「이민」을 취급한 약 3만 행의 서사시를 쓰고 십습니다."[95] 나아가 그는 1939년 평론을 통하여 "나의 『현해탄』의 일부분"이 "새 시대에서 제 영토를 발견하려는 의욕의 표현"이었으며, "『토탈리즘』의 도도한 파도에 대한 부조화의 기분(幾分)의 반영"이라고 밝히었다.[96] 이를 종합해보면, 임화의 현해탄 연작은 과거부터 현재까지의 조선 역사에 관한 기억 속에서 새로운 시대의 영역을 발견하려는 의지와 식민지 근

---

95 임화,「今年에 하고 십흔 文學的 活動記」,『삼천리』, 1936. 2, 225쪽.
96 임화,「詩壇의 新世代―交替되는 時代潮流―近刊詩集을 中心으로 (一)」,『조선일보』, 1939. 8. 18.

대의 전체주의에 대한 고민을 캐낸 것이라 할 수 있다.

시집 『현해탄』의 말미에는 바다를 주 배경으로 하는 시편이 자리한다. 현해탄 시편이라고 부를 수 있는 이 작품들은 "현해탄이란 제(題) 아래 근대 조선의 역사적 생활과 인연 깊은 그 바다를 중심으로 한 생각, 느낌 등"을 쓴 것이며, 시집의 "맨 뒤에 실린 바다가 많이 나오는 일련의 작품"을 가리킨다.[97]

우리는 앞서 임화 시의 중심적 주제인 애도가 니체적 운명 개념과 접합하면서 임화 시만의 독특한 성격을 이루었다고 살핀 바 있다. 그러나 애도가 타자 지향적 성격을 드러내는 데 비하여 니체 철학은 자기 삶의 입법자이자 주인으로 살아야 한다는 자기 지향적 성격을 드러낸다. 하지만 니체 역시 자기만의 삶의 원칙은 민족이라는 공동체의 토대 위에서 형성되는 것임을 지적한다. 그는 세계의 무수히 많은 민족이 저마다의 고유한 가치를 지니고 있으며, 그것이 근대적 국가라는 괴물에 의하여 압살될 위기에 처해 있다고 진단한다. "저마다의 민족 위에는 저마다의 가치 목록이 걸려 있다. … 보라, 그것은 저마다의 민족이 지닌 힘에의 의지의 목소리다."[98] 애도라는 임화 시의 주제는 니체 철학과의 결합을 통하여 민족이라는 운명 공동체의 차원으로까지 확대될 수 있었던 것이다.

특히 임화는 개화기부터 식민지 시기까지 조선 민족의 역사를 삼킨 현해탄 바다에 주목함으로써 '근대 조선의 역사적 생활과 인연'을 시적으로 형상

---

97 임화, 「後書」, 앞의 글, 2쪽.
98 프리드리히 니체, 정동호 옮김, 『니체 전집 13(KGW VI 1) 차라투스트라는 이렇게 말했다』 「천 개의 목표와 하나의 목표에 대하여」, 앞의 책, 93쪽.

화할 수 있었다. 서간체 시편에서 형성하였던 애도는 니체 철학과의 접합 속에서 운명애 사상으로 확장되며, 나아가 민족 공동체의 운명으로 구체화된 것이다. 특히 이 구체화가 니체 철학만으로 환원되지 않는 임화 시만의 고유한 특성이며, 따라서 한국 근대시사에서 독자적인 의의를 확보하는 대목이라 하겠다.

임화의 시에서 바다는 니체의『차라투스트라는 이렇게 말했다』2부에 나타난 바다의 의미와 상호텍스트성을 이루는 측면이 있다.『차라투스트라는 이렇게 말했다』의 2부에서 바다는 두 가지 의미를 갖는다. 하나는 허영심으로 가득 찬 바다이며, 다른 하나는 태양을 향한 상승에의 의지로 끓어오르는 바다이다. 먼저 '허영의 바다'는 차안의 현실이 아닌 피안의 이상을 꿈꾸는 시인들에게 물고기가 아니라 낡아빠진 신의 머리를 던져주는 바다이다.[99] 이와 반대로 '상승 의지의 바다'는 자기 자신을 뛰어넘어 새로운 무언가를 창조하고자 하며, 따라서 아침마다 새롭게 떠오르는 태양을 온몸으로 사랑하는 바다이다. "순박하고 창조의 열망에 불타고 있는 것들이야말로 태양이 온몸으로 사랑하는 것들이다! … 바다는 태양의 갈증이 자신에게 입맞춤하고 자신을 마셔버리기를 소망한다."[100] '허영의 바다'와 '상승 의지의 바다'는 임화의 현해탄 시편을 해석하는 열쇠가 될 수 있다.

『개설 신문학사』에서 임화는 조선에서의 신문학이 태동하게 된 사회적 배경의 하나로 현해탄을 통한 일본 유학을 언급한다. 여기서 임화는 현해탄

---

99 프리드리히 니체, 정동호 옮김,『니체 전집 13(KGW VI 1) 차라투스트라는 이렇게 말했다』「시인에 대하여」, 앞의 책, 214~215쪽.
100 프리드리히 니체, 정동호 옮김, 니체 전집 13(KGW VI 1) 차라투스트라는 이렇게 말했다』「때묻지 않은 앎에 대하여」, 위의 책, 206쪽.

이 청년의 꿈으로 가득 찬 공간이었음을 언급한다. "여기엔 늦게야 눈을 뜬 노은자(老隱者)의 나라의 가련할 만큼한 몽상과 원대한 희망이 어리어 잇서 현해탄을 건느는 그들 청소년들의 심중(心中)을 오늘날 상상하여 자못 감격기픈 바가 잇다 아니할 수 업다."[101] 김윤식의 '현해탄 콤플렉스' 개념과 같이 임화의 문학을 이식성으로 규정하려는 관점에서 볼 때, 이러한 대목은 여지없이 임화의 '서구=일본=근대'에 대한 지향을 보여주는 것처럼 간주될 수 있다. 그러나 임화의 초점은 조선 청년들이 품은 "가련한 몽상"과 "원대한 희망"을 향하고 있다. 그가 현해탄을 바라보는 시선은 일본 문명과의 동일시가 아니라 조선 민족의 내면을 향하는 것이다. 여기에서 "가련한 몽상"은 서구-일본-근대문명을 막연히 동경한 데 따른 조선 청년의 좌절 또는 환멸과 연관이 있다. 그렇다면 "원대한 희망"은 그 막연한 동경으로 환원할 수 없는 조선 민족 나름의 창조적 의지를 암시한다고 이해해야 자연스럽다.

현해탄 시편은 정황에 따라 두 가지 유형으로 나뉜다. 조선 대륙(임화는 시 속에서 조선을 표상할 때 대체로 '반도' 대신 '대륙'이라는 시어를 사용한다)을 떠나 현해탄을 건너는 정황, 그리고 현해탄을 건너 조선 대륙으로 귀환하는 정황, 이렇게 크게 두 부분으로 이루어지는 것이다. 전자에서 '현해탄'은 '허영적 바다'로 나타난다. 반면에 후자에서 '현해탄'은 '허영적 바다'와 반대되는 '상승 의지의 바다'로 나타난다. 그렇다면 조선 대륙에서 일본으로 향할 때의 현해탄은 어떻게 '허영적 바다'로 형상화되는가?

현해탄 시편의 첫머리에 위치한 「해협의 로맨티시즘」은 구조상 전반부와

---

101 임화, 「槪說 新文學史—二, 自主의精神과開化思想(此項補遺)留學生의海外派遣」, 『조선 일보』, 1939. 10. 19.

후반부로 나뉜다. 시의 전반부는 이제 막 조선 대륙을 떠나 일본 열도로 향하는 배 위에서 한 청년이 가슴 가득 "로맨티시즘"을 느끼는 정황을 묘사한다. 반면에 후반부는 일본 천황을 향한 만세의 함성과 함께 일본제국의 깃발이 "마스트"에 올라가면서부터 "로맨티시즘"이 반전되는 정황을 제시한다. 이때의 "로맨티시즘"이란 기존의 연구에서 임화 문학의 중심적인 것으로 논의되었던 낭만주의와 완전히 상반되는 것이다. 이는 오히려 일본으로 가는 청년의 "로맨티시즘"이 일제 파시즘과 그에 의한 식민지 조선의 억압이라는 현실을 인지하지 못한 한낱 허영심에 불과했음을 비판하는 반어적 표현이다. 이처럼 일본으로 향해갈수록 일제 파시즘의 위력이 드러나는 정황 속에서 현해탄은 '허영의 바다'로 나타난다.

> 아마 그는
> 日本列島의 긴 그림자를 바라보는게다.
> 흰 얼굴에는 분명히
> 가슴의 「로맨티시즘」이 몰결치고 있다.
>
>
> 藝術, 學問, 움직일수 없는 眞理…………
> 그의 꿈꾸는 思想이 높다랗게 굽이치는 東京,
> 모든것을 배워 모든것을 익혀,
> 다시 이 바다 물결 위에 올았을 때,
> 나는 슬픈 故鄕의 한 밤,
> 홰보다도 밝게 타는 별이 되리라.
> 靑年의 가슴은 바다보다 더 설래었다.

(중략)

「반사이」!「반사이」!「다이닛……」…

二等 캐빈이 떠나갈듯한 아우성은,

感激인가? 협위인가?

깃발이 「마스트」 높이 기어 올라갈제,

靑年의 가슴에는 굵은 돌이 내려앉았다.

(중략)

三等 船室 밑

똥그란 유리창을 내다보고 내다보고,

손가락을 입으로 깨물을 때,

깊은 바다의 검푸른 물결이 왈칵

海溢처럼 그의 가슴에 넘쳤다.

오오, 海峽의 浪漫主義여!

—「海峽의 로맨티시즘」, 부분[102]

　이 시는 기본적으로 상승과 하강의 구조를 취한다. 심리적으로도 시적 화자의 정서는 전반부에서 기대감으로 상승하였다가 후반부에서 비통함으로 하강한다. 또한 시적 화자의 시선은 전반부에서 공상적으로 "밝게 타는 별"의 정점에까지 상승하다가 후반부에서 현실적으로 "이등(二等) 캐빈"으로부터 "삼등(三等) 선실"로 하강한다. 또한 위 작품의 전반부와 후반부는 시점

---

102 임화, 「海峽의 로맨티시즘」, 『玄海灘』, 앞의 책, 141~146쪽.

또는 서술 태도에서도 뚜렷한 대칭을 이룬다. 전반부에서는 "나는~별이 되리라"와 같은 독백이 직접 인용될 정도로 시적 화자와 시 속에 등장하는 인물 '청년'이 구분되지 않으며, 이는 서사학으로 보면 1인칭 주인공 시점에 해당한다. 반면 후반부에서 '청년'과 시적 화자의 거리는 3인칭 관찰자 시점에서처럼 상대적으로 훨씬 멀다고 할 수 있다. 이러한 대칭 구조는 현해탄을 건너도록 만든 조선인의 기대감이 일본에 채 도착하기도 전에 환멸로 바뀌는 모습을 보여줌으로써, 그 기대감이 막연한 공상이자 오류로 귀결할 것임을 암시한다. 따라서 전반부와 후반부에 각각 한 번씩 등장하는 '로맨티시즘'이라는 시어 또한 시 전반의 대칭적 구조의 맥락에 따라서 그 의미가 완전히 달라질 수밖에 없다.

위 작품은 전반부에서 청년의 부풀어 오르는 희망과 포부를 드러내다가 중반부부터 문득 "해협의 한낮은 꿈 같이 허물어졌다"나 "바다의 왕자(王者)가 호랑이처럼 다가오는 그 앞을, / 기웃거리며 지나는 흰 배는 정말 토끼 같다"처럼 환멸과 불안과 위협감을 나타내는 표현 등을 통하여 그 시적 분위기가 차츰 어둡게 바뀐다. 그리고 나서 일본어로 '만세'를 뜻하는 '반사이'의 청각적 이미지를 삽입함으로써 전반부의 활기찬 분위기가 급격히 뒤바뀌는 충격 효과를 일으킨다. 이때 '로맨티시즘'이라는 시어는 전반부와 후반부에서 각각 한 번씩 등장한다. 따라서 구조적으로 전반부와 후반부를 분석함으로써 양쪽의 '로맨티시즘'이 맥락상 의미의 차이를 얼마나 크게 나타내는지 살펴볼 필요가 있다.

전반부의 '로맨티시즘'이 일본 문명에 대한 조선인의 기대감을 나타내는 시어라면, 후반부의 '로맨티시즘'은 그것이 공상적 허영이었음을 드러내는 시어이다. "오오 해협의 로맨티시즘이여"라는 이 시의 마지막 연은 1936년 발표 당시 원문에 없다가 시집 수록 때 추가된 구절이다. 임화는 이 작품의 후반부에 '로맨티시즘'이라는 시어를 추가함으로써 그것이 전반부에 등장한 시어 '로맨티시즘'과 의미상 선명한 대비를 이루도록 한 것이다. 또한 대칭 구조라는 맥락에 따르면, 이 마지막 연의 감탄형은 찬탄이나 감동의 발화라 기보다도 안타까움이나 고통의 발화에 더 가깝다. 이처럼 임화의 현해탄 시편이 '로맨티시즘'을 공상적 허영으로서 비판하였다는 점은, 기존 연구가 '혁명적 로맨티시즘'이라는 임화의 비평 개념을 적용하여 1930년대 임화의 시를 해석한 것과 상당히 어긋난다.

기존의 연구에서 현해탄 연작은 이 시에 등장하는 '로맨티시즘'이라는 시어, 청년이나 영웅과 같은 시적 주체의 등장, 임화의 일부 비평들 등에 근거하여 '혁명적 로맨티시즘'을 표현한 작품으로 분석되고는 하였다. 박호영에 따르면, '혁명적 로맨티시즘'은 사회의 진보에 대한 낙관적 기대를 기본적 태도로 삼는 개념이라고 한다. 그러므로 이 개념의 특징은 해방, 개인의 자유, 새로운 세상에의 열망 등인 것이다. 혁명적 낭만주의의 대표적인 시인은 영국의 블레이크, 바이런, 셸리 등이며, 특히 바이런과 셸리는 1920년대와 1930년대에 걸쳐 조선 문단에 영향을 끼쳤다고 한다.[103] 그것은 주체의 의지에 따라서 역사가 단선적으로 발전할 것이라는 서구적 역사관의 한계를 드러낸다. 이러한 진보주의적 역사관은 현해탄 연작에서 임화가 견지한 사유와 맞지 않는 측면이 있다.

선행 연구 중에는 현해탄 시편의 '혁명적 로맨티시즘'을 억압적 현실에 대

---

103 박호영, 「일제강점기 혁명적 낭만주의 이입 연구—바이런과 셸리를 중심으로」, 『한중인문학연구』 28집, 2009. 12.

한 극복 의지나 대응 노력으로 보려는 긍정적 평가도 제기되었다. 이처럼 현해탄 연작을 '혁명적 로맨티시즘'으로 간주하는 견해는 그 연작에 등장하는 '청년'이나 '영웅' 화자, 그리고 그 화자가 표출하는 주관적 의지에 주목한다는 공통점이 있다. 이 공통점은 임화의 시가 이전의 서간체 시 등에 비하여 내성화·관념화·주관화되었으며 그에 따라 구체적 역사나 시대 현실의 문제로부터 멀어졌다는 평가로 귀결하기 쉽다. 다른 한편 전철희의 연구는 '낭만 정신론'이 카프 시기에 사회주의 리얼리즘의 반영론을 확립한 것이며, 이는 카프 해체기의 계급적 전형론으로 구체화된다고 설명된다.[104] 그러나 임화가 비평에서 말한 '낭만적 정신'의 이론은 카프 시기가 아니라 카프 해체시기에 제기된 것이라는 점에서 이 연구는 기본적 사실 관계를 잘못 파악하였다고 할 수 있다.

물론 일부 연구는 1930년대 임화의 시 세계를 구분하여, 현해탄 시편이 그 이전의 시편(「세월」, 「암흑의 정신」, 「주리라 네 탐내는 모든 것을」 등)에 비하여 관념적·계몽주의적 낭만성을 탈피하였으며 구체적 현실성을 확보하였다고 분석하기도 하였다. 하지만 이는 임화의 『현해탄』에 적용된 수필 장르의 특성과 시집 전체의 내적 구성 원리 등을 간과한 측면이 있다. 기존의 연구에서 현해탄 연작 이전의 시편들은 '혁명적 로맨티시즘'의 산물로 여겨지고는 하지만, 실제로 그 시편들은 바로 앞 절에서 살펴본 바와 같이 시집의 구성상 계절의 흐름에 따른 계열로 묶여 있다. 이와 같은 구성 원리에 따라서 그 시편들은 끝없는 생성에의 긍정이라는 '운명애'를 표출하기 때문에 낭만주의적 계몽성 및 목적론과의 질적 차이를 드러낸다. 또한 그 시편에 나타난

---

104 전철희, 「임화 비평에 나타난 주체 형성 과정 연구」, 한양대학교 석사학위논문, 2012.

'운명애'의 주제는 친구의 죽음, 누이의 죽음, 고향 상실, 시적 화자의 와병 생활 등 여러 체험들을 바탕에 둠으로써 지나친 관념성을 벗어나는데, 이는 현실과 사상을 직접적으로 연결시키는 수필 장르의 특성을 시에 도입한 결과일 것이다.

그와 같은 맥락에서 현해탄 시편은 '혁명적 로맨티시즘'만으로 해석되기 어렵다. 예컨대 「밤 갑판 위」에서 상실된 고향을 기억하는 대목은 단순히 주체의 계몽주의적 의지나 관념성으로 간주될 수 없을 것이다. 이때의 지향점은 주체의 의지가 아니라 타자에 관한 기억이기 때문이다.

> 별들이 물결에 부디처 알알이 부서지는 밤,
>
> 가는 길조차 헤아릴 수 없이 밤은 어둡구나!
>
> (중략)
>
> 고향은 들도 좋고, 바다도 맑고, 하늘도 푸르고,
>
> 그대 마음씨는 생각할쑤록 아름답다만,
>
> 우름 소리 들린다, 가을 바람이 부나 보다.
>
>
> 洛東江 가 龜浦벌 위 갈꽃 나붓기고,
>
> 깊은 밤 停車場 등잔이 껌벅인다.
>
> ─「밤 甲板 위」, 부분[105]

「밤 갑판 위」의 시적 화자는 어디로 가는지 알 수 없는 밤바다의 배 위에

---

105 임화, 「밤 甲板 위」, 『玄海灘』, 앞의 책, 147~148쪽.

서 "고향"과 그곳에 있을 "그대"를 애도한다. 바다는 한 치 앞도 보이지 않는 어둠으로 뒤덮여 있지만, 그 위에서 시적 화자가 떠올리는 고향의 모습은 눈부시게 환하고 세세하게 묘사된다. 이처럼 작품의 시간적 배경이 분명 "가는 길조차 헤아릴 수 없이" 어두운 밤인데도 고향의 "우름 소리"를 듣거나 "낙동강(洛東江) 가 구포(龜浦)벌 위 갈꽃 나붓기"는 것을 본다고 표현한 것은 부정확한 묘사나 논리적 모순처럼 보일지도 모른다. 그러나 이는 실제로 고향 풍경을 감각하는 것이라기보다도, 상실된 타자를 애도 속에서 기억하고 보존하는 것에 더욱 가깝다고 할 수 있다. 애도하는 주체는 상실한 대상을 망각하지 않도록 생생하게 떠올리기 때문이다. 반대로 대상을 상실하게 만드는 현실은 주체에게 암흑처럼 불가해한 것이 된다. '현해탄 콤플렉스'의 논리대로라면 현해탄을 건너는 길은 희망으로 상징되어야 할 텐데, 오히려 임화의 현해탄 시편은 그 길을 애도의 어조로 노래하는 것이다. 「해상(海上)에서」 또한 일본 열도에 거의 근접한 상황에서 고향을 떠올리며, 무엇을 가지고 무엇이 되어 고향으로 돌아갈 것인가 하는 질문을 스스로에게 던진다.

이는 한국 근대시의 전통적인 주제들 가운데 하나인 '고향에 대한 그리움'과 구별된다. 첫째로, 이 시는 조선 반도를 '삼천리금수강산'처럼 상투적·추상적으로 표현하지 않는 대신, 기억의 대상을 '그대'라는 구체적 타자에 집중시키고 그 타자와 관련된 감각들을 상기시키기 때문이다. 실제로 임화는 자신의 평론을 통하여 속류 민족주의나 저차원적 전통론에 따른 문학을 비판하면서, 그것이 사회적·역사적 고민 없이 관념 속에만 존재하는 조선을 표현한다고 지적한 바 있다.[106] 둘째로, 이 작품에서 상실된 고향과 그 속의 '그

---

106 "'강산', '이천만 동포' 등의 형용은 벌써 금일의 청년을 울리기에는 얼마나 무력한지를 적

대'라는 타자에 관한 기억은 조선에서 일본으로 향한다는 시적 정황 속에 놓여 있다는 점에서 다소 문제적이다. '서구=일본=근대'로의 길은 실제로 "가는 길조차 헤아릴 수 없"이 구체적인 방향도 없는 것이며, 따라서 개별적 존재들의 특성이 빛을 발할 수 없는 '어둠'으로 가득 찬 것이다. 반면에 조선 민족이라는 운명의 공동체는 그 속에 '들'과 '바다'와 '하늘'과 '그대 마음씨'와 '울음소리'와 '가을바람'을 생생하게 품고 있다. 그곳은 '갈꽃'도 '등잔'도 저마다 고유의 존재 가치를 드러내는 세계이다. 요컨대 위 대목은 단독적·구체적 감각에의 기억과 획일적·추상적 어둠을 대비시키고 그것을 민족 공동체와 식민지 근대 사이의 대칭적인 정황 속에 배치함으로써, '고향에 대한 그리움'의 수준을 넘어서 진정한 애도에 도달한 것이다.

앞서 언급하였듯이, '혁명적 로맨티시즘'이라는 개념과 그것을 강조한 기존의 논의들은 현해탄 연작을 영웅적 주체의 강력한 의지 표출이라는 주제로 분석해 왔다. 하지만 이는 임화의 서간체 시편처럼 타자를 지향하였던 이전 시편들과 현해탄 시편과의 관계를 지나치게 단절적으로 파악하는 것이기 쉽다. 하지만 「밤 갑판 위」처럼 상실된 조선 반도의 고향과 그 속에서의 삶을 애도하는 현해탄 시편들은 주체의 의지를 강화하는 것이 아니라 분명 상실된 타자에의 지향을 드러내는 것이라는 점에서 '혁명적 로맨티시즘'의 개념과 맞지 않는 측면이 있다. 나아가 그 개념은 현해탄 시편 전체에 흐르

어도 시인이면은 알아야 할 것이다. … '삼림의 터 조선' '아름다운 샘의 땅' 등은 조선적 자연, 우리들의 '어머니 아버지의 나라'의 땅에 대한 뗄 수 없는 사랑 그것이 주는 생생한 시적 감정 대신에 安價의 感傷과 허황한 형용이 신작로 위에다 神秘의 누각을 지으려는 기도만을 볼 수 있다." 임화, 「삼십삽년을 통하여 본 현대 조선의 시문학 (3)—복고주의의 弔歌的 행진」, 『조선중앙일보』, 1934. 1. 3.

는 민족의 운명과 그 생성이란 주제를 설명하기 어렵다. 그것은 청년이나 영웅의 의지에 초점을 맞춘다는 점에서 식민지 지배와 그 속에서의 민족에 관한 문제를 뚜렷하게 보여주지 못하기 때문이다. 이에 따라 임화의 현해탄 연작은 '서구=근대=일본'의 문명을 추종하는 이식론으로 해석되기도 하고, 그와 정반대의 입장으로 해석되기도 하는 등, 혼란스러운 해석을 야기하였다. 한마디로 주체의 의지라는 추상적 관념을 강조하는 '혁명적 로맨티시즘'의 연구 시각은 그 의지가 옹호하려는 것은 무엇이며 그것이 극복하려는 것은 또한 무엇인지를 구체적으로 밝혀주기 힘들다고 할 수 있다.

그와 달리 애도의 관점에서 바라보면, 현해탄 연작은 식민지 근대문명의 유입 속에서 방황하는 피식민지 민중들을 그리며 그들의 기억 속에서 소거될 수 없는 조선 민족 고유의 아이덴티티를 형상화한다고 볼 수 있다. 그와 동시에 '서구=일본=근대'는 구체적이고 개별적인 가치를 삭제한 채 추상적이고 획일적인 문명 아래에 피식민지 민중을 포획하는 것으로서 폭로된다. 기존의 연구에서 카프 해체를 기점으로 임화의 시 세계를 공적인 것에서 사적인 것으로의 전환으로 파악해온 까닭은, 실제로 그 무렵 임화의 시에 사회적이고 객관적인 측면과 정서적이고 주관적인 측면이 공존하기 때문이다. 애도라는 개념은 임화의 시 세계 전체에 걸친 공적 영역과 사적 영역의 양면이 어느 지점에서 만나는지를 해명하는 매개가 될 수 있다.

「어린 태양이 말하되」에서 주목할 점은 "고향은 / 멀어갈쑤록 커졌다"라는 역설적 인식이다. 여기에서 애도는 일본에 가까워질수록 역설적으로 조선을 더욱 강렬하게 인식하게끔 하는 힘이 된다. 이와 같은 맥락의 시 「월하의 대화」는 배에서 청춘 남녀가 바다에 투신하여 동반 자살하는 장면을 생략적인 대화와 압축적인 묘사로 제시한다. 희망을 품고 현해탄을 건너갔던 청년들은 "인생(人生)도 없"다고 인식하며 조선으로 귀국하는 길에 죽음을 선택하는 것이다. 이는 일본 유학을 통하여 습득한 서구 근대문명이 "아버님"과 "조선"과 "세상"의 문제를 해결해줄 수 없다는 사실에 대한 깨달음과 같다. 이 작품은 청년의 죽음에 대한 애도를 통해서 이상과 현실의 괴리를 드러내는 것이다. 이처럼 임화의 현해탄 시편은 민족이라는 운명 공동체에 대한 애도를 조선에서 일본으로 향하는 정황 속에 삽입함으로써, 상실된 타자를 환기하는 동시에 '현해탄'을 '허영의 바다'로 형상화한다.

다른 한편으로 「다시 인젠 천공(天空)에 성좌(星座)가 있을 필요(必要)가 없다」의 시적 화자는 "살림의 물결, 가난의 바람"이 "현해(玄海)바다보다도 거세고 매웠"다고 말한다. 이는 현해탄이 청년에게 약속했던 희망이 조선 민중의 현실에 비하여 공허하고 추상적인 몽상에 지나지 않았음을 의미한다. 그래서 시적 화자는 밤바다 위에 뜬 별자리가 "쓸데 없는 별들"이라고 하며 "다시 인젠 / 바다 위에 성좌가 있을 필요는 없다"는 사유에 도달한다. 서구 서사시 전통에서 별자리가 이끄는 운명이란 신의 명령에 수동적으로 따르는 것을 뜻한다. 그러한 별자리가 더 이상 필요 없다고 말하는 것은, 조선 청년의 운명이 '서구=일본=근대'의 위력에 수동적으로 이끌려가기보다도 조선 민족이라는 운명 공동체의 역사 속에서 생성되어야 함을 뜻할 것이다. 따라서 배를 가득 메우고 있는 조선 민족들의 "앞에도 뒤에도 얼굴 / 안낙네, 아이, 어른, 한줌의 얼굴들"이야말로 시적 화자의 운명을 인도하는 진정한 별자리가 될 수 있다. 이렇게 민족이라는 운명 공동체와 식민지 조선 현실의 역사에 근거하여 새로운 운명을 형성하고자 할 때, 비로소 현해탄은 '허영의 바다'와 전혀 다른 의미의 바다가 된다.

현해탄을 운명이 생성하는 바다로 형상화하는 양상은 일본에서 조선으로 귀환하는 정황의 시편에서 두드러진다. 예를 들어 「지도(地圖)」는 "삼등선실(三等船室) 밑에 홀로" 있는 시적 화자가 밤하늘의 별자리를 "새 지도(地圖)"로서 인식하는 작품이다. 이 시에서 운명은 시적 화자의 운명 공동체인 조선 민족과 그 역사가 얽혀서 만들어지는 것과 같다. 이 운명은 인간의 자유의지를 억압하는 것이 아니라, 새로운 역사를 만들고자 하는 인간의 자유의지 그 자체인 것이다. 그러므로 이 작품에서 진정한 운명의 지도는 서구나 일본의 근대문명이 아니라 "나의 반도(半島)가 만들어진 유구(悠久)한 역사(歷史)와 더불어, / 우리들이 사는 세계(世界)의 도면(圖面)이 만들어진 / 복잡하고 곤란한 내력"으로 표현된다. 이처럼 일본에서 조선으로 귀환하는 정황의 시편을 통하여, 임화는 식민지 조선 민족의 역사 속에서 진정으로 생성하는 운명에의 모색이 가능하다는 인식을 보여주고자 한 것이다. 이를 표현하기 위하여 임화는 일제 파시즘에 의한 조선 민족의 상실과 그에 대한 애도를 '아이'의 이미지와 중첩시킨다.

　　밝은 날 아침 다행히 물결과 바람이 자서

　　우리의 배가 어느 항구에 들어간대도 이내 새 運命이 까마귀처럼 소리칠 게다.

　　나는 그 고이한 소리가 열어 놓는 너의 少年과 靑春의 긴 時節을 생각한다.

　　아기야, 해협의 밤은 너무나 두려웁다.

　　우리들이 탄 큰 배를 잡아 흔드는 것은 과연 바람이냐? 물결이냐?

　　아! 그것은 玄海灘이란 바다의 이상한 운명이 아니냐?

　　너와 나는 한 줄에 묶여 나무 토막처럼 이 바다 위를 떠가고 있다.

「눈물의 해협(海峽)」에서 시적 화자의 발화는 요람처럼 흔들리는 배 안의 잠든 아기를 청자로 삼는다. 시적 화자는 아기를 품에 안은 어머니의 눈물 속에 "네가 알고 보지 못한 모든것이 들어있다"고 그의 청자인 아기에게 이야기한다. 이때 눈물 속에 들어 있는 모든 것의 목록이 열거법으로 나열되는데, 이는 모두 시적 화자가 애도하는 대상이라고 할 수 있다. 이 눈물을 삼킨 현해탄 바다는 그러므로 조선 민중의 고통스러운 역사적 현장이 된다. 시적 화자는 조선 민족의 그와 같은 역사적 고통을 "현해탄(玄海灘)이란 바다의 이상한 운명"이라고 표현하며, "너와 나는 한 줄에 묶여" 있는 운명 공동체임을 인식한다. 그리하여 "우리의 배가 어느 항구에 들어간대도 이내 새 운명(運命)이 까마귀처럼 소리 칠" 것이라고 예견한다. 시적 화자는 이러한 예견을 "기적(奇蹟)"이라고 표현하는데, 왜냐하면 이는 고난의 역사를 통해서 새로운 운명이 창조되는 것이기 때문이다.

임화가 시집 『현해탄』의 후기에서 "현해탄이란 제(題) 아래 근대 조선의 역사적 生活"을 표현하고 싶었다고 말하였을 때, 그 "조선의 역사적 生活"은 비단 이 시집이 창작된 시기의 생활만을 가리키는 것이 아니다. 그것은 개화기부터 당대까지 일본을 중심 매개로 한 서구 근대문명의 혼란스러운 유입 과정을 가리킨다는 점에서 문학사적으로 중요한 의의가 있다. 식민지 근대문명의 유혹과 그것을 맹목적으로 추수한 허영심 자체를 비판할 수는 없다. 왜냐하면 그것은 생계를 위한 이민이었든, 아니면 조국의 발전을 위한 근대

---

107 임화, 「눈물의 *海峽*」, 『玄海灘』, 앞의 책, 205~206쪽.

적 지식의 습득이었든, 인간의 자연스러운 욕망에 따른 것이기 때문이다. 하지만 과거의 임화 시 연구에서처럼 이러한 측면만을 지나치게 강조하는 것은 이식론적 관점에 빠지기 쉽다. 이에 따라서 임화의 현해탄 연작이 한국 근대문학의 '현해탄 콤플렉스'를 드러낸다는 기존의 연구 시각은 아직까지 제대로 극복되지 못하였다.

「해협의 로맨티시즘」 전반부에서 보듯이, 현해탄 시편의 '청년'이라는 시적 화자는 최초에 서구=일본=근대문명을 동경함으로써 식민지 근대문명과 동화하려는 주체로 나타난다. 그리하여 시적 화자는 자신을 식민지 근대문명과 동일시하는 순간, 원래 자신의 아이덴티티였던 조선 민족의 역사·문화 및 그것들을 체현한 타자들을 상실한다. 하지만 중요한 것은 그 동일시가 식민지 근대문명의 허울을 보지 못하게 만들었으며, 따라서 조선 민족의 유구한 역사와 문화를 소외시켰다는 반성이 현해탄 연작에 뚜렷하게 나타난다는 사실이다. 현해탄 연작은 그 반성의 계기를 애도의 방식으로 포착한다. 「어린 태양이 말하되」에서 시적 화자는 "이제는 먼 고향이여! / 감당하기 어려운 괴로움으로 / 나를 내치고, / 이내 아픈 신음 소리로 / 나를 부르는 / 그대의 마음은 / 너무나 잔망궂은 / 청년들의 운명이구나!"라고 노래한다. 고향이 자신을 멀리 밀어냈다는 것은 식민지 조선에서의 삶을 견디기 어려워 일본으로 향하게 된 것을 가리킨다. 반면 고향이 아픈 신음으로 자신을 부른다는 표현은 상실된 타자에의 애도를 드러내며, 자신도 그 상실된 타자의 일부분임을 뜻하는 대목이다. 이는 '고향의 아픈 신음소리'를 듣는 애도의 방식을 통하여 자기 안에 조선 민족이라는 아이덴티티가 보존되어 있음을 자각하는 것이다. 서간체 시에서 애도가 타자를 시적 주체의 정치적 이데올로기로 환원시키지 않는 것이었다면, 현해탄 연작에서의 애도는 '조선적 아이덴티티'와 관련된 타자성을 주체의 식민지 근대문명에 대한 동경으로 환원시키지 않고 보존하는 태도라고 할 수 있다.

또한 현해탄 시편에서의 애도는 서구-일본의 근대문명에 의하여 상실된 역사적·문화적 아이덴티티를 근대적 민족-국가라는 범주로 호명하는 대신에, 언제나 사랑과 그리움이 얽힌 단독적 인간관계 속에서 표현한다. 현해탄 시편에서 고향에 대한 그리움이 언제나 개별적인 인간과 그에 관한 구체적 감각을 열거하는 형식으로써 표현되는 까닭도 여기에 있다. 또한 시적 화자가 애도하는 타자는 현해탄을 왕래하는 시적 정황에 의하여 자신과 같은 배를 탄 사람들 전반으로 확대된다. 예컨대 현해탄 시편 중 하나인 「내 청춘에 바치노라」는 "나라와 말과 부모"가 다른 청년들이 "정렬을 가지고" 배에 모여서 "우정을 낳"는 모습을 "밤 바람에 항거하는 / 작고 큰 파도들이, / 한 대양(大洋)에 어울리"는 것으로 비유하며, "일찌기 어떤 피일지라도, / 그들과 같은 우정을 낳지는 못했으리라"고 노래한다. 상실된 타자에 대한 단독적 애도가 하나하나 모여서 '피보다 진한', 다시 말해서 민족-국가의 범주를 넘어서는 우정의 차원으로 승화하는 것이다. 우정이란 다른 사람이 대신해줄 수도 없으며, 민족-국가와 같은 제도가 강요할 수도 없을 것이다.

애도란 상실된 타자의 보존에 따른 자기 정체성의 변형 과정이라고 버틀러가 말했듯이, 현해탄 연작에서 애도는 단순히 상실의 비탄에 그치는 것이 아니라 애도하는 주체를 새로운 우정의 주체, 새로운 운명의 주체로 변형한다. 그러한 주체는 「해협의 로맨티시즘」 전반부에 등장하는 '청년'처럼 서구 근대적 합리성을 절대적 표준으로 삼아서 문명들 간의 위계질서를 구획하는 주체와 전혀 다르다. 우정을 통하여 운명을 창조하는 주체는 특히 「내 청춘에 바치노라」에서 아이의 이미지로 나타난다. "오로지 수정 모양으로 맑은 태양이, / 환하니 밝은 들판 위를 / 경주하는 아이들처럼, 그들은 / 곧장 앞을 향하여 뛰어가면 그만이다." 이때의 경주란 헤라클레이토스적인 아이들이 펼치는 것으로서, 파시즘적인 사회 진화론과 달리 상승 의지 자체를 긍정하는 유희의 정신을 암시한다. 이상(李箱)도 1932년 8월에 발간된『조선과 건축』의「권두언」에서 우승열패와 약육강식의 다윈 진화론과 달리 승패(勝敗)를 목표로 하지 않는 자연적·생물적 성장의 스포츠를 언급하며, 사회 진화론의 제국주의적 성격을 다음처럼 암시적으로 비판한다. "패자는 패자로서의 생존과정을 형성해가고 있다. … 무릇 그들은 적응의 원리에 의하여 변형, 전위(轉位)한 것일 뿐이다."[108] "밤 바람"에 항거하면서 민족의 "우정을 낳"는 바다, 즉 운명 공동체에 대한 애도 속에서 운명의 생성을 도모하는 바다는 '서구=일본=근대'의 껍데기를 선사하는 '허영의 바다'가 아니라 스스로 자신을 극복하는 '상승 의지의 바다'인 것이다. 이처럼 현해탄 시편의 애도하는 주체는 단선적인 진보주의나 획일적인 위계서열의 기준 없이 문화와 역사의 생성을 유희하는 '아이'의 주체와 같다. 임화의 현해탄 연작은 새로운 문화 및 역사의 생성을 '새 운명'이나 '대륙의 운명' 등의 시어로 표현한다. 이는「눈물의 해협」에서 현해탄을 '허영의 바다'로 만드는 서구=일본=근대의 '이상한 운명'과 대비를 이룬다.

대륙의 운명을 제시하는 또 다른 현해탄 시편으로는「지도」를 꼽을 수 있다. 이 작품에서 "우리들이 사는 세계"는 "대륙과 해양과 그러고 성신(星辰)

---

108 R,「卷頭言」,『朝鮮と建築』, 1932. 8. 인용한 부분의 원문은 다음과 같다. "敗者は敗者としての生存過程を形成しつゝある. … 夫れ等は適應の原理により變形, 轉位したに止まる."

태양과 / 나의 반도가 만들어진 유구한 역사"로 이루어진 것과 같다. 그러므로 서구-일본에 의하여 이식된 근대문명이 아니라 "무수한 인간의 존귀한 생명과, / 크나큰 역사의 구두발이 지내간, / 너무나 뚜렷한 발자욱"이야말로 조선의 운명 공동체가 새롭게 생성해야 할 진정한 문명의 '지도'로서 제시된다. 이는 마치 우리의 '지도'처럼 여긴 식민지 근대문명이 사실은 거짓된 '지도'였음을 암시한다. 그에 맞서서 시적 화자는 자연을 포함한 문화와 역사의 가치에 주목함으로써 진정으로 새로운 문명 생성의 가능성을 타진한다. 특히 주목할 대목은 그가 새 문명의 핵심을 근대적 민족-국가와 같은 제도가 아니라 대륙·해양·별·태양·역사·생명에서 찾는다는 점이다.

신범순은 대개의 연구자들이 신채호, 최남선, 정인보 등의 논의에 끼어 있는 '민족'이란 단어를 서구의 nation 개념과 일치시키면서, 근대적 민족-국가의 개념 틀에 맞추는 것을 당연시하였다고 비판한다. 이러한 연구자들의 태도는 근대화를 당연시하는 서구적 역사관에 종속된 결과라는 것이다. 또한 이러한 민족-국가 개념은 특정 권력집단 중심의 제도로서 작동하는 정치경제학적 범주라 한다. 이와 달리 신채호 등은 권력의 정신적 계통까지도 포괄하는 관점에서 우리 민족과 관련된 역사의 흐름을 재검토하였다는 것이다. 이는 배타적인 국수주의가 아니라, 중화주의적 권력이나 일본 제국주의 권력으로부터 이탈하여 여러 종족들을 화합시키면서도 과거 역사로부터 그들의 주체성과 독자성을 되찾아오기 위한 노력이었다고 한다.[109] 그와 비슷한 맥락에서 현해탄 연작은 정치경제적 제도가 아니라 그것을 훨씬 넘어서는 민족 고유의 문화·역사 속에서 새로운 운명 생성의 가능성을 모색하는 독특

---

109 신범순, 『노래의 상상계』, 서울대학교출판문화원, 2011, 253~266쪽.

한 문명 비평을 제시한다.

또한 이러한 문명 비평은 헤겔에서의 가족과 국가 개념이 자연에 대한 이성의 지배 또는 여성에 대한 남성의 지배를 정당화한다고 비판한 데리다의 관점과 어느 정도 맞닿는다.[110] 데리다가 말하는 진정한 정의는 동일성 강제로 인한 억압을 해체함으로써 도래한다. 이러한 데리다의 법 해체 주장은 마치 무정부주의를 옹호하는 것처럼 오해될 수 있다. 하지만 데리다는 법이 차이를 삭제하는 폭력성을 반성하면서 스스로를 끊임없이 해체해야 한다고 본 것이다.[111] 마찬가지로 현해탄 시편은 획일적 문명을 강요하는 근대적 논리가 허구에 지나지 않음을 폭로하고, 나아가 근대적 민족-국가 개념에서 벗어나 역사와 문화 등의 정신적 관점에서 새로운 운명의 내용을 도모하였다. 여기에서 서구 근대문명의 폭력을 해체하는 주요한 방법론이 바로 애도라고 할 수 있다. 니체 또한『차라투스트라는 이렇게 말했다』에서 근대 국가의 폭력성을 비판하며 각 민족의 '목록판'이 새롭게 등장하여야 한다고 주장하였다. 그러므로 현해탄 연작의 문명 비평은 신채호 등의 주체적 사유와 니체의 사상을 접목시킨 것이며, 현해탄을 왕래한 조선 민족의 구체적 역사 속에서 그 문명 비평을 형상화한 것이다.

이렇게 볼 때 현해탄 연작에서 미적 형상화 방식이자 문명 비평적 사유 방법인 애도는 데리다가 논의하였던 '이방인-타자'를 드러낸다. 데리다에 따르면, '이방인-타자'는 한편으로 가부장적 이성 중심의 문명인 근대 민족-국가

---

110 원준호,「포스트구조주의의 헤겔 정치철학 비판에 대한 반(反)비판—헤겔에서의 가족과 국가의 가부장성에 대한 데리다의 비판을 중심으로」,『헤겔연구』16호, 2004. 12, 134~135쪽.
111 민윤영,「안티고네 신화의 법철학적 이해」,『법철학연구』14권 2호, 2011. 8, 84~85쪽.

권력을 교란시키는 존재이다. 그렇기 때문에 '이방인-타자'는 국가 권력에 의하여 억압당하고 제한될 수밖에 없다. 하지만 그와 동시에 '이방인-타자'는 기존의 질서에 통합되지 않는 주체성, 지배적인 주체성을 파괴하며 도래하는 새로운 주체성을 지닌다.[112] 현해탄 시편에서 애도의 방식으로 형상화된 타자는 합리적 문명의 기치 아래 이식되는 근대 민족-국가의 권력을 교란시킬 수 있는 존재이자, 그 지배 질서에서 벗어난 주체성을 생성할 수 있는 존재라는 점에서 '이방인-타자'에 해당한다. 이와 같은 '이방인-타자'의 이중적 역량은 시집의 표제작인 「현해탄(玄海灘)」에서 '대륙의 물결'과 '현해탄'의 대결, 즉 조선 민족의 유구한 역사와 식민지 근대문명의 대결로서 표현된다.

> 그러나 관문 해협 저쪽
> 이른 봄 바람은
> 果然 半島의 北風보다 따스로웠는가?
> 情다운 釜山 埠頭 위
> 大陸의 물결은,
> 정녕 玄海灘보다도 얕았는가?
>
> 오오! 어느 날
> 먼먼 앞의 어느 날,
> 우리들의 괴로운 歷史와 더불어

---

112 서용순, 「이방인을 통해 본 새로운 주체성에 대한 고찰」, 『한국학논집』 50집, 2013. 3, 294쪽.

그대들의 不幸한 生涯와 숨은 이름이

커다랗게 記錄될 것을 나는 안다.

—「玄海灘」, 부분[113]

「현해탄」은 "태평양(太平洋)바다 거센 물결과/ 남진(南進)해온 대륙(大陸)의 북풍(北風)이 마주친다"고 하며 현해탄을 중심으로 일본 및 서구의 근대화 흐름과 조선 반도의 역사적 흐름을 대결시킨다. 현해탄이라는 장소는 일본 및 서구로부터 들어오는 근대문명과 조선의 현실적 역사 사이의 갈등을 집약적으로 보여준다. 그렇다면 시적 화자는 그 갈등의 결과를 어떻게 인식하는가? 그는 "관문해협 저쪽 / 이른 봄 바람은" 결코 "반도(半島)의 북풍(北風)보다 따스"롭지 않았으며, "정(情)다운 부산(釜山) 부두(埠頭) 위/ 대륙(大陸)의 물결은" 오히려 "현해탄(玄海灘)보다도" 얕지 않았다고 설의법의 형식으로 역설한다. 현해탄 너머로부터 불어오는 근대문명의 바람은 봄바람처럼 따스한 희망으로 보였으나, 실제로 조선의 현실보다 냉혹한 것으로 판명된다. 또한 대륙의 물결이 현해탄만큼 깊고 높음을 말하는 것은 조선의 역사와 문화가 일본 및 서구에 비해서 결코 간단하고 소박한 것이 아님을 분명하게 인식하는 태도라고 할 수 있다.

임화는 일본 문학사가들이 조선문학의 특성을 악의적으로 왜곡하는 경향에 대하여 강력히 반발하면서, 조선문학이 서구 및 일본의 근대문학과 분명하게 구별되는 독자적 아이덴티티를 가지고 있음을 주장한다. 이에 따르면, "조선의 근대문학은 서구문학의 압도적 영향 하에서 성립하고 발전되었음

---

113 임화, 「玄海灘」, 『玄海灘』, 앞의 책, 222~223쪽.

에 불구하고 그것은 자기의 전통과 유형 무형 리(裏)에 결부되어 독특한 도정을 걸었"다고 한다. 또한 임화는 일본의 문학연구자들이 조선문학의 특징을 '망막감(茫漠感)'으로 규정지은 것을 비판하면서, "만일 이러한 망막감이 역시 조선문학의 일(一) 특징이라고 하면은 그것은 인간성이 악귀처럼 왜곡되는 반면에 어떠한 악조건 가운데서 생존할 수 있는 강한 생활력 때문"이라고 한다. 따라서 조선문학에 특징적으로 표현된 생활력은 언제나 "「유─모어」를 수반"한 것이며 "대륙적인 낙천주의라 말할 수 있다"고 한다. "망막감이 만일 과거의 커─다란 역사를 짊어진 대륙 제(諸) 민족의 현대적 특색이라면 집요한 생활력은 그들 가운데 숨은 문화와 역사의 전통이 현대 가운데서 창조력을 발휘하는 가장 적실한 표현일지도 모른다."[114] 이를 미루어볼 때 임화의 시 「현해탄」에서 조선 고유의 문명이 식민지 근대문명에 뒤지지 않는다고 표현한 것은, 조선 문명이 대륙의 유구한 문화적·역사적 전통을 가지고 현대 속에서 창조력과 낙천주의적 생활력을 표출한다는 사유와 맞닿는다.

'대륙적인 낙천주의'는 애도의 방식을 통해서 역사적·문화적 전통의 창조력을 사유하였던 현해탄 연작을 가장 압축적으로 표현해주는 용어라 할 수 있다. 애도는 시적 형상화 방식이자 식민지 근대문명의 허영을 비판하기 위한 인식 방법이다. 그러한 미적 인식의 방법론을 통하여 임화가 도달한 사상은 '대륙적인 낙천주의'이다. 이는 애도를 통하여 타자의 상실을 보존하되, 그 상실을 새로운 운명 생성의 가능성으로까지 끌고 나가는 사상과 같다. 여기에서 임화가 시집 『현해탄』 창작 무렵에 발견한 변증론적 사유, 그중에서

---

114 임화, 「東京文壇과朝鮮文學」, 『인문평론』, 1940. 6, 46~47쪽.

도 특히 니체의 사상이 드러난다. 현해탄 시편에서 나타난 '대륙적인 낙천주의'의 구체적인 내용은 "비석의 글발"(「어린 태양이 말하되」)들이 모여 있는 것이며, "무수한 인간의 존귀한 생명"이 지나간 흔적이며(「지도」), "1890년대의 / 1920년대의 / … / 19××년대의" "불행한 생애와 숨은 이름"이 "우리들의 괴로운 역사와 더불어" 기록될 타자들 자체(「현해탄」)일 것이다. '현해탄'의 허영인 서구=근대=일본 문명을 극복하기 위하여 임화가 모색한 '대륙의 새로운 운명'은 근대적 민족-국가 개념처럼 정치경제학적 국가 권력을 가리키는 것이 아니라, 유구한 역사·문화를 간직한 인간들이 저마다의 단독성을 그러모으는 운명 공동체를 뜻한다. 이것이 「현해탄」에서 인용한 '대륙의 물결'의 내용이다. 또한 그것은 현해탄 시편에서 '반도가 만들어진 유구한 역사'(「지도」), '대륙의 운명'(「어린 태양이 말하되」), 식민지 근대문명의 이상한 운명을 극복하는 '새 운명'(「눈물의 해협」) 등의 표현과 공통의 의미망을 이룬다.

또한 「현해탄」은 곳곳에 현해탄을 오고가며 죽어갔던 인간들에 대한 애도의 목록을 열거한다. 문명이 그 자체의 힘에 의해서만 스스로 흘러 다닌다는 관점은 문명을 마치 살아 있는 것처럼 간주하는 물신적 사고라고 임화는 생각하였던 것이 아닐까? 생사를 건 인간의 활동이 없다면 문명의 유통은 불가능할 것이다. 즉 문명보다도 문명을 유통시키는 인간이 훨씬 중요한 것으로 기억되어야 한다는 것이 애도를 통하여 강조된다. 여러 문명들의 길항과 그를 통한 새 문명의 창조는 인간과 그들의 구체적 삶을 통해서 가능함을 임화의 시는 애도의 자세를 통해서 역설하는 것이다. 특히 상실된 타자의 '생애와 이름'을 '역사와 더불어' 기록하는 열거법이 '1890년대'부터 시작하여 '19××년대', 그리고 다음 행의 말줄임표로 함축된 미래로까지 열려 있는 점에 주목할 필요가 있다. 데리다가 진정한 정의란 기존 질서를 계속 해체함으로써 도래할 것으로 보았듯이, 임화는 이 구절을 통하여 자신이 생각하는 '운명'이란 어느 순간에 완성되고 마는 것이 아니라 상실되는 타자와 그 타자를 애도하는 주체들에 의하여 끊임없이 생성되어야 할 것임을 시적으로 암시한 것이다.

지금까지 살펴본 임화의 현해탄 연작은 한국 근대시사의 맥락에서 '유랑'을 주제로 하는 시로서의 의의가 있다. '유랑'은 일제 강점기뿐 아니라 그보다 훨씬 이전까지 거슬러 올라가는 한국시의 중요한 주제라고 할 수 있다. 현해탄 연작에서 '허영의 바다'로 형상화한 서구=일본=근대는 육당 최남선이 「해에게서 소년에게」에서부터 노래하였던 근대적 물결에 해당할 것이다. 이러한 물결이 제국주의적인 폭력으로 변해서 우리 정신을 덮쳤을 때, 몇몇 시인들은 유랑을 통하여 새 문명의 모색을 노래하였다. 예를 들어 김소월의 「바라건대는 우리에게 우리의 보섭대일 땅이 있었더면」, 「차(車)와 선(船)」(1924. 11. 24), 「옷과 밥과 자유」(1928. 7), 김동환의 「국경의 밤」 등은 유랑하는 인간의 삶을 주제로 다루었다. 이러한 맥락에서 임화의 현해탄 연작은 식민지 근대의 급속한 유입과 그 속에서 유랑하는 인간의 문제를 다루는 한국 현대시의 전통과 이어진다.

이러한 유랑을 조선 민족 고유의 아이덴티티로서 파악한 것이 『백조』지를 주도한 홍사용이다. 그는 「조선은 메나리 나라」(『별건곤』 12·13 합호, 1928. 5)와 「백조시대가 남긴 여화」(『조광』, 1936. 9)에서 민중의 생활사를 서사 형식뿐만 아니라 노래로도 담아낸 것이 조선시의 전통이라고 생각하였다. 나아가 그는 '상두꾼'의 유랑적 세계관을 조선 민족의 대표적 정신으로 내세웠다. 상두꾼이 표상하는 유랑의 슬픔 속에서 우리 선조의 정신세계를 발견하려 한 것은 김소월도 마찬가지였다. 그들은 직설적인 슬로건보다도 슬픔이 더 강렬한 저항정신을 담고 있다고 여긴 것이다.[115] 임화는 그들과 거의 같은 시기에 문학 활동을 하였으므로, 그들이 다루었던 유랑의 주제를 어느 정도 이해하고 있었을 것이다. 그러므로 임화의 현해탄 연작과 그 속에 담겨 있는 애도는 김소월·홍사용 등에 의하여 파악된 민요의 전통, 다시 말해서 조선 민족의 유랑 정신을 슬픔 속에 담아내는 전통을 계승하였다는 문학사적 의의가 있다.

현해탄 연작의 시적 화자인 '청년'은 처음에 스스로를 서구=일본=근대와 동일시하였으며 그에 따라 근대의 타자인 '조선 민족의 아이덴티티'를 상실하였다. 하지만 현해탄 연작은 '청년'이 동화하고자 했던 신념이 허구에 지나지 않았음을 절감하며, 그에 따라 상실된 타자를 끊임없이 애도하는 서사를 보여준다. 이는 일본 제국주의가 강제하는 서구 근대문명의 이식이 환멸과 억압으로 귀결하는 것과 달리, 조선 민족의 유구한 역사와 문화 속에 무한한 운명 생성의 잠재력이 들어 있음을 보여준다. 이처럼 임화의 현해탄 연작은 애도의 방식을 통하여 조선 민족의 유랑적인 세계관을 조선과 일본 간의 왕래라는 구체적 시대 정황 속에 배치하였다는 점에서 이전 시인들의 유랑 주제와 구분된다. 이것이 현해탄 연작의 세 번째 문학사적 의의라고 할 수 있다. 임화는 김소월·홍사용·김동환 등이 펼친 유랑정신의 주제를 시대 현실적으로 더 구체적으로 풀어낼 수 있었던 것이다.

이러한 측면에서 현해탄 시편의 문명 비평적 애도는 당대 문명의 핵심을 '식민지 근대의 현혹과 허위'로 인식하고, 이로 인하여 상실된 타자로서의 단독적인 삶과 그 가치를 애도로써 환기시키는 시적 방법론이다. 그런데 이러

---

115 신범순, 『노래의 상상계』, 앞의 책, 227~231쪽.

한 문명 비평적 애도는 '문명 비평'이라는 측면에서 공동체성을 띠지만, '애도'라는 측면에서는 단독성을 띤다. 따라서 '문명 비평'을 강조하는 방향과 '애도'를 강조하는 방향은 크게 백석과 이용악의 두 갈래로 이어진다. 백석의 시는 「북방에서」(『문장』, 1940. 7)와 같은 유랑을 통하여 자아의 공동체적 계보를 깨우치는 데 도달하였다. 이와 대조적으로 이용악의 시는 "나는 나의 조국을 모른다 / 내게는 정계비 세운 영토란 것이 없다"(「쌍두마차」, 『분수령』, 삼문사, 1937) 등의 구절에서처럼 유랑의 주제에서 공동체적 집단성을 배제하고 단독적 개체성을 지향한다. 이처럼 임화의 시 세계는 백석 시의 공동체성과 이용악 시의 단독성을 매개한다는 문학사적 의의가 있다.

이러한 임화의 현해탄 시편은 박용철, 최재서, 민병휘에 의하여 상당히 긍정적인 평가를 받았다. 먼저 박용철은 1937년의 시단을 회고하는 글에서 임화의 현해탄 시편이 전복적인 파토스를 응축하였다고 보면서, 근시일에 출간될 시집 『현해탄』이 좌익적 시문학 10년간의 유일한 성과일 것이라고 고평한다. "임화 씨 어덴지 복수적(復讐的)인 열정이 긴축된 표현을 향해 노력하고 잇는 것이 눈에 띠운다. 불일(不日) 간행되리라는 씨의 시집 『현해탄』은 좌익적 시문학 십여 년의 유일한 성과라는 점으로보나 우리가 기대하고 잇는 한 책이다."[116] 또한 최재서는 시집 『현해탄』이 리얼리스틱한 필치를 통하여 암울한 현실 속에서 공감성을 획득하였으며, 그중에서도 특히 현해탄 연작은 현실에 질식되지 않고 미래를 모색하는 과정에서 새로운 인간성을 창조해낸 것이라고 통찰한다. "그것은 리얼리스틱한 필치가 아니고서는 포

---

116 박용철, 「丁丑年回顧 詩壇 (完)—出版物을通해본 詩人들의業績」, 『동아일보』, 1937. 12. 23.

착할 수 없는 성질의 공감성이다. … 그리고 그는 우수(憂愁)한 현실에 질식되지 안코 늘 명일(明日)을 찾으며 새로운 인간성을 창조하랴고 한다. 이 모든 특질이 현해탄을 주제로 한 일련의시 가운대 나타나 잇다."[117] 다른 한편 민병휘는 임화가 마산 요양 시절의 치열한 고민과 사색을 통하여 시집 『현해탄』을 창작하였으며, 이 시대에 보기 드문 '문화인'의 면모로서 조선 청년의 심정을 적확히 표현하였다고 언급한다. "그가 「다시 네거리에서」를 쓰면서 새로이 맞은 부인과 함께 남쪽 포구 마산으로 가 신체의 허약을 수양하면서 연구에 묻혀 있게 되었다! 이리 되어 그의 문화인적 양심과 예술가적 연마는 오늘에 있어 이 땅에서 얻은 보기 드문 한 사람의 문화인으로서 우리들이 높은 신망을 갖게 하고 있는 바이다. / 십 년 간 임화의 문화인적 정열은 군의 많은 문예평론에서도 보겠지만 그 시대 그 시대의 사회 정세라거나 또는 이 땅의 젊은이들의 심정을 노래해 준 『현해탄』에서 너무도 잘 찾아낼 수가 있는 바이다."[118] 요컨대 이러한 논평들은 임화의 현해탄 연작이 문화인으로서의 열정과 고민을 압축적으로 표현하였으며, 현실 속에서 새롭게 생성되는 인간형을 모색하였다고 본 것이다.

117 최재서, 「詩와休―매니즘―林和詩集 『玄海灘』을읽고」, 『동아일보』, 1938. 3. 25.
118 민병휘, 「그리운 문우들―젊은 문화인 임화 군」, 『靑色紙』, 1938. 11.

| 보론 |

시집『현해탄』구성 방식의 남은 문제들

임화는 현해탄 시편 사이사이에 바다 위를 무대로 하지 않는 시편을 삽입해놓았다. 그러한 작품들은 조선에서 일본으로 건너가기 이전과 일본에서 조선으로 돌아오는 이후로 나누어볼 수 있다. 전자의 그룹에는 「홍수(洪水) 뒤」, 「야행차(夜行車) 속」, 「황무지(荒蕪地)」, 「향수(鄕愁)」, 「고향(故鄕)을 지내며」가 속한다. 후자의 그룹에는 「상륙(上陸)」, 「구름은 나의 종복(從僕)이다」, 「새 옷을 갈아 입으며」, 「행복은 어디 있었느냐?」가 속한다. 먼저 전자의 그룹은, 임화가 「현해탄」에서 "산(山)불이 / 어린 사슴들을 / 거친 들로 내몰"았다고 비유한 것처럼, 식민지 조선의 고통스러운 현실이 조선 민중으로 하여금 자신의 고향에 머물지 못하고 유랑하게끔 만든 상황을 표현한다. 조선에서 일본으로 건너가는 바다 시편들이 고향에서 멀어질수록 고향에 대한 강한 애도의 어조를 보여준다면, 이 부분에 속해 있는 유랑의 시편들은 고향에 근접할수록 끝내 닿지 못하는 고향을 애도한다. 이는 특히 어머니에 대한 서간체 형식의 어조에서 잘 드러난다.

다음으로 후자는 일본에서 조선으로 돌아온 뒤에 변해버린 고향을 목도한 심경을 표출한다. 「상륙」의 시적 화자는 근대화의 압력에 의하여 변해버린 부둣가를 바라보면서, 이 또한 새로운 역사로 긍정할 수밖에 없다는 생각을 피력한다. 또한 「구름은 나의 종복이다」는 끊임없이 변화하는 구름의 모습이 고삐 풀린 말과 비슷하다고 공상하면서, 구름의 "무한(無限)한 탄력성"

과 "자재(自在)한 둔갑술"을 해와 별보다도 "생생(生生)한 목숨"이라고 예찬한다.[119] 이는 시인의 관념 속에서 불가항력적인 역사의 변화를 긍정해보려는 시도라고 할 수 있다.

그러나 「새 옷을 갈아 입으며」는 새 옷을 입으면서 "자유에의 갈망을 느끼려는 / 나의 마음"을 "한낱 철없는 어린애"의 그것과 같다고 꾸짖는다.[120] 일본 제국주의와 서구 근대문명의 압력을 자유라는 관념으로 긍정하고자 하였던 시도는 미성숙한 태도로서 반성되는 것이다. 이때 어린아이의 비유는 '어린 태양(太陽)'으로 알레고리화되었던 창조와 생성으로서의 어린아이 이미지와 대조를 이룬다. 그렇다면 어떻게 이와 같은 반성이 가능할 것인가? 「행복은 어디 있었느냐?」의 시적 화자는 정체가 불분명한 "그"를 하염없이 기다리지만 끝내 "그"가 오지 않은 탓에 갈 곳을 잃고 방황한다. 그러한 시적 화자의 모습은 "고향의 바다가를, / 어린애처럼" 거니는 모습으로 표현되기도 하고 "집 잃은 어린 아이"의 모습로 비유되기도 한다. 그는 애도의 어조를 지속함으로써 자신의 상태가 아직 불완전하고 미성숙한 단계일 뿐이라는 사실을 자각할 수 있는 것이다. 나아가 이 시의 화자는 오지 않는 "그"를 "머리에 떠올랐다 스러지고, 스러져갔다간 떠 오르는, 그리운 사람들"로 확장시킨다.

  참말 그들도, 나도,
  도투리 알 같은

---

119 林和, 「구름은 나의 從僕이다」, 『玄海灘』, 앞의 책, 230~232쪽.
120 林和, 「새 옷을 갈아 입으며」, 위의 책, 238쪽.

어린 때의 기억만이,

고향 山비탈, 들판에

줍는이도 없이 흩어져,

어쩐지 우리는 비바람 속에 외로운

한 줄기 어린 나무들 같다만,

— 「향복은 어디 있었느냐?」, 부분[121]

애도는 기억에 근거한다는 점을 고려해본다면, 시인과 시인이 애도하는 대상들은 기억을 공유하고 있기 때문에 서로를 지속적으로 애도할 수 있다. 이는 마치 열매를 통하여 퍼져나간 나무들이 고독하게 떨어져 있더라도 원래 한 그루 나무에서 퍼져나간 열매였음을 기억하는 것과 마찬가지인 것이다. 따라서 행복은 애도의 기억 속에 있다는 깨달음이 이 작품의 결말로서 도출된다.

마지막으로 시집 『현해탄』에 수록된 시편과 비슷한 시기에 발표되었으나 정작 이 시집 속에는 수록되지 못한 시편들을 분석해야 할 필요가 있다. 한 권의 시집을 추리는 데 있어서 수록과 배제의 선택은 매우 중대한 의미를 가질 수밖에 없다. 왜냐하면 시인 자신만의 특정한 기준에 도달한 작품이 시집에 수록되는 것이며, 그렇지 못한 작품은 시집에서 배제되는 것이기 때문이다. 그렇다면 임화는 왜 「네거리의 순이」가 나머지 12편을 집약한다고 여겼으며, 그것이 나머지보다 월등하다고 여긴 이유는 또 무엇인가? 또한 그러한 시인의 평가를 오늘날의 관점에서는 어떻게 평가할 수 있을 것인가?

---

121 林和, 「향복은 어디 있었느냐?」, 위의 책, 245~246쪽.

임화가 시집 『현해탄』의 후서 끝에 표기한 날짜는 "정축(丁丑) 동지(冬至)달", 즉 1937년 음력 11월이다. 1937년 중에서 음력 11월은 양력으로 따지면 12월 3일부터 시작한다. 그리고 이 시집의 서지사항을 보면 1938년(昭和十三年) 2월 29일(二月卄九日) 발행으로 표기되어 있다. 시집에 수록된 작품들 중에서 시기상 가장 먼저 발표된 것은 1929년 1월 『조선지광』에 발표된 「네거리의 순이」이다. 반면 수록작 가운데 발표 시기가 가장 늦은 것은 1937년 11월 3일 『동아일보』에 발표된 「지도」이다. 이를 종합적으로 추려해 볼 때, 임화가 시집에 수록하지 않고 제외하는 작품은 1929년 1월부터 1937년 12월까지 발표된 것이라는 사실을 알 수 있다. 이 시기에 발표되었으나 시집에 수록되지 못한 작품은 모두 16편이며, 그 구체적인 목록은 다음과 같다.

「우리 옵바와 화로」(『조선지광』, 1929. 2)

「어머니」(『조선지광』, 1929. 4)

「봄이 오는구나―사랑하는 동모야」(『조선문예』, 1929. 5)

「다 업서젓는가」(『조선지광』, 1929. 8)

「병감(病監)에서 죽은 여석―X의 6월10일에」(『무산자』, 1929. 7)

「우산 밧은 요꼬하마의 부두」(『조선지광』, 1929. 9)

「양말 속의 편지―1930.1.15. 남쪽 항구의 일」(『조선지광』, 1930. 3)

「제비」(『조선지광』, 1930. 6)

「자장자장」(『별나라』, 1930. 7. 1)

「오늘밤 아버지는 퍼렁이불을 덥고」(『제일선』, 1933. 3)

「한톨의 벼알도」(『동아일보』, 1933. 9. 28)

「만경벌」(『우리들』, 1934. 2)

「안개」(『조광』, 1935. 11)

「달밤」(『신동아』, 1936. 4)

「단장(斷章)」(『낭만』, 1936. 11)

「밤길」(『조광』, 1937. 6)

이 16편의 시는「영원(永遠)한 청춘(靑春)」(시집『현해탄』에 수록될 때에는「세월」이라는 제목으로 개작되었으며,「네거리의 순이」바로 다음 순서에 위치하도록 배열된 작품)이 발표된 시기인 1934년 6월 이전의 12편과 이후의 4편으로 나눌 수 있다. 먼저 1929년 1월 이후부터 1934년 6월 이전까지 지면에는 발표되었으나 시집에는 수록되지 못한 12편의 시에 대하여 살펴보도록 하자. 임화가 "「네거리의순이」한편으로 그때 내 정신과 감정 생활의 전부를 이해"할 수 있다고 말한 것은「네거리의 순이」라는 작품이 그와 유사한 여러 작품들의 집약이라는 판단을 내포한다. 실제로 시의 형식적 측면에서도「네거리의 순이」이전의 작품들은 대부분 서간체 형식을 취하고 있다. 반면 그 이후의 작품들은,『현해탄』시집 가운데 '겨울에서 봄으로의 이행을 배경으로 하는 시편'이라고 명명된 작품처럼, 자연물을 시적 어조의 청자로 설정하고 있다. 이는 인간을 청자로 설정한 이전의 경향과 다른 것이다.

다음으로 1934년 6월 이후에 발표되었으나 시집에 수록되지 못한 4편의 시에 대해서 고찰해보자.「안개」는 오리무중처럼 앞이 보이지 않는 현실에서도 "희미한 들창의 빛갈" 같은 희망은 꺼지지 않는다는 주제를 드러낸다.「달밤」은 달빛이 환한 탓에 무서운 밤중에도 산에 나무를 하러 가야 하는 아이들의 고통을 형상화한 작품이다.「밤길」에서 시적 화자는 칠흑처럼 캄캄한데 눈까지 내리는 밤길을 걸으면서 "죽는게 / 살기보다도 / 쉽다면" 아무도 "벗도 없는 / 깊은 밤"을 견디지 못할 것이라고 한다. 그러나 이들은 시집 『현해탄』의 구성상 계절의 흐름을 명확하게 보여주지 못하기 때문에 시집에서 수록되지 못한 것으로 추정된다. 마지막으로 「단장」은 메타시로서 시집 『현해탄』의 목차에서 「주유의 노래」부터 「너 하나 때문에」까지를 이루는 메타시와 같은 범주에 속하는 것이다.

「사랑의 찬가(讚歌)」(『조광』, 1938. 4)와 「차중(車中)(추풍령)」(『맥』, 1938. 10), 이렇게 두 편의 시는 앞서 살핀 16편의 시가 임화의 첫 번째 시집 『현해탄』 간행 이전에 발표되었던 것과 달리, 『현해탄』 간행 이후에 발표되었으나 임화의 두 번째 시집 『찬가(讚歌)』에는 수록되지 못한 작품이다. 따라서 이들 작품은 제2시집 『찬가』에 대한 분석 속에서 고찰되어야 한다. 시집 『현해탄』의 가장 마지막에 위치하고 있는 시 「바다의 찬가(讚歌)」는 그 다음 시집인 『찬가』의 맨 앞에 재수록되기 때문에, 이 역시 제2시집을 논의하는 과정에서 다루어져야 한다.

이 책이 밝힌 시집 『현해탄』의 내적 구성 원리를 임화가 실제로 구상했는지는 해방 후 출간된 그의 시집 『회상시집』과의 비교 대조를 통하여 뒷받침될 수 있다. 『회상시집』의 서지 사항은 1938년 2월 28일 초판 발행, 1947년 4월 5일 재판 발행으로 기록되어 있다. 초판 발행 일자로 적혀 있는 '1938년 2월 28일'이란 임화의 첫 번째 시집 『현해탄』의 초판 발행 일자인 '1938년 2월 29일'을 가리키는 것이다. 『회상시집』의 초판 발행 날짜가 1938년 2월 28일로 표기된 것은 이 시집이 『현해탄』의 재구성이라는 점을 존중하기 위한 것일 뿐, 실제 그 날짜에 발행되었음을 뜻하는 것은 아니다. 왜냐하면 첫째로 실제 『회상시집』에 실린 시편이 모두 시집 『현해탄』에 실렸던 것이기 때문이다. 또한 둘째로 『회상시집』의 서문에서 임화는 이 시집이 "구간(舊刊) 시집 가운데서 24편을 모아 일서(一書)를 맨들며 제(題)하여 회상시집이라 하였다"고 하였으며, 서문을 쓴 날짜를 1946년 9월로 적어놓았다.[122] 따라서 『회상시집』은 광복 전에 출간된 시집 『현해탄』의 시편을 광복 후에 임화가 재구성하여 1947년에 펴낸 시집인 것이다.

　『회상시집』은 1부와 2부로 구성되어 있다. 1부의 소제목은 '내청춘(靑春)에바치노라'이며 2부의 소제목은 '너하나때문에'이다. 이러한 소제목들을 통하여 임화는 식민지 근대와 고투를 벌였던 '청춘', 즉 '청년'의 문제를 '너'로 지칭한다. 또한 1부에 실린 시는 13편이며, 2부에 실린 시는 11편으로서, 각 부의 구성에 있어서 그 편수가 고르게 분배되었다. 이는 임화에게 1부와 2부 각각의 주제가 대등한 관계로 여겨졌다는 사실을 나타낸다. 여기서 전자의 소제목과 같은 제목의 시 「내청춘에바치노라」에서 핵심 시어인 '청춘'은 "열정" 속에서 "우정을 낳"는 것이자 "슬픔까지가 / 자랑스러운 즐거움"인 것으로 표현된다.[123] 그리고 후자의 소제목과 같은 제목의 시 「너하나때문에」에서 핵심 시어인 '너'는 "광영(光榮)과 굴욕(屈辱)의 어머니"인 "싸움"을 지칭한다.[124] 따라서 양자의 소제목이 공통적으로 강조하는 바는 생성을 위한 모순의 긍정으로 요약될 수 있다. 『회상시집』 1부와 2부에 실린 작품들의 목록은 다음과 같다.

122　임화, 「小敍」, 『回想詩集』, 건설출판사, 1947.
123　임화, 「내靑春에바치노라」, 『玄海灘』, 앞의 책, 45쪽.
124　임화, 「너하나때문에」, 위의 책, 121쪽.

1부 내 청춘(靑春)에 바치노라	2부 너 하나 때문에
해상(海上)에서	암흑(闇黑)의 정신(精神)
幸福은 어듸 있엇느냐	최후(最後)의 염원(念願)
해협(海峽)의 「로맨튀시즘」	가을바람
밤 갑판(甲板) 우	안개 속
어린 태양(太陽)이 말하되	새 옷을 가라입으며
향수(鄕愁)	하늘
내 청춘에 바치노라	일년(一年)
너는 아직 어리고	다시 네거리에서
지도(地圖)	들
고향(故鄕)을 지나며	적(敵)
황무지(荒蕪地)	너 하나 때문에
홍수(洪水) 뒤	
현해탄(玄海灘)	

이 책에서 밝혔던 시집 『현해탄』의 구성 원리에 비추어볼 때, 1부는 모두 시집 『현해탄』 중의 현해탄 시편에 해당한다. 반면 2부는 현해탄 시편의 나머지(즉 계절의 흐름에 따른 시, 메타시)에 해당한다. 앞서 논구한 바에 따르면, 시집 『현해탄』에서 계절의 흐름에 따른 시와 메타시는 임화의 시적 주제인 애도를 니체적 '운명애' 개념과 접합한 변증론적 사유에 근거하여 시 창작 원리를 정립한 것이라 할 수 있다. 이후의 현해탄 시편은 그렇게 정립된 시 창작 원리를 통하여 조선 역사를 문명 비평적 관점으로 파악하려는 노력의 산물이다. 임화는 이러한 『현해탄』의 구성 방식을 『회상시집』에 와서 거꾸로 뒤집어놓고 있다. 시집 『현해탄』이 일반적 원리에서 구체적 조건으로 나아가는 연역적 방법에 따라 구성된 것이라면, 『회상시집』은 구체적 조건에서 일반적 원리로 나아가는 귀납적 방법에 따라 구성된 것이라 할 수 있다. 『회상시집』은 조선 역사에 관한 문명 비평적 시각과 시 창작 원리 사이의 등가성을 『현해탄』에서보다 선명하게 부각시키며, 시집 『현해탄』에 수록되었던

시편을 귀납적 논리 전개 순서에 따르도록 재배치한 것이다.

시집 『현해탄』에 실린 작품은 모두 41편이며, 『회상시집』에 실린 작품은 모두 24편이다. 시집 『현해탄』에서 『회상시집』으로 재구성할 때 빠지게 된 작품 17편은 「네거리의 순이」, 「세월」, 「주리라 네 탐내는 모든 것을」, 「나는 못 믿겟노라」, 「옛책」, 「꼴풀장」, 「낫」, 「강가로 가자」, 「벌레」, 「주유의노래」, 「지상의시」, 「야행차속」, 「다시 인젠 천공에 성좌가 잇슬필요가 없다」, 「월하의대화」, 「눈물의해협」, 「상륙」, 「구름은 나의종복이다」이다. 17편 가운데 계절의 흐름에 따른 시는 모두 8편으로서, 겨울에서 봄까지에 해당하는 시가 2편, 여름에 해당하는 시가 5편, 가을에 해당하는 시편이 1편이다. 반면 『회상시집』의 2부를 보면 겨울에서 봄까지에 해당하는 시가 1편, 여름에 해당하는 시가 1편, 가을에 해당하는 시가 7편이다. 특기할 만한 사항은 『회상시집』 2부에 재수록된 「새옷을가라입으며」가 원래 시집 『현해탄』에서는 현해탄 시편들 사이에 배치되었다는 점이다. 그러나 이 시의 배경이 되는 계절이 가을이라는 점 때문에("하늘이 높은 가을")[125] 이 시는 『회상시집』의 2부에 와서 가을에 해당하는 시로 재배치되었다.

또한 시집 『현해탄』에서 메타시는 「주유의노래」, 「적」, 「지상의시」, 「너하나때문에」, 이렇게 모두 4편이었다. 이 가운데 『회상시집』에 와서 탈락된 메타시는 「주유의노래」, 「지상의시」, 이렇게 2편이다. 이들을 비교하면 다음의 두 가지 차이점이 드러난다. 첫째, 탈락된 두 시편인 「주유의노래」와 「지상의시」에서는 ('비극 배우'라는 페르소나로 형상화된) 시인 또는 시 자체가 명시된다. 반면에 재수록된 두 시편인 「적」과 「너하나때문에」에서는 시인이

---

125 임화, 「새옷을가라입으며」, 위의 책, 100쪽.

나 시 자체를 가리키는 시어가 나타나지 않는다. 둘째, 재수록된 두 시편에는 모순적이고 대립적인 관계와 그를 통한 생성 및 변화를 긍정하는 상대주의적 태도가 의인법을 통하여 형상화된다. 이와 달리 탈락된 두 시편에는 대립하는 관계가 나타나지 않거나, 그것이 나타난다고 하더라도 상대주의적으로 (생성과 변화를 낳는 대등한 존재로서) 긍정되지 않는다.

마지막으로 현해탄 시편 중 『회상시집』 1부에 재수록되지 못한 시편은 「야행차속」, 「다시 인젠 창공에 성좌가 잇슬필요가 없다」, 「월하의대화」, 「눈물의해협」, 「상륙」, 「구름은 나의종복이다」, 이렇게 6편이다. 이 가운데 앞의 3편은 조선에서 일본으로 건너가는 정황의 작품이며, 뒤의 3편은 일본에서 조선으로 건너오는 정황의 작품이다. 전자 중에서 「야행차속」은 삶의 터전을 잃고 유민(流民)이 된 조선 민중이 "되놈의 땅으로 농사가는" 정황을 그려낸다는 점에서[126] '현해탄' 바다를 둘러싼 문제와 다소 거리가 멀다. 「월하의대화」 또한 배 위에서 투신자살한 남녀의 치정을 다루었다는 점에서 조선 역사의 문명사적 의미와 거리가 있는 것이다. 다른 한편 일본에서 조선으로 건너오는 정황의 시편 중에서 「상륙」은 식민지 근대의 문명에 의하여 변화된 조선 현실을 무비판적으로 긍정하는 시이다. 또한 「구름은 나의종복이다」에서도 '구름'의 유연하고 순응적인 '탄력성'에 대한 예찬이 나타난다.

---

126 임화, 「夜行車 속」, 위의 책, 1938, 138쪽.

| 제4장 |

폐시미즘 아래서 삶을 긍정하는 애도

제1절
신세대론: 죽고 싶다는 비명 속의 살고 싶다는 외침

1930년대 후반에 들어서서 임화는 서정주, 오장환, 이용악 등을 '시단의 신세대' 일군으로 명명하는 일련의 비평을 발표한다. 그에 따르면, 이러한 '시단의 신세대'가 등장할 수밖에 없는 필연적인 이유는 시대 현실의 변화 때문이라고 한다. 임화는 1930년대 후반의 시대적인 현실을 페시미즘 즉 염세주의로 진단한다. "이 시인[오장환—인용자 쥐에게서도 우리는 현대적 생(生)의 무슨 적극적 보람의 길을 발견치 못함은 사실이다. 그런 의미에서 그는 우리와 운명을 가치하고 잇는지도 모른다. … 응태(凝態)와 허위를 석지 안흔 슬픔의 정을 우리는 그냥 지내칠 수는 업다. 그의 『레시미즘』[1]을 또한 비난할 수 업는 이유가 여기에 잇다."[2] 그는 시단의 신세대인 오장환이 페시미즘을 표현한다고 보며, 그 까닭은 어떠한 적극적 보람도 없는 현대적 삶의 운명을 보여주었기 때문이라고 해석한다. 임화가 생각하기에 염세주의

---

1 "레시미즘"은 '페시미즘'의 오식—인용자 주.
2 임화,「詩壇의 新世代—現代와 抒情詩의 運命—"獻詞"가表現한詩人으로의새觀念 (三)」,『조선일보』, 1939. 8. 20.

적 시대 현실 속에서 시인의 역할이란 염세주의 한복판으로 뛰어드는 것을 의미했던 것이다.

임화는 서정주의 시가 드러내는 새로운 측면을 "그가 회상할 수 없는 사람인 점"에서 찾으며, 서정주의 시에 회상이 결여되어 있는 이유를 "현대와의 정면교섭의 기회를 찾지 못하기 때문"이라고 해석한다. 임화는 서정주와 오장환 등의 신세대가 현대문명과 정면으로 교섭할 기회조차 부여받지 못했다는 점에서 공통점을 갖는다고 보았다. "그런 의미에서 「헌사」의 작자(作者)는 서정주 씨의 유일한 반려라 할 수 있다. 뉘우칠 과거도 없다는 것이 그들에게 있어서는 유일의 실존이다."[3] 다른 신세대론에서도 임화는 서정주를 오장환에 비견하면서, 서정주의 시가 "시정배(市井輩)와 가튼 협조와 완전한 절연(絶緣)에 잇서 퇴폐가 전하는 놉흔 향기"를 표현하기에 "오장환보다 좀 더 압서 잇는 한 정점(頂點)"이라고 한다. 이 글에서 임화는 서정주의 퇴폐를 현대적 퇴폐, 즉 페시미즘이라고 명명하면서 보들레르로 대표되는 19세기 데카당스적 퇴폐와 구분 짓는다. "19세기의 『쩨카단스』는 약한 자의 가면을 쓴 강한 자의 예술이엿다 … 그러나 현대의 퇴폐라는 것은 악한 자의 가면을 쓴 악한 자라고는 아니하드래도 약한 자의 가면을 쓴 약한 자 자신이라는 것은 은폐할 수 업기 째문이다."[4]

임화에 따르면, 보들레르 등의 퇴폐가 '약한 자의 가면을 쓴 강한 자의 예술'이었던 까닭은, 그 예술이 19세기 문명의 위기를 타파하려는 모색이었기 때문이라고 한다. 하지만 19세기 퇴폐의 그 모색이 실패로 돌아간 오늘날의

---

3 임화, 「現代의 抒情精神―(徐廷柱斷片)」, 『新世紀』, 1941. 1, 71쪽.
4 임화, 「詩壇은 移動한다 (三)」, 『매일신보』, 1940. 12. 11.

상황 속에서 예술이 페시미즘의 길을 걷게 되었다고 임화는 진단한다. "『뽀 ―드렐』 이후 몇 사람의 천재가 출현도 햇음에 불구하고 구라파 문화의 깊 어진 절망 상태를 개혁할 수가 없엇을 뿐만 아니라 외부의 환경이 반대로 천 재들을 차례차례로 사로잡어갓다. 감수성과 재능의 도(度)가 높으면 높을스 록 그들은 『렛시미즘』[5]의 삼림 가운데로 들어갓다."[6] 또한 임화는 19세기 말 과 현대를 대비하면서, 전자가 세기말을 초극하려는 노력의 분위기였다면 후자가 그 노력의 실패 후에 분위기를 사상으로 심화한 것이라고 파악한다. 임화는 19세기의 보들레르와 서정주·오장환 등의 '신세대'를 비교하면서, 전자가 분위기이자 기분의 층위에서 새로운 문명을 모색한 것인 반면 후자 는 19세기의 노력이 실패한 뒤에 나타난 사상이었다고 본 것이다.

> 물론 19세기 말에 『페시미즘』과 현대의 『페시미즘』을 동궤(同軌)에 논할 수는 업다. 그러나 현대의 『페시미즘』은 세기말의 그것을 초극할냐는 20년 에 긍(亘)한 노력이 수포로 귀(歸)한 후에 재림한 『페시미즘』이다. 그것은 일 층 심화되고 확대 재생산된 『페시미즘』이다. 세기말에는 단순한 정신적 분 위기요 기분이엿든 것이 현대에 와서는 한아의 사상으로서의 성격과 체재 (體裁)를 가추엇다. 이것은 두려운 상태다.[7]

다른 한편 임화는 이용악의 시 또한 "『페시미즘』의 세계"를 보여준다고 하

---

5 "렛시미즘"은 '페시미즘'의 오식―인용자 주.
6 임화, 「世界大戰을 回顧함(5. 文學論)―十九世紀의 淸算 (中)」, 『동아일보』, 1939. 5. 13.
7 임화, 「歐洲大戰과 文化의 將來―市民文化의 終焉」, 『매일신보』, 1940. 1. 6.

면서, 이를 오장환 및 서정주의 페시미즘과 구분한다. "그가 오장환과 다른 것은 현대에 잇서만 그것이 차저지는 것이요 그 외의 세계에 대하야 그가 사모의 정을 피력하기를 경계하기 째문이며 서정주와 구별되는 것은 『쩨카단스』 가운대로의 탐닉으로부터 소사나올냐는 노력 째문이다. 그것은 심히 미약하나마 다른 정신적 태도의 한아다." 이에 따르면, 페시미즘이란 현대에서 발견되면서도 현대 외부의 세계를 그리는 것이며, 데카당스의 심약함으로부터 솟아오르려는 태도라는 것이다. 하지만 임화는 이용악의 시에 어떠한 한계가 있다고 보는데, 왜냐하면 이용악의 시가 페시미즘에서 '찾아질 것'을 모색하지 않기 때문이라고 한다. "그의 시가 보담 더 독자적이지 못한 것은 『페시미즘』 가운데서 차저질 것으로 향하야 직재(直裁)[8]하게 기울어저 잇지 안키 째문이다."[9] 이처럼 임화는 유의미한 페시미즘을 현대문명에 근거하면서도 그 문명을 거부하는 태도로 규정한다.

이처럼 임화는 페시미즘의 속성을 현대문명의 산물이면서 현대문명과 화해할 수 없다는 것으로 보며, 이를 이상(李箱) 문학에 나타난 속성과 연결한다. 임화는 페시미즘의 속성을 "현대에밖에 살 곳이 없음에 불구하고 날마다 그의 마음을 사로잡는 것은 현대로부터의 별리"라고 표현하는데, 이는 이용악 시의 페시미즘을 표현한 것과 상통한다. 이러한 속성을 임화는 이상의 단편 「종생기」에서도 발견한다. "이상은 일찌기 소설 「종생기」 가운데서 「그는 날마다 죽었다」고 말한 일이 있다. 날마다 죽는 것으로 또한 날마다

---

8 "직재(直裁)하게"는 '거추장스럽지 아니하고 간략하게'를 의미하는 '직절(直截)하게'의 오식인 듯―인용자 주.
9 임화, 「詩壇은 移動한다 (五)」, 『매일신보』, 1940. 12. 13.

사는 것이다."[10] 이 해석에 따르면, 「종생기」의 페시미즘은 모든 희망이 단절된 현대 페시미즘의 상황('날마다 죽는 것')을 보여주는 것이면서도 현대의 문명과 타협하지 않는 자세('날마다 사는 것')의 표현인 것이다.

다른 글에서 임화는 이상이 "조선작가론 제일류의 재질의 소유자란 것을 이저서는 아니 된다"고 강조하면서, 자신과 전혀 다른 경향의 문학을 펼친 이상에게 찬사를 보낸다. 그 이유는 임화가 이상의 문학 속에서 전복적 사유를 읽어냈기 때문이다. "불행히 그의 두뇌 가운대 세계는 왕왕 도착(倒錯)된 채 투영되엇고 가끔 몰구남구를 서서 현실을 바라보기를 질긴 사람이다. … 그의 작품이 소설로선 형태도 안 가추고 그처럼 난삽햇음에 불구하고 일부 독자에게 강렬한 감명을 준 것은 보통 사람이 다 같이 느끼면서도 한 걸음 더 들어가 보기를 기피하고 두려워하는 세계의 진상(眞相) 일부를 개시(開示)한 때문이다."[11] 임화는 이상의 문학 속에 현실 세계를 전복적으로 바라보는 시선, 거울처럼 반대로 반영하거나 물구나무를 선 것처럼 거꾸로 바라보는 사유가 있다고 보았다. 그리고 그러한 전복적 사유가 오히려 세계의 진면목을 독자들 앞에 개시해주었다는 것이다. 임화가 보기에, 페시미즘에 대한 올바른 문학적 태도는 '날마다 죽는 것'으로써 '날마다 사는 것'을 도모하는 것, 즉 현대문명의 위기를 절감하면서도 그 문명의 극복을 모색하는 것이 된다.

1930년대 후반부터 1940년대에 걸친 임화의 비평에서 페시미즘은 이중의 의미로 나타난다. 이는 이상과 같은 당시 신세대 문인에 관한 그의 비평에서 잘 나타난다. 신세대 작가들은 분명 페시미즘을 보여주었지만, 이때의 페시

---

10 임화, 「現代의 抒情精神—(徐廷柱 斷片)」, 앞의 글, 73쪽.
11 임화, 「思想은 信念化—彷徨하는 時代精神 (上)」, 『동아일보』, 1937. 12. 12.

미즘은 표면상 자기분열이나 무능처럼 보이면서도 실제로는 현실 속의 무력감을 극복하기 위한 모색이라는 것이 그 이중의 의미이다.

> 정신생활의 영역에나 작가들의 가슴속에 저미(低迷)하는 가장 깊은 구름이『페시미즘』임이 현재엔 족음도 불가사의한 일이 아니다. ⋯ 어떤 이는 이상(李箱)을『뽀―드렐』과 같이 자기분열의 향락이라든가 자기전능(自己全能)[12]의 현실이라 생각하나 그것은 표면의 이유이다.
> 그들도 역시 제 무력. 제 상극(相剋)을 이길 어느 길을 찾을랴고 수색하고 고통(苦痛)한 사람들이다.[13]

임화는 올바른 의미의 문학적 페시미즘이 일제 말기 문명 아래의 무력감을 극복하려는 노력이며, 따라서 "이상(李箱)은 보다 더 투명한 정신의 빗갈을 가젓섯다"고 말하였다.[14] 요컨대 임화에게 서정주, 오장환, 이용악, 이상의 문학에 나타난 페시미즘이란 희망이 부재하는 현대문명의 위기를 드러내면서도, 그 속에서 무력감을 극복하기 위한 길을 찾는 사상이었다.

그렇다면 임화는 어째서 일제 말기의 시대 현실을 페시미즘으로서 바라본 것일까? 첫째로, 임화는 일제 말기 파시즘의 문화적 이데올로기인 '명랑'을 페시미즘의 관점으로써 비판하고자 하였다. '명랑'이란 일제 말기의 총동원령 하에서 군국주의 일본이 배포시킨 문화적 이데올로기의 용어였다. 이

---

12 "전능(全能)은『문학의 논리』에서 '무능(無能)'으로 수정됨―인용자 주.
13 임화, 「世態小說論―『말하랴는것』과『그리랴는것』과의分裂 (二)」,『동아일보』, 1938. 4. 2.
14 임화, 「七月創作一人一評 (一)―朦朧中에 透明한것을?」,『조선일보』, 1938. 6. 26.

에 부응하여 백철은 파리작가회의가 서구 문명을 '명랑한 기분'으로 달성시키고자 한 것이었다고 평한 바 있다. "현대에 잇서도 그 문화의 성화(聖火)를 계승하려는 우리들 문화인들이 그 고뇌의 시련을 통하지 안코 다만 명랑한 기분으로 그 달현(達現)을 기(期)하려고 함은 본래부터 참월(僭越)한 기대(期待)가 안일가?"[15] 이러한 백철의 논의를 강력히 비판하면서, 임화는 오늘날의 자본주의 파시즘에 대한 지식인의 고민이 종료될 수 없다고 주장한다. "불란서의 지식인적(知識人的) 고민은 결코 종료되어 있지 않다. 오히려 그들의 고민을 촉성(促成)할 자본주의적 『팟씨슴』적 협위(脅威)가 종식하였기 때문에 행동주의가 문제되는 것이 아니라 반동□ 이러한 협위는 그들의 고민을 절망적 경지에까지 그 파국에까지 몰아넣을 전쟁과 해(該) ×× 주의적[16] 폭위(暴威)가 일층 가중되면서 있기 때문이다."[17] 임화에 따르면, 파시즘과 전쟁의 광풍은 지식인의 고민을 페시미즘의 차원에까지 몰고 갔으며, 이때의 페시미즘은 현대문명 앞에 선 지식인의 무력(無力)을 표현하는 것일 뿐 아니라, '명랑한 낙관주의'로는 타개할 수 없는 현대문명의 절망을 보여주는 것이라고 한다.

"그[백철―인용자 주]의 『절망과 고독』은 자기 자신의 무력(無力)의 표현에 그칠 뿐만 아니라 더 많이 다시는 명랑한 낙관주의를 가지고 전도개화(前

15 백철, 「現代文學의 課題인 人間探求와 苦悶의 精神―創作에잇서 個性과普遍性等 (八)」, 『조선일보』, 1936. 1. 21.
16 여기에서 "××주의적"은 '제국주의적'의 복자로 추정―인용자 주.
17 임화, 「현대적 부패의 表徵인 인간 탐구와 고민의 정신―白鐵 군의 所論에 대한 비평 (四)」, 『조선중앙일보』, 1936. 6. 13.

道開花)할 수 없는 현대적 사회와 그 문화의 암흑과 절망과 깊은 비관주의를 반영하고 있는 것이다. 그러므로『현대에 있어 그 문화의 성화(聖火)를 계승하려는 우리 문화인들이 그 고뇌의 시련을 통하지 않고 다만 명랑한 기분으로 그 달현(達現)을 기(期)하랴 함은 본래부터 참월(僭越)한 기대(期待)』라고 백철 군의『펫시미즘』은 대단 솔직하다.

　이 걷힐 줄 모르는 회색의 우울 회색의 비관주의는 위기에 슨 현대문화의 공통된 특색이다."[18]

둘째로, 임화는 역사의식에 근거한 현재적 실천을 페시미즘과의 비교 속에서 촉구하고자 하였다. "현재란 행위적(行爲的) 순간이다. 행위의 의식(意識)을 위하여는 과거와 현재와 미래에 대한 일관(一貫)한 의식이 근저에 잇지 아니하면 아니 된다.『페시미즘』은 이러한 의식의 미형성(未形成)에 대한 하나의 차탄(嗟嘆)이다."[19] 이에 따르면, 현재는 인간의 행위를 통하여 변화하는 것인데, 여기에서 행위는 인류의 과거와 현재와 미래에 대한 의식 즉 문명 비평적 의식을 토대로 해야 한다는 것이다. 임화가 보기에, 식민지 근대의 자본주의 파시즘 문명은 이러한 문명 비평적 의식에 근거하지 않은 탓으로 페시미즘을 맞이하게 된 것이었다. 그렇다면 임화가 일제 말기에 사유한 문명 비평적 의식은 무엇이며, 거기에 근거한 행위는 또한 무엇인가?

　가톨리시즘에 대한 비평 속에서 임화는 서구 문명이 신과 결별함에 따라

---

18 임화,「현대적 부패의 表徵인 인간 탐구와 고민의 정신—白鐵 군의 所論에 대한 비평 (八)」,『조선중앙일보』, 1936. 6. 18.
19 임화,「歷史・文化・文學—惑은『時代性』이란것에의一覺書 (一)」,『동아일보』, 1939. 2. 18.

중세를 통과하였으며, 자본주의와 같은 물질문명의 폐해로 인하여 근대의 파산을 맞게 되었다고 통찰한다. "그러면 인간은 다시 무엇과 더부러 인간이 일직이 신(神)과의 별리에서 어든 상혼을 고처주어 동시에 자연물질과 야합햇던 시대보다 진보할 수 잇는가? 이 무름에 명쾌히 대답할 수 업는 것이 현 세기의 고민이 아닌가 한다." 서구 중세는 종교에 의하여 인간의 개성을 억압하고 획일화하였으며, 서구 근대는 자본주의 물질문명의 극단으로서 파시즘과 전쟁의 폐단을 낳았다. 따라서 중세로도 근대로도 돌아갈 수 없는 문명의 위기가 곧 페시미즘이라는 것이 임화의 논지이다. 그는 이러한 문명적 위기에 대한 인식이 반근대주의적 파스칼 사상과 상통한다고 첨언한다. "주지하는 바와 가티 그 사고 가운데서 20세기 사상의 전형(典型)이라고 할 만한 지적『렛시내줌』[20]이 생겨낫다. 요컨대 신(神)에게도 물질에게도 다시 도라갈 수 업는 인간의 고독! / 이리되면『안트로포로기』는 다시『와스칼』의 세계로 기우러질 어떤 심정을 맛보게 된다."[21]

이러한 문명 비평적 시각 위에서 임화는 인류 문명을 '구라파적인 것'과 '민족적인 것'으로 구분하였던 폴 발레리의 논점을 재검토한다. 그에 따르면, '구라파인'은 객관성을 중시함으로써 진화론, 결정론, 과학주의를 창조하였다고 한다. "결정론과 진화론과 그러고 오늘날의 거대한 서구문명을 창조한 것은 이 구라파인이라 한다. 그것은 과학문화를 창조한 사람이다. 즉 수다(數多)한 서구의 민족인이 객관성이란 것을 유일의 기준으로 하야 합일하

---

20 "렛시내줌"은 '페시미즘'의 오식—인용자 주.
21 임화,「歐羅巴文化는어대로?(第五回)—"카토리시즘"과 現代精神(下)」,『조선일보』, 1939. 5. 4.

엿다." 반면에 '민족인'은 민족과 혈통을 강조하는 것으로서, '민족인'의 경향
으로부터 전체주의 파시즘이 파생하였다고 한다. "그러나 민족인은 주관적
이요 분리적이요 『토타―리즘』은 민족과 혈통의 고조자(高調者)이다 … 이
런 정황 가운데 이번 대전이 재발하엿다. 전쟁은 인간을 더욱 민족적으로 분
리하는 대규모의 파괴행위다." 임화는 전체주의의 대두와 이로 인한 전쟁의
광풍이 인류 문명에 대한 대규모 파괴 행위라고 비판한다. 그는 서구 근대
합리주의 및 과학문명이 실패함에 따라 파시즘이 대두했다고 보고, 그 대안
으로서 '구라파인'과 '민족인'을 넘어선 제3항의 문명적 인간상을 요청한다.
"문화는 다시 이제 영구히 구하기 어려운 파국에 드러간 셈이다 / 여태까지
의 서구문화를 형성햇든 기초인 인간적 합일의 양식이 시민적 양식에 불과
하엿다면, 그신에[22] 전쟁에 결과 인간적 합일의 다른 양식이 발견된다면 문
화는 다시 구출될 수도 잇지 안을가?"[23]

　임화는 현대의 페시미즘 문명 속에서 인간이 살아갈 수 있는 사유를 고민
하는데, 이는 현실을 무한히 가능적이며 무한히 창조적인 것으로 전유하자
는 것이다. 그는 "제아무리 극단의 『펫시미즘』일지라도 현대의 대한 한 가닭
의 매력 업시는 살지 못한다. … 그러면 그 매력은 무엇인가! 그것은 여하튼
현대란 제아무리 빈약하다 할지라도 찬란한 과거보다는 무한히 가능적이요
창조적이기 때문이다."[24] 이는 '시단의 신세대' 속에서 페시미즘을 읽어내면
서도, 그 페시미즘이 오히려 무력감을 극복하려는 모색이었다고 해석한 임

22 "그신에"는 '그 대신'에의 오식―인용자 주.
23 위의 글.
24 임화, 「現代의 魅力」, 『조선일보』, 1939. 4. 13.

화의 견해와 상통한다.

서정주와 오장환 등 임화에 의하여 '시단의 신세대'로 이름 붙여진 시인들은 『시인부락』의 동인이라는 공통점을 갖는다. 신범순에 따르면, 『시인부락』파의 시에는 니체 사상이 검출된다고 한다.[25] 실제로 서정주는 자신이 "19세 때 가을부터 심취해 읽게 된 니체의 〈짜라투스트라는 이렇게 말한다.〉의 일역본(日譯本)의 영향도 첨가되어서, 드디어는 나도 나 자신을 신(神)이요 동시에 인간인 존재라야 한다고까지 생각하게 되었다」고 밝힌다.[26] 오장환 역시 한 수필에서 "짜라투스트라』가 그가 은둔하고 잇던 산상(山上)의 동굴에서 그의 독수리와 그의 배암과 그의 태양을 버리고 거리로 나다니며 설교한 것"이 "나에게 어떤 애상과 공감을 주어온 것"이라고 적었다.[27] 이처럼 『시인부락』 동인은 니체 철학을 공유하였다.

'시단의 신세대'를 주목하며 거기에서 염세주의를 읽어내는 임화의 시각 역시 니체 철학과 관련된 것이라 볼 수 있다. 니체에 따르면, 염세주의는 유럽 허무주의의 도래를 알리는 첫 신호탄, 즉 "허무주의의 선(先)형식(Vorform)"이라고 한다.[28] 이에 반대되는 것으로서 니체는 '강자의 염세주의', '디오니소스적 염세주의'를 주장한다. '강자의 염세주의'와 대비되는 '약자의 염세주의'는 "몰락, 퇴폐, 실패, 지치고 약화된 본능의 표시"이다.[29] 반면 '강자

---

25 신범순, 「『시인부락』파의 '해바라기'와 동물 기호에 대한 연구」, 『관악어문연구』 37집, 2012. 12, 269~272쪽.

26 서정주, 「화사집 시절」, 『現代詩學』, 1991. 7, 36쪽.

27 오장환, 「隨筆 第七의 孤獨─深夜의 感傷(中)」, 『조선일보』, 1939. 11. 3.

28 프리드리히 니체, 백승영 옮김, KGW Ⅷ 2 10[58], 『니체 전집 22(KGW Ⅷ 2) 유고(1887년 가을~1888년 3월)』, 책세상, 2000, 186쪽.

29 프리드리히 니체, 박찬국 옮김, 『비극의 탄생』 「자기 비판의 시도」 1, 아카넷, 2007, 14쪽.

의 염세주의'는 "강한 지성(취미, 감정, 양심)이 지닌 엄격함의 징후"이다.[30] 이러한 '디오니소스적 염세주의'는 "파괴, 변화, 생성을 향한 열망"이자 "미래를 잉태하는 힘의 표현"이기도 하다.[31] 요컨대 '강자의 염세주의', 즉 '디오니소스적 염세주의'를 통해서만 허무주의의 진정한 극복이 가능하다는 것이다.

> (가) 그토록 크나큰 힘이었던 정치와 폭력은 왜 오래 승리할 수가 없었던가? 그것은 지나치게 정치와 폭력을 믿었기 때문이다. 반대로 지나치게 문화를 경시하였기 때문이기도 하다. 그리고 무력(無力)한 줄 알았던 문화에게 복수당한 것이다.
>
> (중략)
>
> 문화에 대한 요청은 결코 행위의 소용돌이로 이끄는 일이 아니라, 그것으로 하여금 충분히 자기 본연의 방법으로 숙려하게 하는 일일 것이다. 그것은 또 행위를 폭력으로부터 정화하기 위해서이기도 하다.
>
> (중략)
>
> 우리는 독일인처럼 행위적이며, 니체처럼 그것을 열애한 사람을 잘 모른다. 그들은 장대(壯大)라는, 행위만이 구비하는 말을 무엇보다도 사랑했다.
>
> 그럼에도 불구하고 슈티프터를 애독하였다.[32]

30 프리드리히 니체, 김미기 옮김, 『니체 전집8(KGW IV 3) 인간적인 너무나 인간적인 II』「서문」, 책세상, 2002, 18쪽.
31 프리드리히 니체, 안성찬・홍사현 옮김, 『즐거운 학문』370, 『니체 전집 12(KGW V 2) 즐거운 학문・메시나에서의 전원시・유고(1881년 봄~1882년 여름)』, 책세상, 2005, 375~376쪽(강조는 원문에 따름).
32 임화, 나카지마 켄지 옮김, 「初冬雜記 (2)~(4)」, 『경성일보』, 1939. 12. 7~10, 『문학의오늘』, 2012년 봄호, 303~306쪽에서 재인용.

(나) 향유와 성숙됨에 있어서 아름답고도—투명한 가을,—기다림 속에서 가장 정신적인 것으로까지 상승하는 시월의 태양 ; 황금과도 같고 달콤한 어떤 것, 온화한 것, 대리석 같지 않은 것,—이것을 나는 괴테적이라고 명명한다. 나중에 나는 '괴테'라는 이 개념으로 인해, 아달베르트 슈티프터의 『늦여름』을 깊은 호의를 가지고 받아들였다 : 근본적으로 괴테 이후 내가 매력을 느낀 유일한 독일 책.『파우스트』—독일어가 갖고 있는 대지의 향기를 본능적으로 알고 있는 자에게는,『차라투스트라는 이렇게 말했다』의 시인에게는 비할 바 없는 향유[33]

(가)는 1939년 12월『경성일보』에 임화가 발표한 일본어 산문「초동잡기」이며, (나)는『힘에의 의지』라는 제목의 책으로 엮이기도 한 니체 유고의 한 대목이다. 먼저 (가)에서 임화는 정치와 문화가 각각 자기만의 역할을 수행한다고 하면서, 문화를 경시하는 정치는 폭력으로 귀결될 수밖에 없다고 한다. 그는 정치를 행위라는 말로 대체한 뒤에, 문화의 중요성이 행위를 폭력으로부터 정화하는 데 있다고 주장한다. 이러한 주장의 근거로 그는 니체가 힘으로서의 행위를 강조한 철학자이면서도 아달베르트 슈티프터를 애독하였다고 말한다. 실제로 (나)에서 니체는 자신의『차라투스트라는 이렇게 말했다』가 괴테의『파우스트』와 같은 정신을 공유하며, '괴테적인 것'을 '온화한 것', '기다림 속에서 가장 정신적으로 상승하는 것'이라고 비유하고, 이것의 계승자가 슈티프터라고 파악한 바 있다. 또한 니체는 "만약 괴테의 작품

---

33 프리드리히 니체, 백승영 옮김, W Ⅱ 9c. D 21, 1888년 10월~11월 24[10],『니체 전집 21(KGW Ⅷ 3) 유고(1888년 초~1889년 1월 초)』, 책세상, 2004, 549쪽.

들을 간과한다면 ⋯ 도대체 독일의 산문-문학 중에서 되풀이해서 읽을 만한 책으로 무엇이 남겠는가?'라고 질문을 던지면서, 괴테 작품에 견줄 만한 "독일 산문의 보배" 중 하나로서 "아달베르트 슈티프터의 『늦여름』"을 꼽는다.[34] 이처럼 임화는 일제 말기에 일본어 산문을 통하여 정치의 폭력에 맞서는 문화의 가치를 강조함으로써 간접적으로 군국주의 파시즘을 비판하였으며, 괴테에서 슈티프터를 거쳐 니체로 내려오는 문화의 힘에 대한 긍정적 관점을 지지하였다.

그렇다면 (나)에서 니체가 다소 비유적이고 모호하게 설명한 '괴테라는 개념'은 구체적으로 무엇을 뜻하는가? 니체의 다른 단편은 "삶을 형성해나가는 데 소비되지 않을 풍족하고 시적인 힘"이 "미래를 위한 안내"에 바쳐져야 한다고 요청한다. 이때 미래를 위한 안내 작업은 "국민과 사회의 좀 더 유리한 상황들과 그것의 실현을 그림으로 그려 보이는 것"이 아니라 "아름다운 인간상을 계속 창작하는 일"을 뜻한다. 미래의 안내자로서의 시인이 창조해야 할 아름다운 인간상이란, "현대 세계와 현실 한가운데서 이 현실에 대해 어떠한 인위적인 방어와 회피"도 하지 않는 인간이며, "반(半)짐승" 또는 "힘과 자연으로 혼동되어버린 미숙함과 방종"의 상태에서 벗어난 인간이라고 한다. 니체는 이러한 인간상을 창조하는 시야말로 "괴테로부터 미래의 시까지" 뻗어 있는 길이라고 하였다.[35] 니체는 괴테의 시가 낙관적 미래를 공상하는 인간이 아니라 현실에 적극 뛰어드는 인간을 그려냈으며, 짐승과 같은 비

---

34 프리드리히 니체, 김미기 옮김, 『니체 전집8(KGW IV 3) 인간적인 너무나 인간적인 II』 「방랑자와 그의 그림자」, 109, 앞의 책, 70~72쪽.
35 프리드리히 니체, 김미기 옮김, 『니체 전집8(KGW IV 3) 인간적인 너무나 인간적인 II』 「혼합된 의견과 잠언들」, 99, 위의 책, 70~72쪽.

인간적 폭력성에서 벗어나 있는 인간을 표현한다고 본다. 이와 마찬가지로 임화는 니체가 괴테와 슈티프터를 같은 맥락에서 이해한 방식을 따르면서, 현실 회피와 낙관적 공상에서 벗어나 현실을 직시해야 한다는 시인의 사명, 나아가 일제 파시즘의 비인간적 폭력성에서 벗어난 인간상을 그려야 한다는 시인의 사명을 도출하였던 것이다.

또한 (가)의 글 바로 다음 문단에 임화는 슈티프터의 단편집『얼룩돌(Bunte Steine)』서문의 일부를 인용한다. 임화가 인용한 부분은 슈티프터가 '조용한 법칙'이라고 부른, 자연과 우주의 조용한 위대성을 강조하는 것이다.[36] 더 자세히 설명하자면, 슈티프터가 말한 '조용한 법칙'은 벼락, 폭풍, 화산, 지진 등과 같은 자연의 거대한 위력보다도 산들바람, 시냇물, 신록, 별 등과 같은 자연의 고요한 측면을 더 위대하다고 여기는 관점이다. 니체의 미학에 관한 한 연구에 따르면, 니체는 원래 아류(epigone)를 부정적으로 생각하였으나 그의 중기 철학에 해당하는『인간적인 너무나 인간적인』에서부터 아류를 긍정적으로 생각하기 시작하였다고 한다. 이때 그가 긍정한 아류들은 18세기 후반과 19세기 초반에 슈티프터를 포함한 서구 예술가 및 지식인들에 해당한다. 그들은 공통적으로 '더욱 고상한 인간'이라는 개념을 모색하였기 때문이라는 것이다. 이는 도덕성을 상징하는 미의 이상, 인간성 실현으로서의 미적 교육 등을 의미하였다고 한다.[37] 임화는 슈티프터의 '조용한 법칙'이라

---

36 권영경,「옮긴이 해설」, 아달베르트 슈티프터, 권영경 옮김,『보헤미아의 숲 · 숲 속의 오솔길』, 문학과지성사, 2004, 215쪽.

37 Burkhard Meyer-Sickendiek, "Nietzsche's Aesthetic Solution to the Problem of Epigonism in the Nineteenth Century", ed. Paul Bishop, *Nietzsche and Antiquity: His Reaction and Resopnse to the Classical Tradition*, New York: Camden House, 2004, pp. 322-324.

는 관점을 인용함으로써, 1930년대 말기 일제 군국주의 파시즘과 같은 위력적 정치보다도 고요한 문화에서 더욱 큰 힘이 나온다는 주장을 펼친 것이다.

염세주의로 진단한 1930년대 후반의 상황 속에서 임화는 제목에 '찬가'가 공통적으로 들어가는 연작 형태의 시를 구상한다. 그는 「언제나 지상은 아름답다」(『조선일보』, 1938. 3. 5)라는 글을 통하여 오늘날과 같은 '담천(曇天)' 아래서 환희를 느낄 수는 없었으므로 자신이 '환희의 노래'보다도 '고통의 노래'를 사랑하였다고 토로한다. 임화는 자신의 고통이 '자살한 어느 친구'나 '파멸한 많은 사람의 이름과 정신'에서 기인한다고 하였는데, 이는 그의 시 세계에서 중심이 되는 애도의 정신을 잘 나타내준다. 그러나 임화는 그것이 파멸에 대한 두려움이 아니라 오히려 '생의 의지'를 느끼게 하는 표적이었다고 한다. 따라서 그는 고통 자체가 생의 미(美)와 힘으로서 찬미되어야 한다면서 다음과 같이 말한다.

인생이 암흑한 골작이란 말을 결코 미더선 아니 된다. 그런 설교자(說教者)는 인간 가운데 신(神)을 데려올랴는 음모(陰謀)를 감추고 잇다. 인생은 단지 상창(傷創)과 탄식과 불행과 눈물의 세계란 말을 미더서도 아니 된다. 그런 자는 우리들의 상처와 눈물을 신(神)의 애(愛)의 손길로 어러만저주랴는 전도사(傳道師)다.

(중략)

사라잇다는 하나의 사실 속에 온갖 창조의 비밀이 드러 잇다.

그럼으로 인생이란 세계의 행복과 환락에 대한 아름다운 생명들의 부절(不絶)한 운동이엇다.

이 운동의 진정한 표현이 한갓 암담한 세계엿을 때 나는 그 속이야말로 모든 것이 만들어지는 세계란 것을 노래하고 십다.

(중략)

나에겐 이것만이 가공(架空)의 노래가 아니라 현실의 노래이며 진정한 생명과 희망과를 생각키 때문에 『찬가(讚歌)』 속에 지금 제 시행(詩行)을 써가고 잇다.

지상은 언제나 아름다운 것이다.[38]

인용문에 따르면, 인생의 고통을 부정하려는 생각 속에 오히려 지상의 현실적인 삶을 부정하고 신적인 피안의 세계—니체는 이것이 서구 형이상학의 전통이라고 비판한다—로 도피하려는 생각이 숨어 있다고 한다. 삶을 부정하는 염세주의 속에는 오히려 신의 사랑, 위로, 동정, 구원 따위를 바라는 나약함이 들어 있다는 것이다. 따라서 염세주의를 극복하고 진정한 생성을 추구하려면 '살아 있다는 하나의 사실'과 '생명의 끊임없는 운동' 전체를 있는 그대로 긍정해야 한다는 것이 임화의 생각이다. 고통 자체를 외면하고 이상향을 노래하는 것은 삶을 부정하는 '가공의 노래'인 반면, 고통마저 삶의 운동으로서 찬탄하는 것은 '현실의 노래'이다. 이처럼 약자의 염세주의에 반대하여 강자의 염세주의를 노래하고자 임화는 찬가 연작을 썼던 것이다.

지상의 현실을 긍정하고, 그 속에서 새로운 시대의 문명을 모색하는 관점은 임화의 휴머니즘 논쟁에서도 드러난다. "오늘날의 시대 현실이 모든 인간적인 것의 최후의 매장터일 뿐만 아니라 새 세대의 모태일 때 또는 임의

---

38 임화, 「이時代의내文學(5)—언제나地上은아름답다—苦痛의銀貨를歡喜의金貨로」, 『조선일보』, 1938. 3. 5.

새 시대의 간난 것이 고고의 소리를 올닌 뒤라면 「휴매니즘」은 일부러 「레아리즘」의 부정(否定) 우에 건립할 필요는 없는 것이다. … 인간은 언제나 지상(地上)의 것이고 현실 속에 것이다. 그러므로 지상에 현실 속에 인간이 없을 때, 천상(天上)이나 공상(空想) 속에 있는 것은 결코 인간이 아니다."[39] 그에 따르면, 일제 말기의 문명은 '모든 인간적인 것의 최후의 매장터'이다. 하지만 임화는 그렇기 때문에 현실이 오히려 새로운 시대의 모태가 된다는 역설적 사유를 제시한다. 이는 앞서 살펴본 '강자의 염세주의' 개념과 일치한다. '인간은 언제나 지상의 것이고 현실 속의 것'이라는 임화의 문장은, '언제나 지상은 아름답다'는 문장과 겹쳐놓고 볼 때에 더욱 명료하게 이해된다. 이처럼 그는 휴머니즘 논쟁 과정에서 아무리 현대문명이 위기를 맞았다고 하더라도 현실은 그 자체로 긍정되어야 하며, 그 속에서 문명의 생성을 도모해야 한다는 '강자의 염세주의'를 표명하였다.

> 『힘의 시』를 『역(力)의 예술』을……
>
> (중략)
>
> 몇 번 조선문학은, 『힘의 시』를! 부르지저야 하는가? 독자는 언제까지나 김빠진 맥주를 먹어야 하느냐? … 흐리고 바람 불고 건너다 보히는 바다 거칠다. 아츰 먹고 가족들은 다 외출. 혼자 무료히 누엇다. 전보(電報)를 받엇다. 이상춘(李相春) 군 영면하다. … 고생하고, 굶고 알코하는, 모든 것이 『무엇 때문』에라는 지주(支柱)가 없어질 때 항상 담백하고 용기 잇는 인간은 죽

---

39 임화, 「휴매니즘 論爭의 總決算—現代文學과 「휴매니틔」의 問題」, 『朝光』, 1938. 4, 146~147쪽.

는다.[40]

위에 인용한 수필 「우수의 서」에서 임화는 조선 문학이 '힘의 시', '역(力)의 예술'을 부르짖어야 한다는 자신의 의견을 피력한다. 그리고 나서 자신의 동지 이상춘(李相春)의 자살 소식을 듣고 훗날 시집 『찬가』의 2부에 수록될 작품인 「별들이 합창하는 밤」을 글의 말미에 기록해놓는다. 이처럼 임화가 시집 『현해탄』 이후 시집 『찬가』를 쓰게 된 동기는 일제 말기에 접어들면서 군국주의 파시즘의 전쟁 광풍이 거세지는 상황에 따라 중심 가치 또는 희망을 상실한 인간에의 애도에서 기인한다. 이때 '힘의 시', '역의 예술'이라는 것은 이데올로기를 주장하거나 생경한 구호를 앞세우는 것이 아니라 생에 대한 디오니소스적 긍정, 즉 '강자의 염세주의'를 의미하는 것이다. 요컨대 임화에게 있어서 '강자의 염세주의'는 식민지 근대의 위기와 그 절정인 파시즘을 정면으로 직시함으로써 역설적으로 현실을 토대로 한 문명 생성을 예감하는 것이다. '강자의 염세주의'는 일제 말기 임화의 시에서 애도의 방식으로 나타난다. 이는 기존 연구에서 임화의 일제 말기 시를 패배감, 좌절 등으로 해석하였던 바와 전혀 다른 지점이다.

임화에 따르면, 현대문명은 환경과 시인이 서로 조화될 수 없는 것이며, 이때 시는 그러한 부조화를 은폐하는 것이 아니라 그 자체로서 표현하는 것이라고 한다. "시는 시인과 환경과의 조화에서 울어나왔다 하고 반대로 그 상극 가운데서 또한 현대시는 존립하고 잇는 형편이다. / 그러나 여하한 의미에서든 간(間), 시는 성정(性情)의 명확성을 은폐할 수가 없음이 제 타고난

---

40 임화, 「日記抄―憂愁의書」, 『동아일보』, 1938. 2. 13.

운명이라 할 수 있다. 시가 현대문화 가운대서 조우하는 비극은 실로 이 속에 배태되어 잇다 할 수 잇다."⁴¹

　나아가 임화는 시인과 환경 사이의 부조화로 인하여 시를 쓰기 힘든 이유 또한 시로써 표현될 수밖에 없으며, 이것이 '문학의 비밀'이라고 한다. 임화는 작가와 환경의 부조화가 극단화된 시대 현실을 문학으로써 표현하는 것이 지적 독립성, 개성으로서의 인간의 자유, 자율의 정신 등에 의하여 가능하다고 본다. 하지만 그는 자율의 정신이 고통스러운 환경 속의 인간을 동정하거나 연민하는 정신과 엄연히 구분된다고 한다. 이는 임화의 일제 말기 사유에 나타난 '강자의 염세주의'가 어째서 '약자의 염세주의'와 구별되는지를 말해준다.

　　잡연(雜然)한 생활현실이나 부글부글 끌른 심리생활 가운데 제 자신이나 주위환경을 모른다면 우리는 도저히 문학할 수 업는 것이다.
　　이것은 사유의 확실성이라고도 말할 수 잇고 지적(知的) 독립성이라고도 할 수 잇으나 결국은 개성으로서의 인간의 자유성, 자율의 정신의 존립이라고 말할 박게 업다.
　　그러나 이 자율의 정신이 작가가 단순히 주위사태도(周圍事態度)를 관조하야 사람들을 동정한다거나 불상해한다거나 혹은 함부로 평가를 내린다는 의미와는 다르다.

41 임화, 「俗文學의 擡頭와 藝術文學의 悲劇—通俗小說論에 代하야 (一)」, 『동아일보』, 1938. 11. 17.

동정이나 연민은 페시미즘의 현실을 다만 절망적으로 바라볼 뿐이라는 점에서 '약자의 염세주의'에 해당되는 것이며, 반대로 '자율의 정신'은 페시미즘의 현실을 직시하면서도 그 속에서 끓어오르는 생성에의 의지를 드러낸다는 점에서 '강자의 염세주의'에 해당되는 것이다. 따라서 일제 말기 임화의 시에 나타난 애도는 동정이나 연민과 구분되는 것으로 이해해야 한다. 임화는 이러한 '강자의 염세주의'를 "억압된 정신의 비상(飛翔)"이라고 명명하며, 이것이 없다면 "현대의 문학은 어떤 의미에서이고 읽을 흥미의 소(少)한 것"이라고 한다.[42]

또한 그는 현대인이 오장환 시 등의 페시미즘에 공감하는 이유가 그 속에 현실에의 의욕과 삶에의 긍정이 담겨 있기 때문이라고 본다. 임화에게 진정한 페시미즘이란 '부정 가운데서 강한 긍정의 의식'을, 또한 '절망 가운데서 희망'을 파악하는 것이다. 그는 페시미즘이 삶을 긍정하는 강자의 페시미즘일 때 비로소 현대문명에 대한 심판의 의미가 될 수 있다고 보았다.

> 우리가 퇴폐에 대하야 공감하는 이유가 그것이 퇴폐적이기 째문이 아니다. 오히려 그것이 왕성한 현실에 대한 의욕과 인생에 대한 부절(不絶)한 호기심의 불가피한 결과이기 째문이라는 것은 오장환 군의 시를 이야기할 째도 피력한 말이다. 박구어 말하면 그 부정(否定) 가운데서 강한 긍정의 의식이 쏘한 그 절망 가운데서 희망의 강고한 보장(保障)을 발견하기 째문에 퇴폐란 것은 비로소 하나의 심판일 수 잇다.[43]

---

42 임화, 「五月 創作 一人一評 (六)─飛翔하는 作家精神」, 『조선일보』, 1938. 5. 8.
43 임화, 「詩壇은 移動한다 (三)」, 『매일신보』, 1940. 12. 11.

'강자의 염세주의'와 같은 맥락에서 임화는 더욱 가혹한 운명을 통과할수록 인간은 더욱 위대해진다는 역설적 사유를 펼친다. "모든 비극에 잇서서와 가치 이 준엄하고 가혹한 운명감(運命感)을 통하여 우리는 인간적 위대(偉大)의 최절정(最絶頂)에 도달할 수 잇는 것이다. 비극은 또한 언제나 인간적 위대에 대한 인간들의 끄님업는 동경 때문에 씨허지는 것이 아닐까?"[44] 따라서 일제 말기 임화의 시편이 표현하는 애도는 가혹한 운명을 겪은 인간, 그리하여 위대한 인간을 지향하는 것이라고 볼 수 있다. 그렇다면 그러한 지향이 어째서 애도라는 방식과 결합하는 것일까? 애도는 '강자의 염세주의'와 그 성격이 서로 반대되는 것으로서 어쩌면 '약자의 염세주의'에 더욱 가까운 것이 아닐까? 이에 대한 답변을 「고전의 세계―혹은 고전주의적인 심정」이라는 수필의 한 부분 속에서 찾을 수 있다.

인내가 생(生)의 도덕인 동시에 그 양식이 되어 있는 생이란 어떠한 생이냐? 그것은 오직 사(死)가 아니라는 의미에 있어서 단지 생일 따름이 아닐까? 그러한 생이란 생의 최후의 혹은 최저에의 양식에 지내지 않는다. … 최저의 형태의 생이란 것도 역시 생의 부정(否定)의 제일보(第一步)요, 생의 지정(旨定)[45]의 최후 계단(階段)이다. … 기대할 것이 없는 사람에게 있어 기억이란, 그것이 비록 뼈끝에 사모치는 것일지라도 아름다운 희망보다 즐거운 것이다. … 그러므로 『에레지』란 것이 생에 대한 최후의 집착의 발언일 것처럼, 기억의 세계에의 침잠 가운대로, 생의 보람에 대한 희구의 어떤 섬광이

44 임화, 「七月創作評 (6)―浪漫的思考의 魅力」, 『조선일보』, 1939. 7. 26.
45 "지정(旨定)"은 '긍정(肯定)'의 오식―인용자 주.

번뜩이지 아니한다고 부정할 수도 없는 것이다.[46]

임화는 제국주의 파시즘을 단순히 민족-국가 간의 지배/피지배 문제로 보는 것이 아니라 문명사의 맥락에서 보다 거시적으로 사유한다. 그에게 전체주의는 중세와 근대를 거쳐온 서구 문명의 완전한 파산으로 인식되었다. 그는 서구 중세가 신과 같은 집단 중심의 가치를 추구한 끝에 몰락을 맞았으며, 서구 근대가 주체의 합리성과 같은 개인 중심의 가치를 추구한 끝에 몰락을 맞았다고 보았다. 일제 말기에 임화가 진단한 문명의 위기는 서구 문명이 제시한 모든 근본 가치가 당대의 현실에서 더 이상 유효하지 않게 되었다는 점이다. 이러한 그의 문명사적 시각에서 파시즘은 서구 문명의 위기를 극복해보려는 최후의 몸부림으로 보일 수밖에 없다. 한마디로 임화는 제국주의 파시즘을 서구 문명의 모든 가치가 파탄을 맞았다는 증표로서의 페시미즘 문명이라고 판단하였던 것이다.

위에 인용한 '인내가 생의 도덕이자 양식이 된 삶', '생의 긍정의 최후·최저 단계'라는 표현은 임화가 말한 페시미즘 문명의 특성을 가리키는 것이 된다. 인류가 의지할 만한 근본 가치가 더 이상 존재하지 않는 문명, 더 이상 자신이 허구가 아니라고 주장할 만한 그 어떠한 가치도 없는 문명이 곧 페시미즘 문명이다. 믿고 의지할 만한 근본 가치 또는 희망을 잃어버린 인간에게는 자기 생명을 계속 이끌고 나아가야 할 근거가 없다는 것이다. 가치를 잃은 인간은 삶을 인내의 대상으로만 여기게 되며, 삶을 긍정할 수 있는 최후 단계에 이르게 된다. 기대할 것도 희망할 것도 없는 인간이라도 자신의 생을 긍

46 임화, 「古典의 世界―惑은古典主義的인心情」, 『조광』, 1940. 12, 194~195쪽.

정할 수 있는 방법은 대체 무엇인가? 일제 말기 임화의 시는 이 질문에 대답하려는 사투이다.

여기서 그는 '기억의 세계에 침잠'하는 것이야말로 모든 가치를 상실한 인간이 생을 긍정할 수 있는 방법이라고 생각하였다. 확고한 가치가 없는 상황에서도 생을 긍정하는 것은 니체가 말하였던 '강자의 페시미즘'을 뜻한다. 임화는 '강자의 페시미즘'을 구현할 방식으로 애도를 선택한 것이다. 위의 인용문에서처럼 그는 '기억'을 곧장 '엘레지(elegy)' 즉 비가(悲歌)와 같은 것으로 보는데, 이는 이 책에서 말한 애도와 같은 것이다. 그에 따르면, 애도는 희망을 잃어버린 인간에게 희망보다 더 큰 기쁨일 수 있다고 한다. 또한 애도는 그저 슬픈 기억에 침잠하는 것이 아니라 역설적으로 기억 속에서 생명에 대한 최후의 집착, 즉 생명의 희망을 제시한다는 것이다.

기존 연구는 위에 인용한 글을 임화의 민족 전통에 대한 관심, 즉 '고전론'으로 간주하였다. 하지만 이 글이 1940년에 제출되었다는 점, 이 글의 문명 비평적 의식이 임화의 일제 말기 시편에서도 드러난다는 점 등을 고려할 때, 고전론에서 말한 '기억'의 문제는 민족 전통의 범주에만 국한되기 어렵다. 임화의 고전론에서 '기억'은 그보다 더 넓은 의미에서 일제 말기 임화의 시에 나타난 애도의 문제로까지 해석될 필요가 있다.

제2절
찬가 연작: 찬미할 것을 잃은 삶마저 찬미하기

시집 『찬가』는 1부와 2부로 구성되어 있는데, 1부는 해방 이후 창작된 시편을, 2부는 시집 『현해탄』 이후부터 해방 이전까지 창작된 시편을 묶은 것이다. 이 시집 2부의 맨 처음에 위치하는 시는 「바다의 찬가」이다. 이 작품은 시집 『현해탄』의 가장 마지막에 배열되었다가 『찬가』의 2부에 재수록된 것이다. 임화는 『현해탄』의 「후서」에서 "맨 끝에 실린 「바다의 찬가」는 이로부터 내가 작품을 쓰는 새 영역의 출발점으로써 특히 넣"은 것이라고 밝힌 바 있다.[47] 그만큼 찬가 연작은 새로운 기획 속에서 작성되었다.

'바다의 찬가'라는 제목은 두 가지로 해석될 수 있다. 하나는 바다에 대한 찬가라는 뜻이며, 다른 하나는 바다가 부르는 찬가라는 뜻이다. 이 작품에서는 양자의 의미가 함께 드러난다. 시적 화자는 "장하게 / 날뛰는 것을 위하여/ 찬가를 부르자"고 바다에게 청유한다. 그러면서 시인은 한밤중 폭풍우가 휘몰아치는 바다의 모습을 찬미한다. 나아가 시의 말미에서는 '시인' 자신의 상황에 초점을 맞춘다. 따라서 '바다의 찬가'란 바다에 대한 시인의 찬가인 동시에 시인에 대한 바다의 찬가가 된다.

> 詩人의 입에
>
> 마이크 대신
>
> 자갈이 물려질 때
>
> 노래하는 情熱이
>
> 沈黙가운데
>
> 最後를 의탁할 때

---

47 임화, 「後書」, 『玄海灘』, 동광당서점, 1938, 3쪽.

바다야

너는 몸부림치는

肉体의 곡조를

伴奏해라

—「바다의 讚歌」, 부분⁴⁸

폭풍우 치는 밤바다가 날뛰는 것처럼, "입에 / 마이크 대신 / 자갈이 물려"
진 시인의 몸부림 역시 "장하게 날뛰는 것"이며 "몸부림치는 / 육체의 곡조"
라고 할 수 있다. 여기서 '몸부림치는 육체의 곡조'는 '바다'의 것이 아니라
'시인'의 것으로 해석해야 자연스럽다. 왜냐하면 바다가 '반주(伴奏)'해야 할
대상이 곧 억압당한 시인의 몸부림이기 때문이다. 또한 시인은 바다에게 '몸
부림'을 '연주'해달라고 요청하는 것이 아니라 '반주'해달라고 요청한다. '연
주'는 자기 자신을 중심으로 하는 것인 반면에, '반주'는 자신이 아닌 타인을
중심으로 하는 것이다. 따라서 「바다의 찬가」는 바다와 시인을 비유함으로
써, 어두운 상황에서 몸부림치는 바다처럼 고통스러워하는 시인을 찬탄하
는 시편으로 해석될 수 있다.

"시인의 입에 마이크 대신 재갈이 물려질 때"와 유사한 표현은 임화의 일
제 말기 비평에도 나타난다. 그에 따르면, 현대처럼 환경과 작가 사이의 부
조화가 극단에 달했을 때, 시보다는 소설이 융통성 있는 기능을 발휘할 수
있다고 한다. 시는 환경과 작가의 길항을 직접적으로 표출하는 데 비하여 소
설은 그것을 간접화하고 은폐시킬 수 있기 때문이라는 것이다.

---

48 임화, 「바다의 讚歌」, 『讚歌』, 백양당, 1947, 82~83쪽.

문제는 현대와 같은 때 의의를 갖는 것으로 우리가 환경과의 사이에 조화를 발견치 못할뿐더러 부조화를 예술적으로 표현하는 데도 또한 우리가 자유를 향유하지 못햇을 때, 소설이 시보다는 융통성 잇는 기능을 발휘할 수가 잇다.

마치 풍자가 서정시(광의의)의 직절성(直截性)을 간접화하는 것과 같이 소설적『픽션』의 간접성이 작자(作者)와 환경과의 날카로운 마찰을 어느 정도까지 은폐하는 것과 같은 기능을 수행한다. 그러므로 시가 전혀 발언치 못할 때라도 소설은 아직 생존할 수가 잇다.[49]

위의 인용문에서 임화는 시가 전혀 발언하지 못할 때라도 소설은 아직 생존할 수 있다고 하였는데, 이는 "시인의 입에 마이크 대신 재갈이 물릴 때"라는 구절과 상통하는 측면이 있다. 그만큼 임화는 시야말로 시인과 환경 사이의 갈등을 가장 진솔하게 표현하는 양식이라고 인식하였다. 「바다의 찬가」는 그 인식을 뚜렷이 드러낸 작품이라고 할 수 있다.

'찬가'라는 표현이 제목 속에 들어가는 「밤의 찬가」에서도 「바다의 찬가」에서처럼 시인으로서의 정체성에 대한 인식이 두드러진다. 이 시에서 화자는 "암흑의 세계를 / 사랑하는 / 한 사람"이라고 시인을 표현한다. 그렇다면 '암흑' 또는 '밤'이란 대체 어떠한 것이기에 시인으로부터 사랑받는가? 시에서 화자는 '밤'이 "이미 / 쓰러저 가는날과 / 이로 부터 / 생탄(生誕)하는 날과의 / 보이지 않는 / 그러나 / 불타는 갈등"이기 때문에 "아름다웁고 / 신비"롭

---

49 임화, 「俗文學의擡頭와 藝術文學의悲劇—通俗小說論에代하야 (一)」, 『동아일보』, 1938. 11. 17.

다고 찬미한다. 밤이란 지나간 날과 다음 날의 경계라는 점에서 소멸과 생성, 죽음과 생명, 파괴와 창조 사이의 모순이 생성하는 상황을 암시한다. 따라서 밤을 찬미한다는 것은 곧 생에 대한 디오니소스적 긍정과 상통하는 측면이 있다. 이러한 맥락에서 시인은 "사자(死者)를 위하얀 / 생자(生者)의 노래를 / 생자를 위하얀 / 사자의 노래를 / 한 번에 / 부름은 / 얼마나 / 장쾌한 일이냐"고 감탄하며 "역시 나는 / 밤의 시인"이라고 자각한다.

　1940년에 이원조는 고전의 보편성을 의심하면서 진정한 보편성이 역사적인 시대의식 또는 사회의식 속에서 발견되어야 한다고 주장하였다. "현대작가를 설복(說服)하는 데는 고전작가가 제3의 입장이 될 수 있지마는 고전작가 그 자신을 설복하는 데는 무엇이 제3의 입장이 될 것인가 하는 데 있어서는 문학사적으로 보아 의연히 한 개의 보류안(保留案)이 성립되지 아니치 못함으로 이러한 보류안을 해결하기 위해서는 비평이 그 제3의 입장이란 것을 역사적인 시대의식 또는 사회의식이란 데서 구하지 아니하면 안 되는 것이다."[50] 보편성이 역사적 시대의식에서 나온다는 논리는 절대정신 또는 시대정신을 강조하는 헤겔주의적 사고방식이다.

　이때 임화는 이원조의 헤겔주의적 논리를 반박하면서, 시대정신이라는 것이 다수결과 같은 대중 여론의 판단에 불과하다고 지적한다. "여론의 참가로 개인 간의 시비가 판명되듯이 문학 가운데서도 시대정신이나 사회의식의 참여로 문제는 유감없이 해결될 것인가? 하면 이 씨[이원조—인용자 주] 자신이 고전의 경우를 들어서 그것의 보편타당성을 의심한 것처럼, 산술(算術)과 같이 마저 떨어지지 않는 무엇이 있다. … 나는 시대정신, 혹은 사회

---

50 이원조, 「批評精神의 喪失과 論理의 獲得」, 『인문평론』, 1939. 10, 20쪽.

의식이라는 것을 넘어서 보다 본질적인 어떤 것을 생각함으로서 문제를 정립시키는 게 옳지 아니한가 한다." 임화는 헤겔주의적인 논리보다 더 근본적인 문제 설정이 필요하며, 따라서 시인과 시대 또는 시인과 사회 간의 관계를 주목해야 한다고 본다. "작가는 진실에 대한 자기의 지향이 사라나가기 쾌적하다고 느껴질 때 즐겨 그 시대 급(及) 사회와 결부되는 것이요, 또 그렇지 못한 경우에는 그 시대 급(及) 사회와 절연하게 될 수도 있는 것이다. … 전자에 있어서는 긍정적으로! 후자에 있어서는 부정적으로!"[51] 이에 따르면, 시인은 자신이 추구하는 진실이 현실과 조화를 이룰 때 그 현실을 자기 작품에 결부시키는 것이며, 현실과 불화할 때 단절과 비타협의 방식으로 현실에 참여하는 것이라 한다. 헤겔 철학에서 강조하는 시대정신이란 단지 집단적·전체주의적 논리로서의 허구적 보편성일 뿐이며, 일제 말기 파시즘 속에서 시인이 사회 현실에 참여하는 참다운 방식은 부정과 비타협이라고 주장하는 것이다. 이와 같은 입장은 「바다의 찬가」에서 '재갈 물린 시인의 몸부림'을 찬미하였던 것, 「밤의 찬가」에서 '죽은 자를 위한 산 자의 노래'와 '산 자를 위한 죽은 자의 노래'를 함께 부르는 것과 통한다.

한밤중 폭풍우의 고통으로 인하여 몸부림치는 바다를 찬미하고, 쓰러져 가는 날과 그로부터 생성되는 날 사이의 격렬한 모순인 밤을 찬미하는 것은 모두 고통스러운 삶 전체를 긍정하려는 '강자의 염세주의'와 같다. 바다와 밤은 모두 시인 자신의 정체성을 비유한다. 이때 고통을 받는 것도 시인이며 고통을 긍정하는 것도 시인이 된다. 따라서 시집 『찬가』의 2부에 실린 '찬가' 연작은 시인으로서의 정체성에 대한 인식의 소산이라 할 수 있다. 그렇다면

---

51 임화, 「創造的 批評」, 『인문평론』, 1940. 10, 32~34쪽.

시인으로서의 정체성이란 구체적으로 무엇인가? 시인의 운명을 부여받은 자는 어떠한 방식으로 삶 자체를 긍정하는가?

임화에게 시인의 운명은 애도하는 자세, 바로 그것이다. 「통곡」은 임화 시에서 애도와 디오니소스적 긍정이 이 시기에 어떻게 접합하는지를 뚜렷하게 드러낸 작품이다. 시인은 "혼령도 죽고 / 기적도 죽"은 염세주의의 시대 속에서도 "너의 가슴이 / 탄주하는/ 장송의 곡을 따러 / 거러가는 앞길에는 / 무덤 이상(以上)의 운명이 있다"고 말한다. 이는 비록 대안이 완전히 막혀버리고 전망이 철저히 좌절된 시대 현실이라고 하더라도 그 현실 자체를 '무덤 이상의 운명'으로 긍정하는 것이다. 이때의 운명이 현실에 대한 순응주의가 아니라 니체적 의미에서의 운명애를 의미함은 지금까지 우리가 고찰했던 바이다. 그리하여 시인은 "차라리 / 마음의 수문(水門)을 / 탁 여러 놓고 / 횡일(橫溢)하는 분류(奔流) 속에 / 운명을 바라보고 싶다"고 하며, 애도의 행위를 운명으로서 긍정하는 것이 시인으로서의 정체성임을 인식한다. "어떤 놈이 / 통곡을 / 매장의 노래라 / 비웃느냐"는 시인의 분노는 자신의 시가 결코 생의 부정에서 나온 것이 아님을 뜻한다. 또한 "나는 슬플때마다 / 개고리처럼 아우성치며 / 우러대는 반도인(半島人)의 자손이다 / 나는 우러나오는 / 제 소리를 / 감추지 못하는 / 큰 소리로 / 우는 시인(詩人)이다"라고 노래한 것은 민족적 정체성을 포기하지 않으려는 강력한 신념을 보여준다는 점에서 큰 울림을 전달한다. 임화의 시에서 애도는 현실 앞에서의 무력함이나 퇴폐적인 비애가 아니라, 오히려 민족의 현실을 긍정하는 적극적 태도인 것이다.

고통을 포함한 삶 전체를 긍정하는 것은 시집 『찬가』 2부의 시편에서 삶에 대한 애도를 통하여 가능해진다. 삶을 애도하는 태도가 없다면 긍정의 태도도 없을 것이며, 삶을 긍정하는 태도가 없다면 시인으로서의 애도도 없을 것이다. 그러므로 이 시기 임화의 시는 삶의 애도를 통한 긍정과, 그것을 운명으로 하는 시인의 정체성 인식을 드러낸다.

예컨대「한여름 밤」이라는 작품에서도 끊임없는 생성의 운명에 대한 긍정과 시인으로서의 정체성 인식을 병치한다. 이 시는 당대의 현실을 "스스로 지녔든 / 정신의 무게가 / 어느 날 / 돌이 되어 / 우리의 머리를 / 때"리게 된 상황으로 노래한다. 임화의 동지로서 공산주의 혁명운동을 함께 하였던 이상춘이 자살하거나, 허영된 꿈을 안고 현해탄을 건넜던 이 땅의 젊은이들이 환멸을 겪을 수밖에 없었던 것, 이 모든 일들은 정신의 무게가 스스로를 파멸로 몰고 간 비극적 상황을 비유한다. 그러면서도 시적 화자는 "태양을 향한 / 영원한 사모의 노래로 / 새이는 밤은 / 신비롭다"고 찬미한다. 아무리 현실의 암담함이 깊다고 하더라도 그것을 뚫고 새롭게 생성될 역사를 찬미하는 것이 시인의 역할이기 때문이다. 삶의 생성 운동을 긍정하려는 시인의 의지는 순간적인 것이 아니라 영원한 것이다. 그리고 이 의지는 시인의 운명이 부여된 자에게만 해당하는 일이 아니라 식민지 현실 속에서 살아가는 모든 이에게도 해당한다.

너이들은

太陽의 아들이라

밝는 날

生誕할 어린 것들을 爲하여

별이 스러진 뒤

(중략)

最後의 순간

自己의 노래를 爲하여

잉크 대신

피를 選擇한

어떤 詩人의 故事는

총총한 눈알들아

얼마나

아름다운 傳說이냐

—「한여름 밤」, 부분[52]

　여기서 "잉크 대신 / 피를 선택한 / 어떤 시인의 고사(故事)"라는 표현은 이
상(李箱)을 가리킬 가능성이 있다. 이상의 시 「면경(面鏡)」은 「실낙원(失樂
園)」 연작 가운데 하나로서 1939년 2월 『조광』에 발표되었던 유고작이다. 여
기에서 그는 펜과 잉크로 학문을 하는 학자와 "강의불굴(剛毅不屈)하는 시인"
을 대비시킨다. '학자'의 학문은 "유리의 「냉담한 것」"이며 피곤과 창백함에
뒤덮인 "정물(靜物)"로 묘사된다. 이 상황에 대하여 시적 화자는 "피(血)만 있
으면 최후의 혈구(血球) 하나가 죽지만 않았으면 생명은 어떻게라도 보존되
여 있을 것"이라고 안타까워하며 현실의 "정물"을 "운전(運轉)"할 수 있는 '시
인'을 기다린다. 그와 같은 '시인'은 펜이나 잉크가 아니라 피로 문학을 함으
로써 최후의 혈구를 살려내고 생명을 보존하는 자가 된다. 따라서 그 '시인'

---

52 임화, 「한여름 밤」, 『讚歌』, 앞의 책, 98~100쪽.

은 "문학이 되여버리는 잉크에 냉담"할 수밖에 없다.[53] 요컨대 이상의 시 속에서 잉크 대신 피로 글을 쓴다는 것은 생명력을 상실한 합리적·과학적 근대문명으로서의 '낙원 상실'(임화는 이를 페시미즘의 개념으로 보았다)을 거부하는 의지였다.

또한 이상은 수필에서도 잉크가 아닌 피로 이루어진 문학을 이야기한다. 1934년 6월 『신여성』에 발표된 「혈서삼태(血書三態)」는 자신이 살면서 목격했던 여러 형태의 혈서에 대한 기록이다. 이 글에서 화가 '욱(旭)'은 한 여성에게 (그녀가 매춘부인 줄 알지 못하고) 사랑을 고백한 혈서를 보낸다. 이것을 본 이상은 "욱에게 대한 순정적 애우(愛友)도 어느듯 가장 문학적인 태도로 조금식 변하"게 되었다고 느끼며 피로 쓴 문학이 위대한 예술일 수 있다고 생각한다.[54] 하지만 매춘부가 그것을 받고 진짜 혈서인지 아니면 붉은 잉크로 쓴 것인지를 의심한 것을 보고 이상은 커다란 모욕감을 느낀다. 이상의 문학에서 매춘부란 실제의 성 판매 여성을 지시하는 것이 아니라, 근대 자본주의 문명 하에서 상품으로 전락해버리고만 인간을 의미한다. 그러므로 이상은 진정한 예술을 의미하는 (잉크가 아닌) 피의 문학과 그것이 모독당하는 현대문명을 말하고자 했던 것이다.

김기림은 이상에게 바치는 추도문에서 이상의 위와 같은 '피의 문학' 모티프를 다음과 같이 명시한다. "상(箱)은 한번도 『잉크』로 시를 쓴 일은 없다. 상(箱)의 시에는 언제든지 상(箱)의 피가 임리(淋漓)하다. 그는 스스로 제 혈

53 이상, 「(新散文) 失樂園 (遺稿)—面鏡」, 『조광』, 1939. 2, 181~183쪽.
54 이상, 「血書三態」, 『新女性』, 1934. 6.

관을 짜서 『시대의 혈서』를 쓴 것이다."[55] 여기서 김기림이 말하는 '피로 쓴 시'란 단순히 개인적인 유희 차원의 창작을 말하는 것이 아니라, 현대문명에 대한 치열하고 근본적인 고민으로서의 창작을 뜻한다고 볼 수 있다. 잉크가 아니라 피로 글을 쓴다는 모티프는 니체의 『차라투스트라는 이렇게 말했다』에도 등장하는 것이다. "모든 글 가운데서 나는 피로 쓴 것만을 사랑한다. 글을 쓰려면 피로 써라. 그러면 너는 피가 곧 정신임을 알게 될 것이다."[56] 여기에 나타나는 '피로 쓴 글'의 모티프 또한 김기림의 추도문에서처럼 정신적·사상적 고투를 담은 창작을 의미한다.

따라서 임화가 잉크 대신 피로 쓴 시인의 초상을 위 시의 말미에 위치시킨 것은 결코 단순한 문제라고 간주하기 어렵다. 게다가 이러한 시인의 초상이 '태양'의 생성을 기다리는 암흑의 풍경 속에 배치된 것도 다소 의미심장하다. 임화는 당시에 이상을 연상시킬 수밖에 없었던 '피로 글쓰기'의 모티프를 활용함으로써, 염세주의적 현대문명 자체를 전면적으로 고민하는 시인의 정체성을 강조했던 것이다. 이는 또한 시인에 대한 시인의 애도이기도 하다. 왜냐하면 시에서 시인은 최후의 순간을 맞은 존재이며, 그에 관한 이야기는 "고사(故事)", 즉 지난날의 일로 표현되기 때문이다. 이러한 측면에서 시인에 대한 애도는 시인으로서의 정체성 인식을 더욱 강화하는 매개체가 된다. 그 때문에 임화의 시에서 애도는 한편으로 삶에의 디오니소스적 긍정을 가능하게 해주는 원천이 되며, 다른 한편으로 시인으로서의 정체성을 자각

55 김기림, 「故 李箱의 追憶」, 『조광』, 1937. 6, 312쪽.
56 프리드리히 니체, 정동호 옮김, 『니체 전집 13(KGW VI 1) 차라투스트라는 이렇게 말했다』 「읽기와 쓰기에 대하여」, 책세상, 2000, 61쪽.

하게 해주는 원천이 되는 것이다. 이처럼 임화의 시에 나타난 '강자의 염세주의'는 일제 말기 문명을 페시미즘으로 진단하면서도 그 속에서 삶의 생성을 긍정하는 태도와 같다. 이는 '이상춘 군의 외로운 주검을 위하여'라는 부제가 붙어 있는 시 「별들이 합창하는 밤」에서도 애도의 방식으로 표현된다.

아아 밤마다

건아한

하눌의 密語는 무엇이냐

너이들은 내가

타―레스의 一族임을

손가락질하느냐

아즉도

記憶이 쓰라린

동무들의 무덤앞을

黙黙히 지내는

나의 발길을 꾸짓느냐

별들을 헤여보다

따우를 돌보지 않은

슬픈 勇氣의 무덤은

오늘날 벌서

임자도 없는

傳說의 古塚이냐

(중략)

한쌍의 눈알이

아즉도

별과 더부러

빛나고 있었단 것은

얼마나

즐거운 일이냐

　　　—「별들이 슴唱하는 밤—李相春君의 외로운 죽음을 위하여」, 부분[57]

　앞서 언급했듯이, 임화는 수필 「우수의 서」 속에서 이 시를 쓰게 된 일화를 소개하며 다음과 같은 구절을 남긴 바 있다. "고생하고, 굶고 앓고하는, 모든 것이 『무엇때문』이라는 지주(支柱)가 없어질 때 항상 담백하고 용기 잇는 인간은 죽는다."[58] '무엇 때문'이라는 희망이 사라진 시대, 그리하여 삶의 고통을 용감하게 견뎌내던 인간이 스스로 목숨을 끊는 시대는 지금까지 살펴본 페시미즘 개념과 맞닿는다. 위의 시에서 임화는 고대 그리스 자연철학자 탈레스가 하늘의 별을 관측하며 걸어가다가 실족하여 죽었다는 이야기를 인용하였다. 그러면서 '별을 헤아리다가 땅을 돌보지 않고' 죽은 자신의 친구나, 그와 마찬가지로 하늘을 보며 걷고 있는 시적 화자 역시 '탈레스의

57　임화, 「별들이 슴唱하는 밤—李相春君의 외로운 죽음을 위하여」, 『讚歌』, 앞의 책, 102~104쪽.
58　임화, 「日記抄—憂愁의 書」, 앞의 글.

일족'이라고 표현하였다. 그러므로 이 시에서 '별'은 수필에서 말한 것처럼 고통스러운 삶을 견디게 하는 희망을 암시한다.

그러나 이를 뒤집어 말한다면, 고통스러운 삶은 '무엇 때문'이라는 희망이 있을 때 견딜 수 있는 것이기도 하다. 임화는 자기 동지 이상춘의 죽음이 일제 말기의 페시미즘으로 인한 것이라고 보았다. 그러므로 시 속에서 화자의 '동무들'이 밤하늘의 별을 바라보다가 죽게 되었다는 것은 당대의 현실 속에서 더 이상 아무런 희망도 붙들지 못하고 삶을 부정하게 된 상황, 즉 '약자의 페시미즘'을 의미하는 것이 된다. 위 시에서 '아직도 기억이 쓰라린 동무들의 무덤 앞을 묵묵히 지나는 나의 발길'은 페시미즘의 문명 속에서 삶을 부정한 타자에 대하여 시적 화자가 표하는 애도를 나타낸다. 이러한 상황에서 임화는 삶의 희망을 모색하는 인간들이 더 이상 스스로 삶을 부정하지 않는 방법, '약자의 페시미즘'을 극복하는 방법을 시로 고민하였다. 이는 다름 아니라 희망을 추구하며 살다가 죽어버린 타자를 애도하는 것이며, 그러한 애도를 통하여 그 타자를 자신의 내부에 보존하는 것이다. 그리하여 시의 말미에 가서 화자는 자신도 상실된 타자처럼 '아직도' 별을 바라보며 기뻐할 수 있게 되었다고 말한다. 요컨대 이 작품은 페시미즘의 문명 속에서도 희망을 추구하다가 죽어간 타자를 애도의 방식으로 주체의 내부에 보존함으로써, 희망의 추구와 그것의 상실로 인한 죽음마저도 긍정하는 '강자의 페시미즘'을 형상화한다.

동백꽃은 희고 海棠花는 붉고 愛人은 그보다도 아름답고

우리는 故鄕의 團欒과 고요한 安息을 얼마나 그리워하느냐

아 이러한 모든 속에서 떠나온 슬픔을

나는 形言할 수가 없다

그러나 悔恨의 오솔길로

쓸쓸히 거러간 一生을 도라볼

부끄러운 먼 날을 爲하느니보단

아! 차라리 來日 아츰 깨어지는 꿈을 爲해설지라도

꽃과 愛人과 勝利와 敗北와 원수까지를

한 情熱로 讚美할 수 있는 우리 靑春을 爲하여

벗들아! 祝福의 붉은 술잔을 들자

一九三九,

— 「한잔 포도주를」, 부분[59]

「한잔 포도주를」의 시적 화자는 '동백꽃', '해당화', '애인', '고향' 등 현실 속에서 상실된 모든 것을 자신의 기억으로서 보존한다. 이러한 애도 행위로 인하여 화자는 '형언할 수 없는 슬픔'과 고통을 겪는다. 하지만 그 다음 연에서 시적 화자는 '회한의 오솔길'과 같은 과거에 침잠하기보다도 '내일 아침 깨어지는 꿈'을 위하여 '애인'과 '원수'를 동시에 찬미하고 '승리'와 '패배'를 함께 긍정하자고 노래한다. 이는 앞의 연에서 드러낸 애도를 과거 지향적이고 회한적인 성격에 한정하는 것이 아니라, 오히려 미래의 생성과 변화를 지향하는 성격으로 확장한 것이다. 이러한 의미 확장을 위하여 위 작품은 '붉은 포도주'를 마시며 삶 전체를 긍정하는 '향연'으로서 애도를 형상화한다. 이 '향

---

59 임화, 「한잔 포도주를」, 『讚歌』, 앞의 책, 133~134쪽.

연'에서 '술잔'은 애인 및 승리뿐만 아니라 원수 및 패배까지도 '찬미'하는데, 왜냐하면 '강자의 페시미즘' 속에서 원수와 패배는 생성과 변화를 거듭하는 삶의 운동 속에서 모두 긍정될 수 있기 때문이다. 그러므로 이 시는 형언할 수 없는 애도의 고통을 과거 지향적 회한에 한정하지 않음으로써, 원수와 패배까지도 생성의 향연으로서 긍정하는 역설적 형상화의 기법을 구사한 작품이라 할 수 있다.

이 시는 원래 1938년 6월호 『청색지』에 발표되었는데, 시집 『찬가』 2부에 실리면서 작품 말미에 그 창작 연도가 '1939년'으로 표기되었다. 이는 단순한 오식이나 기억상의 착오로 볼 수도 있다. 하지만 지면에 발표될 당시의 원문은 시집에 수록되면서 상당한 부분 개작되는데, 그 개작 양상을 고찰하면 '1939년'이라는 날짜 표기를 단순한 오류로 간주하지 않을 가능성이 생긴다. 발표되었을 당시의 원문에서 마지막 연의 첫 4행은 다음과 같다. "그러나 한잔 냉수로 머리를 식힌 체 / 화려했든 허망과 꿈이 뭇치는 / 무덤을 차즈니 보단 / 아! 내일 아츰 깨어지는 꿈을 위해 설지라"[60] 이를 "그러나 회한의 오솔길로 / 쓸쓸히 거러간 일생을 도라볼 / 부끄러운 먼 날을 위하느니보단 / 아! 차라리 내일 아츰 깨어지는 꿈을 위해 설지라도"로 개작된 것과 비교해보면 몇 가지 차이를 발견할 수 있다. 전자에서는 '무덤을 찾는' 애도가 '한 잔의 냉수로 머리를 식히는' 행위에 따라 중단되지만, 후자에서는 애도의 과거 지향성이 미래 지향성으로 전환한다.

또한 임화는 "꿈을 위해 설지라"를 퇴고 과정에서 "꿈을 위해 설지라도"로 고쳤다. '-ㄹ지라'는 '마땅히 그렇게 할 것이다' 또는 '마땅히 그럴 것이다'의

---

60 임화, 「한잔 포도주를」, 『靑色紙』, 1938. 6.

뜻을 지니는 종결 어미로서, 명령의 어감을 띠기도 하는 것이다. 반면에 '-라도'는 설령 그렇다고 가정하더라도 상관없다는 뜻의 연결 어미이다. 이러한 개작 양상은 단정하거나 명령하는 어미를 변화의 가능성이 담긴 어미로 변화시킨 것이다. 이는 시에 나타난 디오니소스적 긍정의 주제에 따라서 미래를 변화의 가능성으로 인식하려는 의도가 반영된 것이다.

셋째로, 개작 전의 경우는 과거를 미래의 꿈과 대비하여 '무덤 속에 허망하게 묻힌 꿈'으로 표현한 반면에, 개작 후의 경우는 과거를 '쓸쓸함'이나 '부끄러움'의 정서로 표현하였다. 과거에 꾸었던 꿈은 고독하거나 수치스러운 것일 수 있어도 아예 망각되거나 중단된 꿈일 수 없다는 의미가 개작 과정을 통하여 강조된다. 이러한 개작 과정을 통해서 과거에 대한 애도를 미래의 생성에 대한 가능성으로 확장시키고자 한 시인의 의도가 훨씬 더 분명해진다. '잃어버린 제목'이라는 뜻의 「실제(失題)」에서도 임화는 미래를 가능성의 차원으로 인식한다.

자고 새면

異變을 꿈꾸면서

나는 어느 날이나

無事하기를 바랬다

(중략)

그만 인젠

살려고 無事하려든 생각이

믿기 어려워 恨이 되어

몸과 마음이 傷할

자리를 비어주는 運命이

愛人처럼 그립다.

一九三九

　—「失題—벗이여 나는 이즈음 자꾸만 하나의 運命이란 것을 생각코 있다.」, 부분[61]

　인용한 대목에서 시적 화자는 잠에서 깨어나는 아침마다 '이변', 즉 미래의 변화 가능성을 희망하였다고 표현한다. 수면에서 각성으로의 시적 정황이 설정된 것은 '이변'에의 기대감을 부각시킨다. 또한 화자는 그렇게 미래의 변화를 내밀하게 꿈꾸었으면서도 실제로는 생존을 위하여 '무사함'을 택하였다고 반성한다. 이는 생성과 변화의 운동 속에 적극 참여하지 않는 자신을 비판하는 것이다.

　그리하여 시의 마지막 연에 가서 화자는 '무사함'을 바라던 자신의 태도를 한스러워하며, 자신의 '몸과 마음이 상할 자리'를 마련해주는 '운명'을 그리워한다. 이는 '이변'을 위해서는 '몸과 마음'이 상하더라도 그것을 운명으로서 긍정하겠다는 화자의 의지를 나타낸다. 임화는 일제 말기에 창작한 시를 통하여 생성의 '운명'에 따라 '몸과 마음이 상하게 된' 타자들을 지속적으로 애도하였는데, 이 시에서 그는 자신이 애도하던 타자의 자리에 이끌리는 것이다. 이때 '운명'을 '바란다'고 하지 않고 '그리워한다'고 표현한 것은 그러한 '운명'이 과거의 화자에게 체험되었던 적이 있었음을 암시한다. 요컨대 이 작품은 무사안일한 자기 태도를 반성하고 미래의 변화 가능성을 위하여

---

61 임화, 「失題—벗이여 나는 이즈음 자꾸만 하나의 運命이란 것을 생각코 있다.」, 『讚歌』, 앞의 책, 135~137쪽.

자신의 생명마저 상해를 입을 수 있는 운명을 긍정하며, 그에 따라서 자신이 애도하는 타자의 운명을 공유하려는 의식을 표현한다.

그와 같은 주제 의식은 '잃어버린 제목'이라는 뜻의 시 제목, 그리고 시의 전문 중 마지막 연에만 사용된 마침표를 통하여 더욱 시적으로 표현된다. 일반적으로 시인들은 시에 특정한 제목을 붙이지 않을 때 '무제(無題)'라는 단어를 사용한다. '잃어버린 제목(실제)'과 비교할 때 '무제'는 단순한 부정이자 무의미에 그치는 것일 수 있다. 하지만 제목이 없다고 하지 않고 제목을 잃어버렸다고 할 때, 잃어버린 것은 미래의 어느 순간에 다시 찾을 수 있는 것이기도 하다. 이와 마찬가지로 시적 화자가 '운명이 애인처럼 그립다'는 구절에 종결의 문장 부호를 사용한 것은 '이변', 즉 생성 가능성과 그에 따르는 고통에의 긍정이 더 이상 막연한 희망이나 감정에 머무는 것을 종결해야 한다는 뜻일 수 있다. 시적 화자는 운명을 그리워한다는 문장에 마침표를 찍음으로써, 이제 운명을 그리워만 하는 것이 아니라 직접 온몸으로 겪고자 한다는 의지를 나타낸 것이다. 따라서 이 종결 부호는 상실과 가능성을 동시에 느끼게 한다.

시집 『찬가』의 2부를 중심으로 한 임화의 일제 말기 시편은 당대에 김동석, 이하윤, 김태오 등의 주목을 받았다. 김동석은 「바다의 찬가」가 단순히 시적 대상으로서의 바다를 찬미한 것이 아니라 삶에의 의지를 긍정하는 것이었다고 말한다. "이는 바다의 찬가라느니보다 침통한 시인의 진군 나팔이다."[62] 또한 이하윤은 이 시기 임화의 시가 원래 임화의 시에 내포되어 있던 서정적 측면(이를 이 책에서는 애도의 개념으로 해석하였다)을 다시 발화시킨 것

---

62 김동석, 「朝鮮詩의 片影 (三)」, 『동아일보』, 1937. 9. 11.

이라고 보았다. "『카프시인』 중에서도 서정시인의 소질을 가장 풍부하게 감추엇던[63] 임화는 다시 옛길로 돌아오고 잇으며"[64] 다른 한편 김태오는 해방 후 시집 『찬가』의 2부에 실리게 될 임화의 시 「한 잔 포도주를」에 관하여, '고통 속에서도 새로움을 창조하려는 열정', '우울하고 어두운 삶 속에서도 새로운 생활과 신세대의 이념을 발견하려는 정열' 등이 표현된 작품이라고 평가한다. "그는 20세기의 부름을 받은 시인이다. 그는 언제나 시대와 사회를 떠나지 안는다. 떨어진 꽃을 움켜쥐고 울기만 하는 비애의 시인이 아니다. 고뇌 속에서도 새로움을 창조하려는 정열, 오직 젊음을 찬미하면서 마침내 축복의 술잔을 들자고 웨친 것이다."[65] 나아가 김태오는 이것이 이 무렵 임화와 김기림의 시에 나타나는 공통점이라고 본다. "우리는 임화 씨와 김기림 씨와의 사이에 우울하고 암흑한 생활 중에서도 새 생활 창건에의 뜨거운 열정, 신세대의 이념이던가 그 표현기술에 잇서서도 공통성을 발견한다."[66] 한마디로 이 평가들은 일제 말기 임화의 시에 나타난 서정적 애도가 현실의 고통 속에서 새로운 삶을 창조하려는 의지의 소산이었다고 본 것이다.

지금까지 고찰한 시대는 전시체제기 또는 총력전 시기라고 불리며, 임화의 시뿐만 아니라 여러 문학 속에서 전쟁과 관련된 애도의 분위기를 자아내었다. 이 시기 '애도 문학'이라고 일컬어질 수 있는 것은 주로 만주를 배경으로 한 작품들이다. 1932년 만주국 설립을 전후하여 만주로 이주한 문인들의 창작 활동은 『북향』과 『만선일보』를 중심으로 이루어졌다. 그 활동의 산물

---

63 "감추엇던"은 '갖추었던'의 오식인 듯—인용자 주.
64 이하윤, 「朝鮮文化二十年 (三十二)—詩壇의 隆盛期 (二)」, 『동아일보』, 1940. 5. 29.
65 김태오, 「卅代詩人의 苦悶相 (一)」, 『동아일보』, 1940. 2. 14.
66 김태오, 「卅代詩人의 苦悶相 (三)」, 『동아일보』, 1940. 2. 16.

로는 『재만조선시인집』(芸文堂, 1942), 『만주시인집』(第一協和具楽部, 1942)을 꼽을 수 있다. 여기에는 김조규, 김달진, 김북원, 이욱, 함형수 등의 만주 거주파와 늦게 합류한 유치환 등의 기성 시인들이 중심을 이루고 있다.[67] 또한 1939년 4월에는 조선 문인들과 출판업자들의 공동 결의로 황군위문문사사절단이 만주에 파견되었다. 이때 김동인, 박영희, 임학수가 문단 대표로 파견되었으며, 그 결과 중일전쟁 현장을 소재로 한 임학수의 『전선시집』(인문사, 1939)과 박영희의 『전선기행』(박문관, 1939)이 출간되었다.

프롤레타리아 문인이었다가 중일전쟁기 친일문학가로 전향한 김용제의 경우에는 『아세아시집』(대동출판사, 1942)에 위문편지 형식의 시를 수록하였으며, 전쟁 중 부상당하거나 전사한 병사에 대한 애도를 드러내었다.[68] 전시체제기 문학에서 애도의 분위기는 만주 개척 서사를 다룬 소설 또는 중일전쟁을 취급한 잡지 및 수필에도 나타난다. 손유경에 따르면, 한설야의 「대륙」은 공적인 애도가 금지된 마적의 삶에 얼굴과 목소리를 부여하였다고 한다. 또한 강경애 소설 「어둠」은 만주 개척 서사의 전형적 패턴인 '개척-위안'의 유형을 '상실-애도'의 패턴으로 뒤집어놓음으로써, 만주국의 파시즘적 권력이 상상할 수 있는 최대치의 곤경을 드러내었다고 한다.[69] 잡지의 경우 중일전쟁 이후 『삼천리』가 보여주는 조선 민중의 일상은 남겨진 자들의 결속을 다지기 위하여 취해지는 애도, 위문, 위안 활동을 장려하는 방향으로 나아갔

---

67 심원섭, 「일본 '만주'시 속의 대 중국관─한국 '만주'시와의 비교적 관점에서」, 『현대문학의연구』 43집, 2011. 2, 42~43쪽.

68 김승구, 「중일전쟁기 김용제의 내선일체문화운동」, 『한국민족문화』 34집, 2009. 7, 73~79쪽.

69 손유경, 「만주 개척 서사에 나타난 애도의 정치학」, 『현대소설연구』 42집, 2009. 12.

다.[70] 박영희의 『전선기행』은 전몰장병들을 애도함으로써 '죽지 못한 자의 슬픔'을 조선 민중 전체의 부채의식으로 확장시킨 수필집이다.[71] 이효석 등의 만주 기행문들은 제의 또는 애도로서의 문화 체험을 통하여, 만주국이 선전하던 신경과 하얼빈의 유토피아적 이미지를 제거하고 그 도시를 죽음의 공간으로 그려낸다.[72]

위와 같은 전시체제기 만주 배경 문학의 애도는 크게 다음과 같은 양상으로 정리될 수 있다. 먼저 임학수의 『전선시집』, 박영희의 『전선기행』, 잡지 『삼천리』 등에서 애도는 전쟁 동원과 그를 위한 의식 결속을 목적으로 한다는 점에서 지배 체제에 의하여 통제된 것이라고 할 수 있다. 반면 한설야, 강경애, 이효석의 소설과 수필 등에서 애도는 아무리 권력의 통제가 강하더라도 결코 포섭될 수 없는 인간성을 담아내었다. 그러한 측면에서 이 시기 김용제의 시들은 혼재된 양상을 보이는데, 전쟁을 찬양하는 시는 파시즘 질서에 경도된 것인 데 비하여 애도를 담아낸 시는 그 질서의 목적과 거리가 먼 것이었다. 그중에서도 특히 「전장의 벗에게」나 「약혼녀에게」 등은 임화로부터 비롯하여 김용제 자신도 창작한 바 있는 1920년대 서간체 시 형식을 재도입하였다는 점에서 서간체 시의 형식적 잠재력을 드러내는 사례이다.

하지만 이러한 애도의 양상은 전쟁이라는 상황 자체에 결부된 측면이 있다. 그렇기 때문에 만주라는 공간에 집중되어 기행 또는 개척의 문학이 산출

70 손유경, 「전시체제기 위안(慰安) 문화와 '삼천리' 반도의 일상」, 『상허학보』 29집, 2010. 6.
71 이승원, 「전장의 시뮬라크르―박영희의 『전선기행』을 중심으로」, 『정신문화연구』 30권 4호, 2007 겨울, 244쪽.
72 조은주, 「일제말기 만주의 도시 문화 공간과 문학적 표현―신경, 하얼빈을 중심으로」, 『한국민족문화』 48집, 2013. 8.

되었던 것이다. 반면 이 시기 임화의 시에서 애도는 제국주의 파시즘 전쟁을 문명사적인 차원으로 인식하는 시적 형상화 방식으로서, 전쟁 상황 자체를 다룬 애도 문학보다 더 거시적인 관점을 마련한다. 시집『찬가』2부를 중심으로 한 그의 시편은 당대의 전쟁 상황을 페시미즘 문명으로 표현하기 때문이다. 그는 신을 중심으로 하는 집단적 가치 추구의 실패(서구 중세), 주체의 합리성을 중심으로 하는 개인적 가치 추구의 실패(서구 근대) 끝에 대두된 것이 바로 전체주의 문명의 페시미즘적 성격이라고 진단하였다. 이러한 문명 비평적 의식 속에서 일제 말기 임화의 시는 삶의 가치 상실로 인하여 부정된 생명 의지를 애도하였다. 이때의 애도는 제국주의 파시즘의 페시미즘 문명을 시적으로 형상화하는 동시에, 생성 긍정의 사유로 나아가는 매개 기능을 한다.

| 제5장 |

결 론

기존의 연구에서 해방 전 임화의 시 세계는 대체로 민요시, 다다이즘 시, '단편서사시', 혁명적 낭만주의를 토대로 한 시, 현해탄 연작, 1930년대 후반 시 등으로 구분된다. 이는 작가의 전기적 체험이나 일부의 비평 이론을 과도하게 중시하였다는 문제점을 지닌다. 이 책은 이러한 단계 구분의 방식에 따라 임화의 시에 관한 연구 성과를 검토하면서 크게 여섯 가지의 문제를 제기하였다.

　첫째, 임화의 민요시가 발굴됨으로써 임화 시의 출발을 다른 방식으로 해석해야 할 필요성이 제기되었다. 둘째, 선행 연구는 임화의 다다이즘 시를 '서구 근대성 추종', '마르크스주의로 나아가는 계기'로 간주하였던 이전 연구 관점에서 나아가, 그것을 예술적 전위성과 정치적 전위성의 결합으로 설명하였다. 이는 '리얼리즘/모더니즘'과 같은 이분법적 도식을 상대화하고, 예술적 전위와 정치적 전위의 상호 침투를 해명한다는 점에서 연구의 의의가 있지만, 그것이 전후의 민요시 및 서간체 시와 어떠한 관계를 맺는지를 충분히 해석하지 못하였다는 한계를 남긴다. 셋째, 기존 연구에서 임화의 서간체 시는 검열의 우회 전략, 낭독을 통한 대중의 공감 유도, 일본 나프시와의 영향관계 비교, 윤리적 주체 수립에의 미달 등 다양한 방식으로 분석되었지만, 여전히 '단편서사시'라는 용어를 반성 없이 답습하였고, 이데올로기의 선전 선동 및 대중화 수단이라는 기존의 분석 틀에서 벗어난 시각을 제시하지 못하였다.

넷째, 서간체 시 다음으로 1930년대 중반까지 창작된 임화의 시는 낭만주의적 성격을 중심으로 논의되었다. 그것은 작품의 해석을 카프 해산의 맥락이나 임화의 일부 평론에 과도하게 끼워 맞추었다는 한계가 있다. 다섯째, 모더니즘과의 비교 및 포스트콜로니얼리즘을 바탕으로 한 선행 연구는 임화의 현해탄 시편에 대한 이식론적 관점을 상대화하고 그 속에서 민족의식이나 근대 대응 논리를 밝혀내었지만, 그것을 또 다른 근대적 논리의 일부로 환원시킨 측면이 있다. 여섯째, 시집 『찬가』 2부의 시편을 중심으로 하는 일제 말기 임화의 시는 '애도'나 '니체 철학'의 관점에 근거한 일부 연구를 통하여 '지식인의 내성화', '현실에 대한 운명론적 비극적 인식', '전향의 수락'과 같은 이전 평가를 다소 탈피하였다. 하지만 여기에서 '애도'나 '니체 철학'은 사회주의 이념, 혁명 운동 속에서 희생되었던 동지, 헤겔 철학의 자장을 벗어나지 못한 마르크스주의 변증법 등의 의미로 국한되었다..

그와 같은 선행 연구의 한계를 넘어서기 위하여, 이 책은 해방 전 임화의 시를 해명하는 데 '애도'의 개념이 알맞다는 시각을 취하였다. 이 책의 목표는 해방 전 임화 시의 애도가 당대의 맥락 속에서 특히 '문명 비평'의 성격과 연관이 있다는 점을 규명하는 것이었다. 그러므로 이 책은 임화의 문명 비평적 의식이 무엇이었는지, 그리고 그것이 어떻게 시 창작 속에서 애도의 방식으로 발현할 수 있었는지를 연구의 시각으로 삼았다.

먼저 문명 비평이라는 개념의 범위는, 최재서와 김기림의 평론에서도 확인할 수 있듯이, 창작 행위와 구분되는 협의의 비평 장르만을 가리키는 것이 아니라 시대의 위기를 진단한다는 넓은 의미의 비평까지를 포함한다. 따라서 임화의 시 역시 광의의 비평에 속한다고 보았다. 다음으로 이 책은 문명 비평적 성격이 나타나기 시작한 시기를 1930년대 중후반에 한정하지 않고, 1920년대 초중반부터 일제 말기까지의 임화 시에 나타나는 문명 비평적 성격을 자세하게 해명하고자 하였다.

서양에서 '문명'은 18세기 계몽주의의 대두와 함께 탄생한 용어이며, 어원상 '도시 시민'이라는 의미와 연관이 있는 개념이었다. 그 용어의 진보적이고 개혁적인 함의는 서구 문명을 받아들이고자 하였던 일본에서의 용례로 이어졌다. 한국의 경우, 문명 개념은 처음 소개될 당시에 서구의 학문, 종교, 법률 등을 의미하였다. 하지만 일본 유학생이나 국내 유학자 등에 의하여 서구나 일본 중심의 문명화 흐름을 반성하고, 그것과 구별되는 나름의 문명 담론을 형성하려는 노력이 이루어졌다. 따라서 문명 개념은 야만적인 폭력이 아니라 인문적인 교양의 방식을 통하여 '인간다움'의 의미를 규정하고, 그렇게 규정된 '인간다움'의 토대 위에서 공동체를 구성하는 원리를 의미하게 되었다. 특히 개화기 이후 한국에서는 서구 및 일본의 압도적인 문명에 대응하여 새로운 문명을 구성하려는 비평 담론이 형성되었다.

문명 비평 담론은 한국 근대시의 역사 속에서 새로운 시 형식을 모색하려는 담론과 얽히며 독특하게 전개된다. 이 책은 이를 '서정시 탈피' 담론이라는 용어로 명명하였다. 임화는 일제 말기까지 계속하여 자신의 평론 속에서 문명 비평적 시각을 내세울 때마다 개인과 집단이라는 개념의 쌍을 동원하였다. 초기 비평에서 임화는 프로이트의 정신분석학이 집단의 공통적 심리를 연구하던 재래의 심리학과 달리 개인의 변별적 특성에 주목한다는 점에서 유의미하다고 본다. 이렇게 임화의 초기 비평에서부터 나타난 개인과 집단의 개념 쌍은 그의 일제 말기 비평까지 지속적으로 등장한다.

함대훈이나 홍효민 등 교조적 정치주의를 버리지 못한 논자들은 부르주아 예술이 개인적 예술이며 프롤레타리아 예술이 집단적 예술이라는 범박한 이분법을 구사하였다. 이에 맞서 임화는 고유한 개성을 바탕으로 하지 않는 집단이란 단순히 기계적인 군집에 불과하다고 지적하며 집단 중심의 문명을 비판한다. 임화는 교조적 마르크스주의를 비판하는 것과 같은 논리로써, 민족-국가라는 집단의 단결을 위하여 개인의 희생을 강조하는 제국주의 파시즘을 비판한다. 또한 그는 집단 중심 문명의 획일성을 비판하는 데에서 나아가, 인간을 고립되고 파편화된 개인으로 간주하는 개인 중심의 문명을 추상적 인간학이라고 비판한다. 임화가 보기에 추상적 인간학은 인간을 둘러싼 사회 역사적 맥락을 화폐와 자본으로 환원하는 자본주의 문명의 다른 모습이었다. 이때 그는 자본주의 문명의 토대에 서구 근대의 합리주의 또는 과학주의가 있음을 통찰한다.

이처럼 임화는 개인 중심의 문명과 집단 중심의 문명 양자를 동시에 비판하면서, 문명사 전반을 개인과 집단의 개념 축으로 진단한다. 그에게 중세는 극단적 집단성, 근대는 극단적 개인성, 파시즘 문명은 중세적 집단성의 부활로 파악된다. 이 지점에서 그는 문학을 통하여 개인과 집단의 부조화를 넘어서는 제3의 문명론을 탐색하고자 한다. 임화가 고민한 제3의 문명론은 인간의 완전한 개성과 완전한 집단성을 동시에 구현하는 것이었으며, 이를 위하여 그는 문학이 계급성을 지양하고 전 인류의 보편성을 획득해야 한다고 생각하였다. 이러한 제3의 사유는 임화의 시에서 '애도'의 방식으로 형상화된다.

임화의 시에 나타나는 애도의 특징은 프로이트에서 데리다를 거쳐 버틀러에 이르는 애도 개념과 상통하는 측면이 있다. 프로이트는 애도와 우울증을 구분하였다. 그에 따르면, 성공적인 애도는 상실된 대상에게 투여하던 리비도를 회수하여 다른 대상에게로 돌리는 작업이라고 한다. 반면에 우울증은 애도가 실패한 상태이고, 상실된 대상에게 여전히 리비도를 투여하는 상태이며, 그 대상이 부재하는 현실을 받아들이지 않는 상태이다. 나아가 아브라함과 토록은 애도와 우울증을 각각 내사와 융합이라는 개념으로 바꾸어 설명한다. 이에 따르면 내사적인 발화는 대상 그 자체를 말하고 있다는 환상인 반면, 융합은 주체 내부에 비밀의 무덤을 세움으로써 이해 불가능한 신호나 예상치 못한 느낌에 시달리는 것이라 할 수 있다.

데리다는 융합의 개념을 죽은 사람이 내 안에 낯선 존재로 계속 살아있게 되는 것으로 해석한다. 이와 달리 프로이트가 말한 성공적인 애도는 주체가 타자를 동화시키고 그것을 이상화하고 헤겔적인 의미에서 그것을 내면화하는 것일 따름이라고 데리다는 비판한다. 따라서 성공적인 애도는 진정한 애도가 아니며, 진정한 애도는 융합으로서의 애도라는 것이 데리다의 주장이다. 데리다에게 애도란 타자를 타자로서 보존하는 것이다. 이러한 타자성을 그는 단독성 또는 대체 불가능성으로 설명한다. 나아가 그는 단독성에 근거한 윤리학을 정초하고자 한다. 애도는 타자의 단독성을 보존한다는 불가능성을 추구하기 때문에 윤리적이다. 이는 가능성/불가능성의 척도에 따라서 애도와 우울증을 정상/비정상으로 분류한 프로이트의 입장과 구별된다.

또한 애도의 단독성은 데리다에 의하여 미학적인 의미로 해석되기도 한다. 그에 따르면, 애도의 미학이란 무정형의 것을 정형화하지 않고, 형식을 빈곤하게 하지 않으며, 차이를 상실하지 않는 데에서 비롯한다. 이러한 맥락과 비슷하게, 폴 드 만은 상기와 기억을 구분한 헤겔의 논의에 주목한다. 이에 따르면, 상기는 감각된 경험을 보존하는 것이다. 반면 기억은 상기에서 감각을 소거하고 남은 부분을 사유로 일반화하는 것이다. 여기서 폴 드 만은 문학(수사학)에서 상징이 기억에 가깝다면, 알레고리는 상기에 가깝다고 말한다. 알레고리는 사유의 일반성으로 환원하기 힘들며, 어떠한 술어와도 자의적으로 결합할 수 있기 때문이다. 이러한 폴 드 만의 논의에 따라, 데리다는 애도의 기억이 타자로서의 타자, 즉 총체화되지 않는 흔적이 전체의 너머를 표상하는 "알레고리적 환유"가 된다고 한다.

애도가 상실된 타자를 타자로서 기억하는 행위라고 했을 때, 그 기억은 일반적 관념으로의 상징화가 아니라 단독적 감각의 보존이라고 할 수 있다. 이러한 측면에서 이 책은 임화의 시에 나타난 애도가 어떠한 미학적 성취를 함유하는지에 관하여 고찰하였다. 이는 또한 이 책의 연구 범위를 해방 후까지 포함하지 않고 해방 전으로 한정한 이유이기도 하다. 해방 후 시편에서도 애도의 요소는 뚜렷하게 나타나지만, 그때의 애도는 해방 전의 시편에서 나타나는 것과 같은 진정한 의미의 애도라고 보기 어렵다. 해방 후의 시편에서 나타나는 애도는 타자를 주체의 이데올로기로 상징화하는 경향이 강하기 때문이다.

버틀러는 프로이트가 애도와 우울증을 명확히 구분했던 자신의 초기 견해를 수정하여 애도와 우울증을 자아 형성 과정 속에서 연결되는 것으로 이해할 수 있었다고 지적한다. 버틀러에 따르면, 그러한 자아 형성 과정으로서의 애도는 공적인 권력에 의하여 애도되지 못하는 인간들을 애도할 수 있으며, 그렇게 애도하는 주체를 권력의 틀에서 벗어나는 수행적 주체로 변형한다고 주장한다. 데리다가 애도를 윤리적 차원에서 설명했다면, 버틀러는 애도를 정치적인 차원으로까지 확장한 것이다.

버틀러가 생각하기에, 애도는 내가 완전히 예상하거나 통제할 수 없는 방식으로 타자에게 넘겨져 있다는 사실을 받아들이는 것이며, 따라서 나와 타자와의 윤리적 연결의 원천이 되는 것이다. 이러한 애도의 윤리성·정치성은 주체의 완벽한 합리성이 아니라 상실로 인한 주체의 불완전성에 근거한다. 이는 터부에 근거하는 양심과 구별되어야 한다. 프로이트는 죽은 자에 대한 터부가 의식적인 애착과 무의식적인 적대의 양가적 감정에서 비롯했다고 분석한다. 즉 터부는 애착이 끊어진 고통을 표현하는 한편, 적대가 실현되었다는 죄의식을 위장하기 위하여 생겨났다는 것이다. 나아가 프로이트는 인류 문명과 법률 제도의 기반을 이루는 양심 역시, 그러한 감정적 양가성의 기초 위에서 생겨난 것이라고 한다. 이와 같은 양심은 타자에의 적대감을 변형시킨 죄책감을 토대로 삼는다는 점에서, 타자의 상실을 토대로 하는 애도의 윤리·정치와 다르다. 버틀러가 생각하기에, 죄책감을 기초로 하는 양심은 자기가 억제하고자 하는 충동을 활용하고 착취하며, 거꾸로 그 충동이 자신을 억제하는 그 법을 먹여 살리는 부정적 나르시시즘일 따름이다.

임화는 1924년 12월부터 1926년 12월까지 2년에 걸쳐 10편의 민요시를 발표한다. 이는 1926년 5월에 최남선이 국민문학론을 제기하기 시작한 것보다 앞선다. 임화의 민요시는 말놀이와 해학의 특징을 나타내다가, 차츰 이별로 인한 그리움의 정서를 뚜렷하게 띠게 된다. 이는 민요 또는 민요시에 관한 임화의 세 가지 견해와 연관이 있다. 첫째, 임화의 문학사 서술에 따르면 민요시의 뿌리인 '향토성'은 사대부 양반 계층이 아닌 조선 민중의 언어로 조선 민중의 감정을 표현하는 '민주주의'의 맹아 역할을 하였다. 임화의 민요시가 일상적인 시어와 해학적인 말놀이를 구사한 것은 그가 생각한 민요시의 '민주주의적' 성격을 반영한 것이었다. 둘째, 임화는 민요시의 가치가 민족의 문화적 전통에 근거하여 조선 시문학 고유의 아이덴티티를 형성하였다는 데 있다고 보았다. 셋째로, 그는 조선 시의 전통인 민요가 상실의 고통을 표현하면서도 그를 통하여 사회 현실의 문제를 환기시킨다는 점에 주목하였다.

임화가 민요시를 발표할 당시에 김억, 김동환, 김기진은 서구 근대의 물질문명에 대한 비판의 차원에서 '서정시 탈피' 담론을 내세웠다. '서정시 탈피' 담론은 1920년대 중반 임화가 민요시를 쓰기 시작할 무렵에 대두하였으며, 특히 파인 김동환의 시집 『국경의 밤』 출간을 계기로 본격화된다. 이에 대한 김억과 김기진의 공통적인 견해는 '서정시로부터 탈피한 시'가 도시를 중심으로 하는 서구 근대 물질문명에 맞서 '전원'이나 '향토성'을 강조한다는 것이었다. 이러한 '서정시 탈피' 담론은 1920년대 후반에 들어서 향토성을 어떻게 전유할 것인가 하는 문제에 따라 급격한 분화의 양상을 나타낸다. 김억은 향토성을 시형(詩形)의 문제로 한정하는 데 그쳤으며, 김동환 역시 민요를 형식의 문제로만 설명하게 되었다. 이처럼 민요의 문명 비판적 맥락을 배제하고 민요의 형식적 측면만을 강조함에 따라서, 그들의 '서정시 탈피' 담론은 자연스럽게 국민문학론에 흡수되었으며, 향토성에의 강조를 통하여 서구 근대의 물질문명을 비판했던 원래의 취지로부터 멀어졌다. 다른 한편 김기진은 향토성을 긍정하였던 자신의 기존 견해를 수정하여 국민문학론을 공격한다. 이러한 상황 속에서 임화는 민요시의 긍정적 속성이 민요시의 실제 창작자들에 의하여 보수적이고 퇴행적인 방식으로 전개되었다고 판단한다.

'서정시 탈피' 담론을 내세웠던 이들이 민요시나 프로시를 주창하게 되었을 무렵에 임화의 시는 민요시에서 다다이즘 시로 변모한다. 당대의 민요시가 민족의 정서를 기록함으로써 일제의 논리로 포획될 수 없는 담론을 제시하였다면, 임화가 민요시에서 다다이즘 시로 나아간 것은 민족 정서를 그 너머의 문명 비평적 관점으로까지 드넓힌 것이라 할 수 있다. 임화의 시가 민요시에서 다다이즘 시로 변모한 것은 첫째로 그 관점이 민족 정서를 문명 비평으로 확장한 것이며, 둘째로 그 표현 대상이 내면적 정서에서 타자로서의 인간과 그의 삶으로 이행한 것이다.

민요시를 거쳐 다다이즘 시로 오면서 획득된 문명 비평 및 타자로서의 인간에 대한 관심은 임화의 서간체 시편에 이르러 애도를 통하여 본격적으로 형상화된다. 그 과도기에 해당하는 「젊은 순라의 편지」는 비록 '일인일엽소설'이라는 코너에 수록되었지만, 후에 이어지는 서간체 시에 기초 형식을 제공하였다. 이 작품은 '아폴로의 장례식'을 시적 정황으로 제시함으로써 서구 문명의 죽음을 선포한다. 하지만 시적 주체가 '우리'라는 복수형을 취하여, 편지를 받는 타자가 모호하다는 점에서 서간체 시 형식의 높은 미학적 성취에 이르지는 못하였다.

이러한 과도기를 거쳐서 임화가 도달한 서간체 시는 대부분 '상실한 타자에 대한 애도'를 보여준다는 특징이 있다. 여기에서는 타자를 주체의 이념으로 환원하는 시선과 타자를 타자로서 보존하는 시선이 엇갈리며 나타난다. 특히 후자의 시선은 임화의 서간체 시를 여타 카프시뿐만 아니라 일본 나프시와도 구분시켜주는 지점이라고 할 수 있다. 나프와 카프의 서간체 시에서는 편지를 받는 타자보다 편지를 보내는 주체의 결심이나 훈계를 밝히는 내면이 더 많은 비중을 차지한다. 이와 달리 「네거리의 순이」에서는 일상적인 맥락들을 연결시킴으로써 특별한 맥락을 빚어내는 시적 기법이 활용된다. 「우리 옵바와 화로」에 나타난 애도는 상실된 타자인 오빠에게 시적 주체와 남동생이 보존하고 있는 기억을 투영함으로써 무엇으로도 상징화되지 않는 단독성을 오빠에게 부여한다. 또한 「우산 받은 『요꼬하마』의 부두」에서 '비'와 '우산'은 기존 연구에서 파시즘과 그것의 대응물로 분석되었지만, 이 작품의 모티프가 된 나프의 시 「비내리는 시나가와역」에 비하여 특정 이데올로기로 환원할 수 없는 단독성을 드러낸다. 요컨대 임화의 서간체 시에서 애도는 상실된 타자에의 기억을 보존함으로써 특정 이데올로기로 상징화되지 않는 단독성을 그 타자에게 부여한다.

그 무렵 카프 멤버로 활동한 이정구는 임화의 서간체 시편에서 오빠를 상실한 '나'와 남동생이 부젓가락에 비유되거나 연인과의 이별이 '비'와 '우산' 등의 감각과 결합하는 것은 아무런 이념도 상징하지 않는 우연이라고 비판하였다. 그 비판에 대하여 임화는 상징화되지 않는 감각들을 통하여 타자를 상기할 때, 오히려 타자와의 필연적 연관성이 더 뚜렷하게 드러난다고 반박하였다. 폴 드 만의 알레고리 개념이 애도와 관련된다는 데리다의 논의처럼, 임화의 서간체 시에서 애도는 타자를 추상적인 관념으로 상징화하지 않으며 단독적인 감각으로 형상화하는 알레고리 미학을 나타낸다.

나아가 임화는 「어머니」라는 작품을 통하여 이미 죽은 타자인 '어머니'에게까지 말 걸기를 지속적으로 시도함으로써 데리다가 말했던 '불가능한 애도'를 수행한다. 이는 상실된 타자에 관한 대체 불가능한 책임을 포기하지 않는다는 점에서 애도의 윤리성을 드러낸다고 할 수 있다. 또한 「봄이 오는구나」에서 애도하는 주체는 이 세상이 다 망해버린다 해도 상실된 타자를 두고서는 봄을 따르지 않겠다고 다짐한다. 이러한 애도의 윤리는 추상적 이데올로기에 의거한 윤리보다도, 타자에 대한 단독적 책임을 바탕으로 성립하는 윤리에 더욱 가깝다. 소설가 박태원의 「봄이 오는구나」에 대한 논평은 임화의 서간체 시가 당대의 시에 관한 통념으로 쉽게 파악되지 않는 것이었음을 보여준다. 또한 임화의 서간체 시는 모두 공적인 권력이나 제도에 의하여 애도될 수 없는 존재들을 애도의 대상으로 삼는다. 버틀러의 논의에 따른다면, 이러한 애도는 식민지 근대 권력에 의하여 구획된 인간/비인간의 경계를 폭로하며, 나아가 타자 상실에 따른 자아형성의 메커니즘을 통하여 애도하는 주체를 공적 권력에서 벗어난 외부자로 변화시킨다.

임화는 1927년부터 1930년까지 단 3년 동안에만 비평 속에서 선전·선동 수단으로서의 예술과 조직의 집단성 및 규율을 강조하였다. 또한 임화의 서간체 시는 권환, 김두용, 안막 등 동료 카프 문인들의 비판을 받는다. 임화의 서간체 시는 자신의 목적의식 도입 비평 및 동료 카프 문인들의 비판에 따라 「양말 속의 편지」(『조선지광』, 1930. 3)처럼 앙상한 이데올로기만 남은 시로 변화한다. 이후 임화는 1930년 7월부터 1933년 3월까지 3년여 동안 시를 쓰지 않는다. 김남천과 이동규의 언급은 임화의 서간체 시가 목적의식기 카프의 일률적인 비평에 의하여 심한 압박을 받았으며, 그에 따라서 임화가 시작 활동을 중단하게 되었음을 증언한다.

이와 달리 임화의 서간체 시에 대한 긍정적 평가도 당대에 김기진, 신고송, 정노풍, 윤곤강, 안함광 등에 의하여 이루어졌는데, 이러한 평가의 요점은 새로운 형식, 이데올로기의 추상성 탈피, 사람들의 정서를 움직이는 감동 등으로 간추려진다. 임화의 1930년 평론 「시인이여! 일보 전진하자!」은 서간체 시에 대한 자기비판으로 알려져 있지만, 그 속에서 자신의 서간체 시를 옹호하기도 하였다. 또한 그는 1931년부터 1933년까지 시 창작을 중단한 상황에서 비평을 통하여 목적의식기 카프의 획일적 집단성 강조와 그에 따른 창작의 개성 억압을 비판한다.

그와 비슷한 시기인 1930년대 무렵에 김기림이 제시한 '서정시 탈피' 담론은 1920년대에 자신이 제시하였던 것보다 더 거시적인 문명 비평의 수준에 도달하고 있었다. 김기림은 김억의 '서사시' 실험을 비판하면서 '서정시'와는 다른 형식의 시가 단순히 형식 실험에만 그칠 것이 아니라 문명 비평의 시각을 담아야 한다고 주장하였다. 또한 그는 T. S. 엘리엇의 「황무지」와 같은 '장시'를 근거로 하여, 현대문명의 구조가 복잡해짐에 따라 문명 비평을 위한 새로운 형식의 시 역시 복잡한 시각을 확보해야 한다고 보았다. 요컨대 김기림의 '서정시 탈피' 담론은 다양하고 복잡한 모자이크적 시선을 통하여 서구 근대문명의 파국적 실상을 인식하고자 한 것이다. 하지만 김기림은 근대문명의 대안이 어디까지나 집단의 층위에서만 도출될 수 있다고 한정하였다. 이에 따라 김기림의 시 창작은 근대문명을 모자이크화하는 데 민족-국가의 기호들을 동원하였다.

이러한 맥락에서 임화는 김기림의 장시 「기상도」가 문명을 비판하기보다도 민족-국가와 같은 집단의 논리를 기호로서 소비한다고 지적한다. 임화는 1934년 마산 병상에서의 수필을 통하여 작년 봄부터 창작적 충동을 느껴왔으며, 그것은 '형이상학적 세계에의 침잠'과 '상상의 세계에의 몰아적 비상'과 관련된다고 밝힌다. 새로운 창작의 방향을 모색하는 과정에서 임화는 수필문학 장르에 주목한다. 이전에 그는 수필 양식을 긍정적으로 평가하지 않았지만, 이후 자신의 입장을 바꾸어서 수필이 몽테뉴의 에세이처럼 교양을 개성으로 체화함으로써 현실과 사상을 직접적으로 융합시킬 수 있다고 생각하기 시작한다. 임화는 지식이 객관적이고 논리적인 데 비하여 교양은 주체적이고 개성적이라고 하면서, 전자를 강조한 경향문학이 이식성으로 귀결된 반면에 후자를 강조한 고전은 주체성으로 통한다고 보았다. 요컨대 임화가 수필문학에서 발견한 특징은 형식적으로 규범의 구속에서 자유롭다는 점이며, 내용적으로 집단적·도그마적 지식이 아니라 고전의 습득을 통하여 개성적·주체적 교양을 드러낸다는 점이다. 임화는 요양 중에 몽테뉴와 파스칼의 에세이 작품을 독해하면서 수필 형식의 잠재력을 발견했던 것이다.

다른 한편 임화는 1933년의 시단에서 김해강, 김대준, 조벽암, 이흡 등이 '자유형의 장행(長行)과 긴 형식'을 통하여 '금일의 현실을 강하게 부정하면서도 그것의 대체될 미래'를 노래하였다고 평한다. 1934년부터 1937년까지 임화의 시는 몽테뉴 및 파스칼 독해와 당대 시 형식의 영향에 따라, 장형화되고 산문화된 문체 속에 사상을 자유롭게 담아내는 형식으로 창작된다. 그는 자신의 「암흑의 정신」, 「세월」, 「주리라 네 탐내는 모든 것을」 등과 같은 작품이 암담한 현실을 그대로 노래함으로써 독자가 그 속에서 앞날의 희망을 찾게 하려는 시도였다고 밝힌다.

이때 임화는 몽테뉴, 파스칼, 괴테, 니체를 재독해함으로써 김기림과 다른 방식으로 '서정시 탈피' 담론을 구축한다. 먼저 임화는 몽테뉴를 서구 근대 문명의 훌륭한 근원으로 파악한다. 또한 임화는 자신이 몽테뉴의 사상적 계승자인 파스칼을 깊이 독해하였다고 밝히며, 파스칼의 사상이 서구 근대문명에 대한 반성의 의미를 내포한다고 보았다. 다른 한편 임화는 괴테를 여러 차례 인용하면서, 괴테가 인간의 본질적 문제를 모순과 생성의 관점으로 파악한 점에 동의하였다. 임화는 모순과 변화를 강조하는 변증론적 사유에 관심을 보였으며, 니체에게서도 그러한 변증론적 사유를 찾아내었다. 임화는 니체 철학을 파시즘 옹호의 논리라고 비판하는 것처럼 보인다. 하지만 그는 다만 니체 철학이 파시즘에 의하여 왜곡·오용된 것을 비판하였을 뿐이지 니체 철학 자체를 완전히 비판한 것은 아니었다. 그렇기 때문에 그는 당대 문명 위기에 맞서는 문학이란 니체 철학에서 지향하는 바처럼 현실과의 갈등 속에서 운명의 생성을 추구하는 것이며, 그처럼 고정된 목적이 없는 모순과 생성 자체를 생의 목적으로서 긍정하는 것이라고 생각하였다.

실제로 임화는 변증론적 사유를 다양하고 복잡하고 구체적인 관계 속에서의 현실 파악 방식으로 정의하는 동시에, 교조적 정치주의가 관념적·추상적 유추일 뿐이라고 비판한다. 그는 인간 생활의 다양성을 강조하는 변증법이 문학의 본질인 '형상'의 표현과 관련된다고 논의한다. 이는 폴 드 만이 파스칼의 『팡세』에 나타나는 변증론적 형상 개념에 주목한 바와 상통한다. 파스칼은 데카르트적 독단론과 몽테뉴적 회의주의 간의 인식론적 모순에 대하여 '인간은 인간을 무한히 초월한다'는 명제를 제시한다. 폴 드 만에 의하면, 그와 같은 변증론적 형상은 총체화되지 않는 것으로서 모순을 포착하는 알레고리의 표현이라고 한다. 이는 임화가 변증법에서의 다양성 및 그 문학적 표현인 '형상'을 강조한 것과 같다. 임화는 서구 문명을 근본적으로 극복할 수 있는 논리를 찾기 위하여 속류 유물변증법과 구별되는 변증론적 사유를 검토하였으며, 이에 따라서 시집 『현해탄』을 계절의 흐름을 배경으로 하는 시, 메타시, 현해탄 시편으로 구성하였다.

시집 『현해탄』의 맨 앞에 놓여 있는 작품은 「네거리의 순이」이다. 임화에게 이 시는 비슷한 시기에 발표된 일련의 서간체 시를 대표하는 것으로서 간주되었다. 「네거리의 순이」 바로 다음에 나오는 세 편의 시는 겨울에서 봄으로 계절이 바뀌는 시간적 배경을 통하여 무한한 생성의 원리를 시적으로 형상화한다는 공통점을 갖는다. 이러한 시집 구성을 통하여 임화는 서간체 시에서 형성되었던 애도의 의미를 확장한다.

그렇게 확장된 애도의 의미는 헤라클레이토스 사상과 연관이 있다. 헤라클레이토스 사상을 임화는 '운명'이라는 용어로 압축시킨다. 헤라클레이토스 철학이 니체 철학과 연관되듯이, 임화의 문학 세계 전반에서 적지 않게 나타나는 '운명' 개념은 니체가 헤라클레이토스 사상의 재해석을 통하여 제시한 운명애 사상으로 이해될 수 있다. 임화는 신남철과의 지적인 관계를 통하여 헤라클레이토스 사상을 접할 수 있었다. 계절의 흐름을 배경으로 한 임화의 시편은 박치우의 철학처럼 1930년대에 유행한 '운명' 개념을 식민 지배에의 순응 논리로 도용될 위험으로부터 구출하면서도, 박치우와 달리 '운명' 개념의 근원을 헤라클레이토스와 니체에게서 발견함으로써 '운명'의 의미를 확장했다. 물론 이 시기의 조선에서 니체 철학은 김형준, 강한인, 현인규, 신남철, 현영섭 등에 의하여 다양한 방식으로 유통되던 것이었다. 하지만 여타의 니체 담론과 달리 임화 시가 이룩한 고유의 성취는 서간체 시에서 형성된 애도의 주제가 생성 원리를 형상화한 시편 속에서 헤라클레이토스적-니체적 운명애 개념과 결합하였다는 점이다. 이는 개인 차원의 애도를 운명애라는 사상적 차원으로 확장한 것이라 할 수 있다. 그 때문에 계절의 흐름을 배경으로 한 임화의 시는 홍효민, 김기림, 정지용, 정인섭 등에 의하여 고평되기도 하였다. 그들은 임화의 시가 이전에 비하여 교조적 정치주의에서 훨씬 더 멀리 벗어나게 되었으며, 개인적 차원의 애도를 사상적 차원으로 넓힘으로써 사회 현실을 고민하였다고 본다.

계절의 흐름에 따르는 시편 이후에는 메타시가 등장한다. 메타시에서 시인의 정체성은 배우로 형상화된다. 예를 들어 「주유의 노래」에서 시적 화자가 슬퍼할수록 '제군'이 기뻐한다고 표현한 것은 시인의 예술이 정치적 공식주의에 의하여 왜곡될 때의 굴욕감을 뜻하며, 그럼에도 자신이 계속 고통을 무대 위에서 연기하겠다고 한 것은 그와 같은 굴욕감 속에서도 예술 자체를 지향하겠다는 의지를 표현한다. 임화의 메타시는 패러디, 아이러니, 패러독스와 같은 다양한 수사학을 구사한다. 「적」에서 기독교 복음서의 패러디와 패러독스의 수사학은 니체 철학의 기독교 비판, 그리고 대립적인 것들 간의 투쟁과 그로 인한 생성 자체를 긍정하였던 니체의 상대주의와 연관된다. 또한「지상의 시」에서 '태초에 말씀이 있었다'는 복음서의 구절을 '태초의 행위가 있다'는 성찰로 바꾼 대목은 괴테의『파우스트』에서 악마 메피스토텔레스를 만나기 직전의 파우스트가 성경을 독일어로 번역하면서 '태초에 말씀이 있었다'는 구절을 '태초에 행위가 있었다'는 구절로 옮기는 장면과 일치한다. 임화는 관념과 실천의 대립, 초지상적인 것과 지상적인 것의 대립이라는 괴테의 주제에서 변증론적 사유를 찾았다. 또한「너 하나 때문에」는 계급혁명이라는 정치주의적 목적에서 벗어나 투쟁과 생성의 운명을 유희적으로 긍정하는 것이 예술이라는 주제를 담고 있는데, 이는 헤라클레이토스와 괴테를 '어린아이의 유희' 즉 목적 없는 생성에의 영원한 의지로 해석하였던 니체 사상과 상통하는 측면이 있다.

임화는 자신의 현해탄 연작이 과거부터 현재까지의 조선 역사를 되돌아봄으로써, 그 속에서 새로운 시대의 영역을 발견하려는 의지와 식민지 근대의 전체주의에 대한 고민을 표출한 것이라고 밝혔다. 이와 같은 현해탄 시편은 시집『현해탄』의 말미에 배치된다. 이 시편에서 바다는 니체의『차라투스트라는 이렇게 말했다』에 나타난 바다의 의미와 상호텍스트성을 이룬다.『차라투스트라는 이렇게 말했다』의 2부에서 바다는 두 가지 의미를 지니는데, 하나는 허영심으로 가득 찬 바다이며 다른 하나는 태양을 향한 상승에의 의지로 끓어오르는 바다이다. 조선인들이 희망을 품고 현해탄 바다를 건넌 역사에 대한 임화의 시적 기록은 서구-일본의 근대문명을 동경하는 것이 아니라 그 문명이 '허영의 바다'였음을 반어적으로 비판하는 것이다. 예를 들어 일본으로 향하던 청년의 "로맨티시즘"은 일제 파시즘과 그에 의한 식민지 조선의 억압이라는 현실을 인지하지 못한 허영심으로 드러난다. 임화는 조선 대륙에서 일본으로 향하는 정황의 시편에 민족이라는 운명 공동체에 대한 애도를 삽입함으로써, 상실된 민족을 환기하는 동시에 '현해탄'을 '허영의 바다'로 형상화해낸다.

반면 현해탄 시편에서 민족이라는 운명 공동체의 역사에 근거하여 새로운 운명을 형성하려는 의지가 표명될 때, 비로소 현해탄은 '허영의 바다'와 반대되는 의미로 나타난다. 특히 일본에서 조선으로의 귀환을 배경으로 하는 현해탄 시편은 식민지 조선 민족의 역사 속에서 새로운 운명의 생성이 가능하다는 사유를 제시한다. 이를 표현하기 위하여 임화는 일제 파시즘에 의한 조선 민족의 상실과 그에 대한 애도를 '아이'의 이미지와 중첩시킨다. 이때의 '아이'란 파시즘적인 사회 진화론의 우승열패 경쟁과 달리 상승 의지 자체를 긍정하는 유희의 정신을 암시한다. 이처럼 운명 공동체의 역사를 향한 애도 속에서 끝없는 생성의 운명을 기억하고 예견하는 바다는 '현해탄 콤플렉스'처럼 '서구=일본=근대'의 껍데기를 선사하는 '허영의 바다'가 아니라 민족의 무한하고 주체적인 창조성을 발산하는 '상승 의지의 바다'인 것이다.

표제작 「현해탄」은 현해탄을 사이에 두고 일본 및 서구의 근대화 흐름과 조선 반도의 역사적 흐름을 대결시킨다. 더 나아가 이 시는 조선 대륙의 물결이 현해탄만큼 깊고 높다고 표현함으로써, 조선의 역사와 문화가 일본 및 서구에 비해서 결코 간단하고 소박한 것이 아니라는 인식을 드러낸다. 이와 같은 시적 표현은 조선 고유의 문명이 서구 및 일본 문명과 구별되는 독자적 아이덴티티를 가진 것이며, 대륙의 유구한 문화적·역사적 전통에 근거하여 현대의 수난 속에서도 창조력과 낙천주의적 생활력을 표출하는 것이라는 임화의 사유와 상통한다. 또한 「현해탄」은 현해탄을 오고가며 죽어간 인간들에 대한 애도의 목록을 열거법의 방식으로 작성하는데, 이는 문명 비평적 성격과 애도의 성격을 접합함으로써 생성을 거듭하는 운명의 바다에 몸을 던지며 죽어간 조선인들의 역사야말로 새 문명 창조의 원천이라는 사유를 제시한다. 이와 같은 해석은 박용철, 최재서, 민병휘 등의 당대 논자들이 임화의 현해탄 연작을 고평한 지점과 맞닿는다. 그들은 현해탄 연작이 문화인으로서의 열정과 고민을 압축적으로 표현하였으며, 현실 속에서 새롭게 생성하는 인간형을 모색하였다고 보았다. 임화의 서간체 시편에 나타난 애도는 니체 철학과의 교섭을 통하여 운명의 형식으로 일반화되며, 나아가 민족 공동체의 주체적이고 창조적인 운명으로 구체화된 것이다. 이 지점에서 임화의 시는 니체 철학만으로 환원되지 않는 고유의 특성을 나타낸다.

시집 『현해탄』 이후로 임화는 오장환, 서정주, 이용악 등 '시단의 신세대'에 관한 비평 속에서 1930년대 후반의 시대적인 현실을 페시미즘, 즉 염세주의로 진단한다. 먼저 임화는 오장환 시의 페시미즘이 어떠한 적극적 보람도 없는 현대적 삶의 운명을 보여준다고 평가한다. 또한 임화는 19세기의 보들레르식 데카당스와 서정주·오장환 등 '신세대'의 페시미즘을 비교하면서, 전자가 단순한 분위기의 층위에서 새로운 문명을 모색한 노력인 데 비하여 후자는 그 19세기의 노력이 실패한 뒤에 나타난 사상이라고 보았다. 다른 한편 이용악의 시에 대한 임화의 평론에 따르면, 페시미즘은 현대문명의 토양 속에서 발아하면서도 그 문명을 거부하는 태도라고 한다. 이를 이상(李箱) 문학에 나타난 전복적 사유와 연결하면서, 임화는 조선 신세대 문학에 나타난 페시미즘이 현대문명의 위기를 폭로하는 동시에 문명으로부터의 무력감을 극복하려는 사상이었다고 해석한다.

임화는 일제 말기 파시즘의 문화적 이데올로기인 '명랑'을 페시미즘의 관점으로써 비판하며, 현대문명에 대한 지식인의 고민이 종료될 수 없다고 주장하였다. 또한 그는 페시미즘의 시각을 통하여 새로운 문명의 도래를 탐지하였다. 그에 따르면, 서구 문명은 종교에 의하여 인간의 개성을 획일화한 중세 문명, 그리고 그 이후에 자본주의 물질문명을 극단화하여 파시즘과 전쟁의 폐단을 낳은 근대문명으로 나뉘며, 그에 따라서 중세로도 근대로도 돌아갈 수 없는 '파스칼'적 사유가 발생한다. 임화는 서구 근대의 합리주의 및 과학문명이 실패함으로써 파시즘이 대두했다고 보고, 그 양자를 넘어선 제3의 문명을 요청한다.

서정주나 오장환 등과 같은 '시단의 신세대'는 『시인부락』의 동인으로서 니체 철학을 나름의 방식으로 공유하였다. '시단의 신세대'를 주목하며 거기에서 염세주의를 읽어내는 임화의 시각 역시 니체 철학과 관련된 것이라 할 수 있다. 니체 철학에 따르면, '약자의 염세주의'는 몰락과 퇴폐를 드러내는 허무주의인 데 비하여 '강자의 염세주의'는 파괴와 변화와 생성에의 열망이자 미래를 잉태하는 힘의 표현이다. 임화는 일제 말기에 일본어 산문을 통하여 정치의 폭력에 맞서는 문화의 가치를 강조함으로써 간접적으로 군국주의 파시즘을 비판하였다. 이 과정에서 임화는 괴테와 슈티프터를 거쳐 니체로 내려오는 문화의 개념을 적극 옹호하였다.

산문 「언제나 지상은 아름답다」에서 임화는 '자살한 어느 친구'나 '파멸한 많은 사람의 이름과 정신'을 애도하면서, 그 속에서 생명의 끊임없는 운동을 긍정하려는 것이 찬가 시편의 기획이었다고 밝힌다. 그는 약자의 염세주의를 넘어서 강자의 염세주의를 노래하고자 찬가 연작을 기획하였던 것이다. 그는 당시의 휴머니즘 논쟁에서, 아무리 현대문명이 위기를 맞았다고 하더라도 현실은 그 자체로 긍정되어야 하며, 그 속에서 문명의 생성을 도모해야 한다는 '강자의 염세주의'를 표명하였다. 수필 「우수의 서」에서 그는 나중에 시집 『찬가』의 2부에 수록될 시를 소개하며, 거기에 애도를 통한 '강자의 염세주의'의 표출이 담겨 있다고 암시한다. 이는 기존 연구에서 임화의 일제 말기 시를 패배감, 좌절 등으로 해석한 것과 상충하는 지점이라고 할 수 있다.

임화에 따르면, 현대문명은 환경과 시인이 조화할 수 없는 것이며, 이때 시는 그러한 부조화 자체의 표현, 즉 '억압된 정신의 비상'이라고 한다. 그가 생각하기에 이 부조화로부터 비약하는 정신은 동정이나 연민과 구분된다. 왜냐하면 동정이나 연민은 페시미즘의 현실을 다만 절망적으로 바라보는 '약자의 염세주의'인 반면에, '억압된 정신의 비상'은 페시미즘의 현실을 직시하면서도 그 속에서 끓어오르는 생성을 희망한다는 점에서 '강자의 염세주의'이기 때문이다. 그는 진정한 페시미즘 속에 오히려 현실에의 의욕과 삶에의 긍정이 담겨 있다고 보았다. 이에 따라 일제 말기 임화의 시는 가혹한 운명을 겪을수록 위대해지는 인간을 동정 또는 연민이 아닌 애도의 방식으로 형상화한다.

염세주의로 진단한 1930년대 후반의 상황 속에서 임화는 제목에 '찬가'가 공통적으로 들어가는 연작 형태의 시를 구상한다. 이 찬가 시편에는 니체가 '약자의 염세주의'와 구분하여 말한 '강자의 염세주의'가 나타난다. 시집 『찬가』 2부의 맨 앞에 놓인 「바다의 찬가」는 바다에 대한 시인의 찬가인 동시에 시인에 대한 바다의 찬가가 된다. 임화는 시야말로 시인과 현실 사이의 갈등을 가장 진솔하게 표현하는 양식이라고 사유하였으며, 그 인식을 「바다의 찬가」에서 표현하였다. 「밤의 찬가」에서 밤을 찬미한다는 것은 곧 생에 대한 디오니소스적 긍정을 의미한다. 임화는 시대정신이 곧 보편성이라는 이원조의 헤겔주의적 사고를 전체주의적 논리에 따른 허구적 보편성이라고 비판하면서, 시인과 현실이 불화할 때 시인은 부정과 비타협의 방식으로 현실에 참여할 수 있다고 주장한다. 이는 「바다의 찬가」와 「밤의 찬가」에서 '재갈 물린 시인의 몸부림'을 찬미하며 '죽은 자를 위한 산 자의 노래'와 '산 자를 위한 죽은 자의 노래'를 함께 부르는 것으로 나타난다. 한밤중 폭풍우의 고통으로 인하여 몸부림치는 바다를 찬미하고, 쓰러져 가는 날과 그로부터 생성되는 날 사이의 모순인 밤을 찬미하는 것은 모두 고통스러운 삶 전체를 긍정하려는 '강자의 염세주의'를 드러낸다.

　이러한 디오니소스적 긍정은 임화의 일제 말기 시편에서 삶에 대한 애도와 연결된다. 임화의 시 「통곡」에서 애도는 현실 앞에서의 무력함이나 퇴폐적인 비애가 아니라, 오히려 고통 받는 민족의 현실을 긍정하는 적극적 태도로 드러난다. 또한 「한여름 밤」에서 애도는 한편으로 삶에의 디오니소스적 긍정을 가능하게 해주는 원천으로 표현되며, 다른 한편으로 시인으로서의 정체성을 자각하게 해주는 계기로 표현된다. 특히 이 시에서 '잉크 대신 피를 선택한 어떤 시인의 고사'는 이상(李箱)을 가리키는 것일 가능성이 있다. 이상의 시와 수필 및 그에 연관된 니체와 김기림의 논의로 미루어볼 때, '잉크 대신 피로 글쓰기'는 생명력을 상실한 식민지 근대문명에의 거부 의지를 뜻한다고 볼 수 있다.

　「별들이 합창하는 밤」은 임화의 동지 이상춘이 자살한 사건을 창작 배경으로 하며, 희망의 상실로 인하여 삶의 고통을 더 이상 견딜 수 없게 된 현대문명의 페시미즘을 표현한다. 동시에 이 작품은 페시미즘의 문명 속에서도 희망을 추구하다가 죽어간 타자를 애도의 방식으로 기억 속에 보존함으로써, 희망의 추구와 그것의 상실로 인한 죽음마저도 긍정하는 '강자의 페시미즘'을 형상화하였다. 「한잔 포도주를」은 애도의 고통을 과거 지향적 회한에 국한시키지 않고 삶을 기꺼워하는 몸짓 자체로 형상화함으로써, 원수 및 패배까지도 긍정하는 역설적 기법을 구사한다. 「실제(失題)」에서는 안일하게 생존해온 자기 태도의 반성, 그리고 생성을 추구하며 그에 따른 고통을 긍정하는 운명애가 나타난다. 김동석, 이하윤, 김태오 등은 일제 말기 임화 시의 서정성(애도)에 주목하면서, 그것이 현실의 고통으로부터 새로운 삶을 창조하려는 의지의 소산이라고 해석하였다. 이처럼 일제 말기 임화의 시는 식민지 근대의 페시미즘 문명에 의하여 부정된 삶에의 의지를 애도함으로써, 고통마저도 생성의 과정으로 긍정하려는 '강자의 염세주의'를 표출한다.

참고문헌

1. 일차 자료

임화,『玄海灘』, 동광당서점, 1938.
임화,『文學의 論理』, 학예사, 1940.
＿＿,『讚歌』, 백양당, 1947.
＿＿,『回想詩集』, 건설출판사, 1947.
＿＿, 임화문학예술전집 편찬위원회 엮음,『임화문학예술전집』, 소명출판, 2009.
임화 엮음,『現代朝鮮詩人選集』, 학예사, 1939.
오희병 엮음,『乙亥名詩選集』, 시원사, 1936.
『現代朝鮮文學全集 詩歌集』, 조선일보사출판부, 1938.
『大潮』,『東亞日報』,『每日新報』,『無産者』,『文章』,『문학의오늘』,『批判』,『四海公論』,
　　『三千里』,『新東亞』,『新世紀』,『新女性』,『藝術』,『音樂과詩』,『人文評論』,『朝光』,
　　『朝鮮文藝』,『朝鮮文學』,『朝鮮日報』,『朝鮮中央日報』,『朝鮮之光』,『朝鮮と建築』,
　　『中央日報』,『哲學』,『靑色紙』,『風林』,『學燈』,『現代詩學』 등

2. 국내 논저

1) 단행본

고미숙 외,『근대계몽기 지식 개념의 수용과 그 변용』, 소명출판, 2004.
김윤수 · 백낙청 · 염무웅 엮음,『韓國文學의 現段階 I』, 창작과비평사, 1982.
김윤식,『近代韓國文學研究』, 일지사, 1973.
＿＿＿,『韓國近代文藝批評史研究』, 일지사, 1976.
＿＿＿,『林和研究』, 문학사상사, 1989.
＿＿＿,『그들의 문학과 생애―임화』, 한길사, 2008.
＿＿＿,『임화와 신남철: 경성제대와 신문학사의 관련 양상』, 역락, 2011.
김용직,『韓國近代詩史』上, 학연사, 1986.
＿＿＿,『韓國現代詩史 1』, 한국문연, 1996.
＿＿＿,『林和文學研究―이데올로기와 詩의 길』, 새미, 1999.
김재용,『민족문학운동의 역사와 이론』, 한길사, 1990.
김재홍,『카프시인비평』, 서울대학교출판부, 1990.
김정훈,『임화 시 연구』, 국학자료원, 2001.
김채수,『일본의 내셔널리즘과 글로벌리즘』, 제이앤씨, 2005.
노대환,『문명』, 소화, 2010.

문학과사상연구회,『임화문학의 재인식』, 소명출판, 2004.

방민호,『일제 말기 한국문학의 담론과 텍스트』, 예옥, 2011.

백철,『朝鮮新文學思潮史現代篇』, 백양당, 1949.

신범순,『한국 현대시의 퇴폐와 작은 주체』, 신구문화사, 1998.

_____,『노래의 상상계』, 서울대학교출판문화원, 2011.

신범순·란명 외,『동아시아 문화 공간과 한국 문학의 모색』, 어문학사, 2014.

신용하,『박은식의 사회사상연구』, 서울대학교출판부, 1982.

와타나베 히로시·박충석 공편,『'문명' '개화' '평화'』, 아연출판부, 2008.

유종호,『다시 읽는 한국시인』, 문학동네, 2002.

이화여자대학교 한국문화연구원 엮음,『근대계몽기 지식의 굴절과 현실적 심화』, 소명출판, 2007.

임종원,『후쿠자와 유키치 연구―문명사상』, 제이앤씨, 2001.

임화문학연구회 엮음,『임화문학연구』, 소명출판, 2009.

_____,『임화문학연구 2』, 소명출판, 2011.

_____,『임화문학연구 3』, 소명출판, 2012.

_____,『임화문학연구 4』, 소명출판, 2014.

정동호 외,『오늘 우리는 왜 니체를 읽는가』, 책세상, 2006.

정호웅,『임화―세계 개진의 열정』, 건국대학교출판부, 1996.

2) 학위 논문

강은진,「임화 초기시 연구―변모 양상 및 중후기 시와의 영향관계를 중심으로」, 고려대학교 석사학위논문, 2012.

김연미,「『서양사정』의 영어 원전 번역부분에 관한 연구―『Political Economy for Use in Schools and Private Instruction』과의 비교를 중심으로」, 고려대학교 석사학위논문(일어일문학과), 2002.

김오경,「林和詩 研究」, 충남대학교 석사학위논문, 1995.

김윤태,「1930年代 韓國 現代詩論의 近代性 硏究―林和와 金起林의 詩論을 中心으로」, 서울대학교 박사학위논문, 1999.

김의진,「운양 김윤식의 서학수용론과 정치활동」, 연세대학교 석사학위논문(사학과), 1985.

김정훈,「임화 시 연구」, 한양대학교 박사학위논문, 1996.

김종훈,「한국 근대시의 '서정': 기원과 변용」, 고려대학교 박사학위논문, 2008.

김지형,「김남천과 임화 문학의 식민지 이성 연구」, 한국외국어대학교 박사학위논문, 2013.

김진희,「林和 詩 硏究―'단편서사시'를 중심으로」, 이화여자대학교 석사학위논문, 1990.

_____,「한국 근대 기행시 연구」, 숙명여자대학교 박사학위논문, 2008.

남기혁,「임화 시의 담론구조와 장르적 성격 연구」, 서울대학교 석사학위논문, 1992.

노관범,「대한제국기 박은식과 장지연의 자강사상 연구」, 서울대학교 박사학위논문(국사학과), 2007.

박민수, 「한국현대시의 사회시학적 연구—1920년대의 시를 중심으로」, 서울대학교 박사학위논문, 1989.

박인기, 「韓國現代詩의 모더니즘 受容 硏究」, 서울대학교 박사학위논문, 1987.

박정선, 「임화 시의 시적 주체 변모과정 연구」, 경북대학교 박사학위논문, 2005.

백은주, 「현대 서사시에 나타난 서사적 주인공의 변모 양상 연구—'영웅 형상'의 변모를 중심으로」, 고려대학교 박사학위논문, 2009.

서지영, 「한국 현대시의 산문성 연구—오장환·임화·백석·이용악·이상 시를 대상으로」, 서강대학교 박사학위논문, 1998.

송승환, 「1920年代 韓國傾向詩의 한 硏究」, 경희대학교 석사학위논문(국어교육학과), 1991.

신명경, 「林和詩 硏究」, 동아대학교 석사학위논문, 1990.

_____, 「일제강점기 로만주의 문학론 연구」, 동아대학교 박사학위논문, 1999.

신종호, 「林和 硏究」, 숭실대학교 석사학위논문, 1991.

안서현, 「황순원 소설에 나타난 타자 인식 연구」, 서울대학교 석사학위논문, 2008.

오성호, 「1920-30년대 한국시의 리얼리즘적 성격 연구—신경향파와 카프의 시를 중심으로」, 연세대학교 박사학위논문, 1992.

오세인, 「한국 근대시에 나타난 도시 인식과 감각의 연구」, 고려대학교 박사학위논문, 2011.

유임하, 「林和詩의 變貌樣相에 관한 硏究」, 동국대학교 석사학위논문, 1989.

윤석우, 「韓國 現代 敍述詩의 談話 特性 硏究」, 조선대학교 박사학위논문, 1997.

윤여탁, 「1920~30년대 리얼리즘시의 현실인식과 형상화 방법에 대한 연구」, 서울대학교 박사학위논문, 1990.

이경훈, 「林和 詩 硏究—詩集 『玄海灘』을 대상으로」, 연세대학교 석사학위논문, 1988.

이명찬, 「1930년대 후반 한국 현실주의시의 내면화과정 연구」, 서울대학교 석사학위논문, 1991.

이성혁, 「1920년대 한국 근대시의 전위성 연구—아나키즘 다다와 임화의 초창기 시문학에 대한 비교문학적 접근」, 한국외국어대학교 박사학위논문, 2007.

이장렬, 「한국 근대시에 나타난 도시공간 연구—김기림과 임화를 중심으로」, 경남대학교 석사학위논문, 1995.

이태숙, 「林和 詩의 變貌 樣相에 관한 考察」, 서울대학교 석사학위논문, 1991.

이형권, 「林和 文學 硏究」, 충남대학교 석사학위논문, 1997.

전철희, 「임화 비평에 나타난 주체 형성 과정 연구」, 한양대학교 석사학위논문, 2012.

정재찬, 「1920~30年代 韓國傾向詩의 敍事志向性 硏究—短篇敍事詩를 중심으로」, 서울대학교 석사학위논문, 1987.

조명숙, 「임화의 단편서사시 연구」, 아주대학교 석사학위논문, 2005.

진순애, 「韓國 現代詩의 모더니티 硏究—30年代와 50年代 詩를 중심으로」, 성균관대학교 박사학위논문, 1996.

최두석, 「한국현대리얼리즘시연구—임화 오장환 백석 이용악의 시를 중심으로」, 서울대학교 박사학위논문, 1995.

최윤정, 「1930년대 '낭만주의'의 탈식민성 연구—임화, 김기림, 박용철의 시론과 시 텍스트를 중심으로」, 서강대학교 박사학위논문, 2007.

한성철, 「1920년대 한국문학에 끼친 이탈리아 데카당스 영향 연구」, 단국대학교 박사학위논문, 1996.

한용국, 「1920년대 시의 일상성 연구」, 건국대학교 박사학위논문, 2010.

황성면, 「福澤諭吉의 문명론 연구—「문명론지개략」을 중심으로」, 서울대학교 석사학위논문(외교학과), 1997.

허정, 「임화 시 연구」, 동아대학교 박사학위논문, 2007.

홍희선, 「임화 시 연구」, 서울여자대학교 석사학위논문, 1991.

3) 학술지 논문

권성우, 「임화 시에 나타난 "탈식민성" 연구」, 『한국문예비평연구』 24집, 2007. 12.

권희철, 「"'나'는 누구인가?"에 대한 1920년대 문학의 문답 지형도—'불축제' 계열시와 김소월 시의 관련 양상을 중심으로」, 『한국현대문학연구』 29집, 2009.12.

금장태, 「박은식의 유교개혁사상」, 『종교학연구』 24집, 2005. 12.

김경일·채수도, 「근대 일본의 지역평화사조에 대한 고찰」, 『일본사상』 11집, 2006. 12.

김동식, 「'리얼리즘의 승리'와 텍스트의 무의식—임화의 「의도와 작품의 낙차와 비평」에 관한 몇 개의 주석」, 『민족문학사연구』 38집, 2008. 12.

김명인, 「1930년대 중후반 임화 시의 양상」, 『민족문학사연구』 5호, 1994. 7.

김수이, 「임화의 시비평에 나타난 해석과 평가의 시차(視差, parallax)—김기림, 이상, 백석, 오장환의 시에 대한 임화의 비평을 중심으로」, 『한국문예비평연구』 31집, 2010. 4.

김승구, 「중일전쟁기 김용제의 내선일체문화운동」, 『한국민족문화』 34집, 2009. 7.

김응교, 「임화와 일본 나프의 시」, 『현대문학의 연구』 40집, 2010. 2.

류준필, 「'문명'·'문화' 관념의 형성과 '국문학'의 발생—'국문학'이라는 이데올로기 서설」, 『민족문학사연구』 18집, 2001. 6.

민윤영, 「안티고네 신화의 법철학적 이해」, 『법철학연구』 14권 2호, 2011. 8.

방민호, 「임화의 초기 시편과 해방 후 시 한 편」, 『서정시학』 28호, 2005. 겨울.

박승희, 「1920년대 데카당스와 동인지 시의 재발견」, 『한민족어문학』 47집, 2005. 12.

박양신, 「근대 초기 일본의 문명 개념 수용과 그 세속화」, 『개념과소통』 2호, 2008. 12.

박정선, 「식민지 근대와 1920년대 다다이즘의 미적 저항」, 『어문론총』 37집, 2002. 12.

_____, 「일제 말기 전시체제와 임화의 「찬가」 연작」, 『한국시학연구』 22집, 2008. 8.

_____, 「임화와 마산」, 『한국근대문학연구』 26집, 2012. 10.

박호영, 「일제강점기 혁명적 낭만주의 이입 연구—바이런과 셸리를 중심으로」, 『한중인문학연구』 28집, 2009. 12.

배상미, 「식민자와 피식민자의 연대(불)가능성—나카노 시게하루의 「비내리는 시나가와역」과 임화의 「우산 받은 요꼬하마의 부두」」, 『민족문학사연구』 53집, 2013. 12.

백동현, 「대한협회계열의 보호국체제에 대한 인식과 정당정치론」, 『한국사상사학』 30집, 2008. 6.

서용순, 「이방인을 통해 본 새로운 주체성에 대한 고찰」, 『한국학논집』 50집, 2013. 3.

손유경, 「최근 프로 문학 연구의 전개 양상과 그 전망」, 『상허학보』 19집, 2007. 2.

_____, 「만주 개척 서사에 나타난 애도의 정치학」, 『현대소설연구』 42집, 2009. 12.

_____, 「전시체제기 위안(慰安) 문화와 '삼천리' 반도의 일상」, 『상허학보』 29집, 2010. 6.

_____, 「팔봉의 '형식'에서 임화의 '형상'으로」, 『한국현대문학연구』 35집, 2011. 12.

_____, 「식민지 조선에서 '전위'가 된다는 것(1)」, 『한국현대문학연구』 41집, 2013. 12.

신범순, 「『시인부락』파의 '해바라기'와 동물 기호에 대한 연구」, 『관악어문연구』 37집, 2012. 12.

심원섭, 「일본 '만주'시 속의 대 중국관—한국 '만주'시와의 비교적 관점에서」, 『현대문학의 연구』 43집, 2011. 2.

왕철, 「프로이트와 데리다의 애도 이론—"나는 애도한다 따라서 나는 존재한다"」, 『영어영문학』 58집, 2012. 9.

원준호, 「포스트구조주의의 헤겔 정치철학 비판에 대한 반(反)비판—헤겔에서의 가족과 국가의 가부장성에 대한 데리다의 비판을 중심으로」, 『헤겔연구』 16호, 2004. 12.

이경수, 「임화 시에 나타난 '운명'의 의미」, 『어문논집』 44호, 2001. 10.

이경훈, 「임화의 1930년대 후반기 시 연구」, 『비평문학』 7집, 1993. 9.

이기성, 「'운명'과 '고백' 사이—1930년대 후반에서 해방기까지 임화의 시 쓰기」, 『민족문학사연구』 46집, 2011. 8.

이승원, 「전장의 시뮬라크르—박영희의 『전선기행』을 중심으로」, 『정신문화연구』 30권 4호, 2007 겨울.

장문석·이은지, 「임화의 '오빠', 송영」, 『한국학연구』 33집, 2014. 5.

정선태, 「근대계몽기 '국민' 담론과 '문명국가'의 상상—『태극학보』를 중심으로」, 『어문학논총』 28집, 2009. 2.

정승운, 「「비날이는 品川驛」을 통해서 본 「雨傘밧은 『요꼬하마』의 埠頭」」, 『일본연구』 6집, 2006. 8.

조은주, 「1920년대 문학에 나타난 허무주의와 '폐허(廢墟)'의 수사학」, 『한국현대문학연구』 25집, 2008. 8.

_____, 「일제말기 만주의 도시 문화 공간과 문학적 표현—신경, 하얼빈을 중심으로」, 『한국민족문화』 48집, 2013. 8.

최병구, 「초기 프로문학에 나타난 '감성'과 '제도'의 문제」, 『현대문학의 연구』 47집, 2012. 6.

최윤정, 「1920년대 민요담론의 타자성 연구」, 『한민족문화연구』 36집, 2011. 2.

최호영, 「야나기 무네요시의 생명사상과 1920년대 초기 한국시의 공동체 문제」, 『일본비평』 11호, 2014. 8.

한기형, 「"법역(法域)"과 "문역(文域)"—제국 내부의 표현력 차이와 출판시장」, 『민족문학사연구』 44집, 2010. 12.

함동주, 「일본제국의 한국지배와 근대적 한국상의 창출─대한협회를 중심으로」, 『일본역사연구』 25집, 2007. 6.

3. 국외 논저

Abraham, Nicolas and Torok, Maria, *The Shell and the Kernel: Renewals of Psychoanalysis*, vol. 1, trans., ed. Nicholas T. Rand, Chicago: University of Chicago Press, 1994.

Butler, Judith, *Antigone's Claim: Kinship Between Life and Death*, New York: Columbia University Press, 2000.

_____, *Precarious Life: The Powers of Mourning and Violence*, London and New York: Verso, 2004.

_____, *Giving an Account of Oneself*, New York: Fordham University Press, 2005.

_____, *Gender Trouble: Feminism and the Subversion of Identity*, 2nd ed., New York and London: Routledge, 2006.

de Man, Paul, "Pascal's Allegory of Persuasion," ed. Stephen J. Greenblatt, *Allegory and Representation*, Baltimore and London: The Johns Hopkins University Press, 1981.

_____, "Sign and Symbol in Hegel's Aesthetics", *Critical Inquiry*, vol. 8, Summer, 1982.

Derrida, Jacques, *MEMOIRES for Paul de Man*, trans. Cecile Lindsay, Jonathan Culler, and Eduardo Cadava, New York: Columbia University Press, 1986.

_____, *The Gift of Death*, trans. David Wills, Chicago and London: The University of Chicago Press, 1995.

_____, *The Work of Mourning*, ed. Pascale-Anne Brault and Michael Naas, Chicago and London: The University of Chicago Press, 2001.

_____, *Without Alibi*, ed., trans. Peggy Kamuf, Stanford and California: Stanford University Press, 2002.

Derrida, Jacques and Ferraris, Maurizio, *A Taste for the Secret*, trans. Giacomo Donis, ed. Giacomo Donis and David Webb, Cambridge: Polity, 2001.

Freud, Sigmund, *The Standard Edition of the Complete Psychological Works of Sigmund Freud*, vol. 13, trans., ed. James Strachy, London: Hogarth Press, 1953.

_____, *The Standard Edition of the Complete Psychological Works of Sigmund Freud*, vol. 14, trans., ed. James Strachy, London: Hogarth Press, 1953.

_____ *The Standard Edition of the Complete Psychological Works of Sigmund Freud*, vol. 19, trans., ed. James Strachey, London: Hogarth Press, 1953.

Goethe, Johann Wolfgang von, 이인웅 옮김, 『파우스트』, 문학동네, 2006.

Hegel, Georg Wilhelm Friedrich, *Hegel's Logic: Being Part One of the Encyclopaedia of the Philosophical Sciences(1830)*, trans. William Wallace, Oxford: Oxford University

Press, 1975.

_____, *Aesthetics: Lectures on Fine Art*, Vol. 1, trans. T. M. Knox, Oxford and New York: Oxford University Press, 1975.

_____, *Hegel's Philosophy of Mind*, trans. W. Wallace and A. V. Miller, Oxford: Oxford University Press, 2007.

Meyer-Sickendiek, Burkhard, "Nietzsche's Aesthetic Solution to the Problem of Epigonism in the Nineteenth Century", ed. Paul Bishop, *Nietzsche and Antiquity: His Reaction and Resopnse to the Classical Tradition*, New York: Camden House, 2004,

Montaigne, Michel Eyquem de, 손우성 옮김, 『몽테뉴 수상록』, 동서문화사, 2007.

Nietzsche, Friedrich Wilhelm, 정동호 옮김, 『니체 전집 13(KGW VI 1) 차라투스트라는 이렇게 말했다』, 책세상, 2000.

_____, 백승영 옮김, 『니체 전집 22(KGW VIII 2) 유고(1887년 가을~1888년 3월)』, 책세상, 2000.

_____, 이진우 옮김, 『니체 전집 3(KGW III 2) 유고(1870년~1873년)』, 책세상, 2001.

_____, 백승영 옮김, 『니체 전집 15(KGW VI 3) 바그너의 경우 · 우상의 황혼 · 안티크리스트 · 이 사람을 보라 · 디오니소스 송가 · 니체 대 바그너』, 책세상, 2002.

_____, 김미기 옮김, 『니체 전집8(KGW IV 3) 인간적인 너무나 인간적인 II』, 책세상, 2002

_____, 김기선 옮김, 『니체 전집 1(KGW I-4. II-2, II-4) 유고(1864년 가을~1868년 봄)』, 책세상, 2003.

_____, 백승영 옮김, 『니체 전집 21(KGW VIII 3) 유고 (1888년 초~1889년 1월 초)』, 책세상, 2004.

_____, 이진우 옮김, 『니체 전집 19(KGW VIII 1) 유고(1885년 가을~1887년 가을)』, 책세상, 2005.

_____, 안성찬 · 홍사현 옮김, 『니체 전집 12(KGW V 2) 즐거운 학문 · 메시나에서의 전원시 · 유고(1881년 봄~1882년 여름)』, 책세상, 2005.

_____, 박찬국 옮김, 『비극의 탄생』, 아카넷, 2007

Pascal, Blaise, 『팡세』, 김형길 옮김, 서울대학교출판부, 1996.

Stifter, Adalbert, 권영경 옮김, 『보헤미아의 숲 · 숲 속의 오솔길』, 문학과지성사, 2004.

Wohlfart, Günter, 정해창 옮김, 『놀이하는 아이, 예술의 신—니체』, 담론사, 1997.

西川長夫, 윤대석 옮김, 『국민이라는 괴물』, 소명출판, 2002.

찾아보기

[작품명]

눈물이 비추는 운명—해방 전 임화 시의 문명 비평적 애도

등록 1994.7.1 제1-1071
1쇄 인쇄 2021년 9월 15일
1쇄 발행 2021년 9월 23일

지은이 홍승진
펴낸이 박길수
편집장 소경희
편 집 조영준
관 리 위현정
디자인 이주향
펴낸곳 도서출판 모시는사람들
        03147 서울시 종로구 삼일대로 457(경운동 수운회관) 1207호
전 화 02-735-7173, 02-737-7173 / 팩스 02-730-7173

인 쇄 (주)성광인쇄(031-942-4814)
배 본 문화유통북스(031-937-6100)
홈페이지 http://www.mosinsaram.com/

값은 뒤표지에 있습니다.
ISBN 979-11-6629-064-0   93810